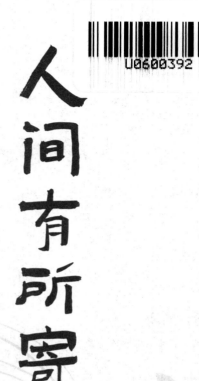

人间有所寄

王蒙 阿来 刘亮程 等
著

卞毓方
主编

江苏凤凰文艺出版社
JIANGSU PHOENIX LITERATURE AND
ART PUBLISHING

图书在版编目（CIP）数据

人间有所寄 / 卞毓方主编；王蒙等著. —— 南京：
江苏凤凰文艺出版社, 2022.4（2022.7重印）
ISBN 978-7-5594-6531-3

Ⅰ. ①人… Ⅱ. ①卞… ②王… Ⅲ. ①散文集 – 中国
– 当代 Ⅳ. ①I267

中国版本图书馆CIP数据核字(2022)第003004号

人间有所寄

卞毓方　主编　　王蒙 等　著

责任编辑	周颖若
图书策划	孙文霞　李　辉
特约编辑	李　辉
装帧设计	與書工作室
出版发行	江苏凤凰文艺出版社
	南京市中央路 165 号，邮编：210009
网　　址	http://www.jswenyi.com
印　　刷	唐山富达印务有限公司
开　　本	880 毫米 × 1230 毫米　1/32
印　　张	9
字　　数	192 千字
版　　次	2022 年 4 月第 1 版
印　　次	2022 年 7 月第 4 次印刷
书　　号	ISBN 978-7-5594-6531-3
定　　价	59.80 元

目录

你和它们似是而非，它们却魂灵附身于你，为你遥远的记忆和远逝的情感点石成金，化作一幅画、一首诗、一支曼妙无比的歌。

即使你根本没有去过卡萨布兰卡。

壹

身着白衣，
心有锦缎

人生就是一次生命的燃烧

王蒙 / 文

王蒙，中国当代著名作家、学者，1934年10月生于北京。1953年开始文学创作。著有《青春万岁》等作品，2020年出版《王蒙文集》（新版）50卷。曾任中共中央委员、全国政协常委、文化部部长、中国作家协会副主席等职。现为中央文史馆馆员。

从生命个体来说，我们能够支配的关键岁月不过那么几十年，然后再无第二次机会。对于人的一生来说，那就是机不可失，时不再来。生命由于它的短暂和不可逆性、一次性而弥足珍贵且神奇美丽。虚度这样的生命，辜负这样的生命，是多么愚蠢！一个人丢了一百元人民币都会心痛，那么丢失了生命中有所作为的可能，不是更心痛吗？

在儿童时期，人们的差异并不太大，大家都在同一条起跑线上。此后呢，差得就愈来愈远了。有的虚度光阴，深悔蹉跎；有的怨天尤人，闷闷不乐；有的东跑西颠，一事无成；有的猥猥琐琐，窝窝囊囊；有的胡作非为，头破血流……有几个人成功？有几个人满意？有几个人老后能够不叹息：少壮不努力，老大徒伤悲！

而人生的不同类型和不同的结局，大体上在青年时期就可以看出点端倪来的。青年时代，谁不愿意投入生活、投入爱情、投入学习、投入事业、投入社会、投入人间？即使生活还相当艰难，爱情还隐隐约约，学习还道路方长，社会还明明暗暗，人间还有许多不平，你也要投入，你也要尽力尽情尽兴尽一切可能，努力去争取一切可以争取到也应该争取到的，以使你能够得到智慧和光明，得到成绩和价值。

我并不笼统地赞成古人立大志的说法，但你总该希望自己对社会对他人对民族对人类多做出一点贡献，至少是确实竭尽了全力，就是说至少是充分燃烧了，充分发了热放了光，充分利用了使用了弘扬了你的有生之年。一个人就是一种能源，人的一生就是燃烧，就是能量的充分释放。燃烧愈充分愈好。从无光热，不燃而去，未免是一个遗憾；而刚一冒烟儿，就怠工熄灭了，能不痛苦吗？

人生就是生命的一次燃烧，它可能发出绚丽的色彩；可能发出巨大的热能，温暖无数的人心；它也可能光热有限，却也有一分热发一分光发一分电，哪怕只是点亮一两个灯泡，也还照亮了自己与邻居的房屋，燃烧充分，不留遗憾。而如果你一直欲燃未燃，如果你受了潮或者发生了霉变，那就不但燃烧不好，而且留下大量的一氧化碳与各种硫化物碳化物，发出奇奇怪怪的噪音，带来对人类环境的污染，乃至成为社会的公害，这实在是非常非常遗憾的。

也许你不能留名青史，但至少应该对得起自己这仅有的几十年；也许你未能立德立功立言，但至少是充分发挥出了自己一生的能量；也许你的诸种努力未能奏效，例如从事艺术创作但未能被社会承认，经商却始终未能成功，从军打仗终于打了败仗，但是最后"结账"的那一天，你至少可以说我尽力了。你的失败如楚霸王垓下之战，非战之罪也。我始终不赞成以成败论英雄，我也不能帮助读者乃至使自己招招皆胜。但是至少你心里应该有数，你是有志有为而且选择了正确的道路，但终因条件不具备未能大获全胜呢，还是你上来就不成样子，无志气，无作为，不学习，不努力，意志薄弱，心胸狭窄，企图侥幸，却又愤愤不平，终于一事无成？如果是前者，我愿向你致以悲壮的敬意，我还愿意把你的故事写下来，让读者为之洒几滴清泪；如果是后者，谁能纠正？谁能弥补？谁能同情？

一个人的成就有大有小，然而你应该尽力。尽力尽情尽兴尽一切可能了，这就是黄金时代，这就是人生的滋味，这就是人生的意义和价值，这就是辉煌，燃烧的辉煌，奉献的辉煌。你尽了力，你就能享受到尽力后的一切可能性，哪怕是"天亡吾也，非战之罪也"的悲壮感和英雄主义。你享受到了尽力本身带来的乐趣，尽了力至少能得到一种充实感成就感，你也就赢得了，首先不是别人而是你自己的尊敬和满意。如果你是一枚炮弹，被尽力发射出去而且爆炸了，即使没有完全命中目标，也是快乐的；你是一粒树种，落到了地上，吸足了水分养分，长成了树苗，长成了大树，即使没有长到更大就被雷击所毁，你也可以感到某种骄傲，你的形象是一株树的最好的纪念碑，你的被毁至少是一次大雷雨的见证，是一个悲剧性的事件。

人生是一个过程，是一个时间段，是一次能量释放过程，重在参与，重在投入，重在尽力。胜固可喜，败亦犹荣，只要尽了力，结账时的败者，流出的眼泪也是滚烫的、有分量的。而没有尽力，蹉跎而过的人，那可真是欲哭无泪了。

即使你没去过卡萨布兰卡

肖复兴 / 文

肖复兴，北京人，毕业于中央戏剧学院，曾到北大荒六年，当过大中小学教师十年，著有各种杂书两百余种。近著有《肖复兴散文精选集》四卷。

卡萨布兰卡，是一个地名，是一部电影的名字，也是一首歌曲的名字。可以说，是这部电影和这首歌曲，让这个地名出名。

如今视频发达，将电影里的镜头和歌曲混剪在一起，倒也很搭。特别是英格丽·褒曼那忧郁深情的眼神，简直是歌手贝蒂·希金斯的歌声最完美生动而形象的延伸，将听觉和视觉合二为一，交错迭现，水乳交融，那样的温婉动人。

贝蒂·希金斯曾经来过中国，特别是听他和我国女歌手金池合唱的《卡萨布兰卡》，更让我感动。乐队的打击乐减弱了些音量，贝蒂·希金斯唱得更加节制，副歌无歌词吟唱部分，金池唱得美轮美奂。最后一句两人天衣无缝、细致入微的和声，比原本贝蒂单人唱得更加美妙动听，韵味十足。

多年之前，我头一次听这首歌的时候，只记住了其中两句歌词。一句是"难忘那一次次的亲吻，在卡萨布兰卡；但那一切成追忆，时过境迁"，一句是"我没有去过卡萨布兰卡"。这两句歌词镶嵌在同一首歌里，有些悖论的意思。这当然有贝蒂自己恋爱的经历和想象，但在我第一次听来，只是觉得，没有去过卡萨布兰卡，却在那里有一次次的亲吻，而且还很难忘，这怎么可能？

但是，生活中不可能的事情，在歌声里变成了可能。歌声以及一切艺术，可以有这样出神入化的神奇功能，产生这样的化学反应，帮助你逃离现实中不尽如人意的生活，而进入你想象的另一个世界，哪怕你只是在做想入非非的白日梦。于是，你没有去过卡萨布兰卡，却可以在那里有一次次的亲吻，而且比在北京、上海还要刻骨铭心，很难忘怀。

时空的错位，现实中的幻觉，恰恰是回忆中的感情尤其是爱情的一种倒影，或者说是一种镜像。所谓时过境迁的感慨与想象，以及"此情可待成追忆，只是当时已惘然"的怀旧与伤感，才会由此而生。犹如水蒸发成气而后为云，又由云变为雨，纵使依然洒落你的肩头，清冽湿润如旧，却不再是当年的雨水。这便是与生活不尽相同或生活中完全没有的艺术的魅力。艺术，从来不等同于生活。它只是生活升腾后的幻影，让你觉得还有一种比你眼前的真实生活更美好，或更让你留恋、怀念和向往而值得过下去的生活。

很多时候，我们都会在心里突然萌生这样的由时空错位而产生的幻觉和情感。这种幻觉和情感帮助我们接近艺术，而让单调苍白的生活变得有了一些色彩和滋味。我们会在看到某一个似曾相识的场景的时候，忽然想起曾经走过或曾经与爱人相爱过的地方，特别是曾经相爱的人已经天各一方，音讯杳无，这种感觉更会如烟泛起，弥漫心头，惆怅不已。

记得我和女同学第一次偷偷约会，是我读高一那年的春天，在靠近长安街正义路的街心花园。那里原来是一道御河，河水从天安门前的金水河迤逦淌来。这里是新中国成立后北京城建成的第一个街心公园，新栽的花木，一片绿意葱茏，清新而芬芳。特别是身边的黄色蔷薇，开得那样灿烂。我们就坐在蔷薇花丛旁，天马行空，聊了很久，从下午一直到晚霞飘落，洒满蔷薇花丛。具体聊的什么内容，都已经忘记了，但身边的那一丛黄色蔷薇花，却总怒放在记忆里。

　　时过将近六十年，前几天到天坛公园，在北门前看到一丛黄蔷薇正在怒放，忽然停住了脚步，望着那丛明黄如金的蔷薇，望了很久，一下子便想到了那年春天正义路街心花园的约会。"一切成追忆，时过境迁"，《卡萨布兰卡》的旋律弥漫心头。

　　很多年以前，我第一次去莫斯科，住下之后，迫不及待地先跑到红场，因为这是我年轻时最向往的地方。已经是晚上近8点了，红场上依然阳光灿烂，克里姆林宫同样明亮辉煌。不禁想起当年在北大荒插队时写过的诗句：要把克里姆林宫的红灯重新点亮，要把红旗插遍世界的每一个地方！不觉哑然失笑。就像歌里唱过的一样，"我没有去过卡萨布兰卡"，那时，我也没有去过克里姆林宫，却不妨碍我一次次激情澎湃，梦想着登上克里姆林宫的宫顶，然后朝着沉沉黑暗的夜空，点亮它的每一盏红灯。

　　那一天，真的来到了莫斯科，一切是那么陌生，又那么熟悉；一切似曾相识，又似是而非。一直到很晚，才看见夜幕缓缓在红场上垂落，克里姆林宫的红灯才开始随着蹦上夜空的星星一起闪烁。

"一切成追忆，时过境迁"，《卡萨布兰卡》的旋律弥漫心头。

很多回忆，不尽是亲吻；很多感情，不尽是美好。甜蜜也好，苦涩也罢；美好也好，痛苦也罢；自得也好，自责也罢，时过境迁之后，过去曾经发生过的一切，才会水落石出一般清晰地显现。这时候的追忆，如果真的有了些许的价值，恐怕都是时空错位的幻觉和想象的结果。而这样的幻觉和想象，恰恰是艺术的作为。一部电影，一首歌曲，便超出了它们自身。你和它们似是而非，它们却魂灵附身于你，为你遥远的记忆和远逝的情感点石成金，化作一幅画、一首诗、一支曼妙无比的歌。

即使你根本没有去过卡萨布兰卡。

最优秀的人因缺点而造就

卞毓方 / 文

卞毓方，1944年生于江苏，毕业于北京大学东语系日语专业和中国社会科学院研究生院国际新闻专业，文学硕士。著名作家，教授。长期从事新闻工作。他的作品或如天马行空、大气游虹，或如清风出袖、明月入怀，其风格如黄钟大吕，熔神奇、瑰丽、嶙峋于一炉，长歌当啸，独树一帜。

天才，并不是生来就自知的。

板球是博尔特儿时的最爱，他的梦想就是成为一名出色的投球手。机会之神出场了。小学二年级，学校的一位牧师，也是体育达人，纽金特，看出博尔特的短跑天赋，动员他参加校内一百米比赛。博尔特拒绝，因为校内有个叫里卡多的孩子，跑得比他更快，他不想丢人现眼。纽金特先生笑了，是诡谲的笑。他说："博尔特，你要是能击败里卡多，我就奖励你一盒美味的午餐。"噢，来真格的了！有什么比抓住男孩的胃，更能抓住他的心。博尔特于是踏上跑道。当然，他赢了。率先撞线的感觉酷毙了！爽晕了！从此，博尔特再也离不开跑道。先是，从小学跑到中学——那所中学就在法尔茅斯边上。然后，从法尔茅斯跑去首都金斯顿；又从金斯顿跑上国际赛场。

我在牙买加的港口城市法尔茅斯闲逛，随处商店的T恤衫，上面印的不是鲍勃·马利，就是尤塞恩·博尔特。马利与我疏远，我不懂雷鬼音乐。我是体育迷，我是博尔特的粉丝。2008年，北京奥运会，一百米比赛，博尔特以九秒六九，创造了新的世界纪录。当时，那时，我就在现场。他满脸憨厚而狡黠的微笑，他张开双臂、一手指天的作秀，活脱脱一个阳光大男孩的造型。博尔特点亮了牙买加的星空。上了一定年纪的，比如我，知道牙买加，起初是因为奥蒂（女），千年老二，常青树，参加过七届奥运会，五十岁上，还在跑；而后是鲍威尔，两次刷新百米世界纪录；而后便进入了博尔特的时代，百米，二百米，加上由他领衔的男子四乘一百米接力，傲啸江湖，无人能与争锋。

命运也和草木一样，有它发芽生长的季节。

博尔特是正当其时遇上了伯乐，如果晚个几年，那盒午餐就不再具有足够的诱惑力，博尔特也不再会是如今的博尔特。有人说，牙买加人的田径天赋来自当地的传统美食。我留心街头出售的蔬果，和我们国内的也差不多。要说好，是阳光好，空气好，水质好。早先印第安语的"牙买加"，定义的就是"林水之乡"，它有特别茂盛的树木，有特别甘甜的水。也有人说，牙买加人的超强体质源于"奴隶基因"。当初从非洲贩运来的黑奴，都是身强体壮者，途中，又经历了饥饿、疾病、奴役的淘汰，留下来的，都是良种——让我看，莫如加上一句，祖祖辈辈都被奴役和贫穷在屁股后面追逐，能不拼命发足而狂奔？这也是生存选择。

牙买加曾为英国统治二百多年，通行英语，当初是被逼无奈，如今，倒为他们走向世界减少了语言障碍。同行的孙儿穿的是曼联的队服，街上，不时有黑大叔指着他的球衣，交换对曼联的喜爱。博尔特本人就是曼联队的拥趸，一次，他冒雨从高速路赶回家，急着观看曼联在欧冠联赛的半决赛，飙车飙得太快，途中出了车祸，九死一生。真正的九死一生！博尔特是幸运的，他说上帝不要他死，他是为跑而生，上帝还要他去创造更多的奇迹。大难不死，果有后福，此后，博尔特又威风凛凛英姿勃勃地跑了八年，直到2017年光荣退役。

　　博尔特庆幸遇上了一个好教练，米尔斯。

　　好运动员是一阵风，好教练能把它化作雨。教练告诉他雨是为自己而下，至于庄稼的感受，土地的感受，溪流的感受，统统是另外一回事。就是说，他在训练和比赛中只要管好自己，全神贯注，全力以赴，不要为外界的任何叽叽喳喳分心。好运动员的骨髓深处都隐藏着一股天赐的神力，旁人不晓得，自家也不晓得，全凭好教练把它煞费苦心地逼出。对，哄不管用，惯不管用，唯有强榨硬逼。因此，好教练既是天使又是魔鬼，天使带给你光明，带给你胜利，魔鬼迫使你拼死拼活，全力以赴，脱胎换骨。

　　然而，再好的教练，也会有误区。

　　教练认定博尔特一米九六的身高，适宜跑二百米，也可向四百米发展，唯独不能跑一百米。你想，起跑线上，砰，发令枪一响，矮小的选手反应灵敏，瞬间箭一般射出，高大的选手动作迟钝，往往还没有从下蹲的姿态完全站立起来。教练是知其一，不知其二。博尔特起跑虽慢，但他步幅大，别人跑百米要四十三步，乃至四十五步，他只要四十一步。而且，他途中步频极快，让对手瞠乎其后，望尘莫及。所以，不是教练的选择，是他自己主动请缨："拜托，教练，我觉得我能跑一百米，您让我试一次吧。如果跑砸，我再去练四百米！"结果，他第一场百米比赛就跑出十秒零三，让世人刮目相看，第四场就飙出逼近世界纪录的九秒七六。

博尔特颠覆了田径场的规则，大长腿也能胜任短跑，世人只看见长腿的短，博尔特证明了长腿的长，仅凭这一项贡献，他就有资格入驻发明家之堂。这让我想起莎士比亚的台词："最优秀的人是因他们的缺点造就的。"博尔特创造的百米纪录最终定格在九秒五八，他本可以跑得更快，但是，他毕竟是从一个小岛上出来的，没见过大世面，他在比赛中，也像在日常生活中一样，喜欢东张西望，这影响了他的绝对速度。算了，留一份遗憾让后人去弥补吧。

走在法尔茅斯的大街小巷，这阳光里有他的笑容，这风里有他的歌，这马路上晃动的许多男孩子的腿，都在追赶他的脚步。2017年，博尔特三十一岁，选择了退役，他要尝尝其他运动的滋味。结果，他选择了足球，理由是圆儿童时代的梦。他儿童时代迷恋的不是板球吗？哈哈，别太较真，板球，足球，反正都是球。他曾在德甲多特蒙德试训，后来又在澳大利亚中央海岸水手队试训，并且为后者踢过表演赛，还在比赛中打进两球——但是，上述球队最终没给博尔特开出一份合同。终归是玩不转的啦。足球是圆的，除了速度，还需要灵敏和技巧，还要天赋，他的天赋不在这儿。上帝是公平的，他给了你这好，就不会再给你那好。C罗，梅西，在跑道上玩不过你，换了绿茵场，你就玩不过人家。

转而查手机，恰好查到他的最新消息。"我已经尝试过了，结果和想象的并不一样，但这是一段美妙的经历。"博尔特宣布，"现在我的体育生涯结束了，我要进入完全不同的领域，目前的计划是成为一个商人。"哎嗨，这倒是他的长板。博尔特是牙买加的一张王牌，也是世界体育产业的一张王牌。我看过他的一本自传，书题是《快过闪电》，写得精彩，专业水准，我猜是枪手的奉献，属于天知、地知、你知、我懒得知的商业操作——博尔特，你就顺着这条商业大道继续往前走吧！记住得换教练，啊不，是经纪人，那是一套全新的力量、速度与智慧。你1986年来到这花花世界，满打满算不过三十五岁。你哪怕再活个三十五年，依然是个嘻嘻哈哈的大男孩。你就尽兴地耍吧！耍吧！博尔特，牙买加的精华，都落在你岩石般直挺的躯干和猿猴般敏捷的四肢里了。这也就是为什么埃德加·爱伦·坡会说："我甚至能在那么短促的一瞥之间，从一张脸上读出一部长长的历史。"你的脸上既写着非洲，也写着牙买加。博尔特，你是划过长空的一道黑色闪电。跑吧，跑吧，干什么都是跑。但愿你在今后的岁月中，能减少"东张西望"，越来越专注于，如你自己所说，"一颗由爱组成的心，不仅是爱自己的母亲，也爱世界上关心自己的每一个人。"还有就是，"一种自由，一种乐趣，一种兴奋，一种能量集中的快感。"——那感觉是全人类的。

成功，在高旷荒原上突然闯入的词

阿来 / 文

阿来，著名作家，茅盾文学奖获得者。1959年出生于
四川省阿坝藏区的马尔康县。现任四川省作家协会主席、
中国作家协会副主席。主要作品有：诗集《棱磨河》，小说
集《旧年的血迹》《月光下的银匠》，长篇散文《大地的阶
梯》《草木的理想国》，长篇小说《尘埃落定》《格萨尔王》
《瞻对》《云中记》等。

知道四川省青联正在编辑这样一本书的时候，我正在海拔5000
多米的唐古拉山上。

5月，内地已是春暖花开，而那里劲吹的暴风中却裹挟着纷飞
的雪片。我作为南方某著名媒体的采访嘉宾，正同几个年轻的记者
在青藏铁路沿线采访，正在铁路线遒劲穿越的昆仑山和唐古拉山之
间那片高旷的荒原。年轻的司机因为缺氧倒下了，我临时兼任了我
们这辆车的司机，载着我们年轻的摄影师，不断地追逐行驶的火
车，为了让他拍到一些火车在雪山下、在旷野中奔驰的美丽镜头。
我们不断狂奔，超过火车，跑到前面某个预计可以拍到精彩画面的
地方，静静地等待火车在旷野上，在深远明净的高原天空上蜿蜒而
来。我坐在驾驶座上，感到发动中的汽车引擎轻轻的震颤，听车外

的快门声和同行记者们兴奋的叫声响成一片。等到火车在视线尽头顺着山势转出一个优美的弧线，消失在蓝天下面，大家又跳上车来，我一轰油门，开始下一轮有些疯狂的追逐。

这一天，手机间或在冲锋衣口袋中轻轻颤动，提示它的主人来了电话或短信，我都没有去理会。直到下午，太阳西沉，我们的追逐之旅也到了最后一站，长江源沱沱河上那数公里长的铁路桥上。所有人手中的"长枪短炮"（指摄影工具）都准备好了。桥上的天空，淡淡的云彩正在幻化成绯红的霞光，桥下那漫长曲折的河流闪烁着金属般的光芒，仿佛那不是水流，而是一种超现实的意念，映射着非物质的辉光。

大家都坐在高高河岸上等待这一天的最后一组镜头。我也从车上走下来，备好了相机，坐在河岸边稀疏的草地上。天地间一片安详，好像火车这样的事物在这个世界上从来就不会存在一样。

我从口袋里掏出手机，检索一个个未接电话和未阅读的短信。而省青联秘书处的一条短信就在其间，意思是说，他们正在编辑一本书，把曾经当选过省"十杰"青年的人以这样一种形式重新聚集在一起，需要每个入选者谈谈感想，来"感悟成功"。

我必须说，在这样一个高度上，在这样一个四顾皆一片空茫之处，"成功"这样一个词从手机屏幕上跳进脑海里，真的容易引起一种虚无之感。

我不知道是不是因为自己身处在西部中国这样荒僻而遥远的地方，就觉得曾经的那些事情一下子离自己非常遥远了。是的，领奖台上摇曳变幻的聚光灯，那些掌声，那些短暂的激情迸发，在这一刻都非常非常的遥远了。于我而言，不知此时的空旷与彼时的喧哗哪一个对自己的生命来讲更为真实。

这段时间，每天掏出卫星定位仪来，都看到所处的海拔在节节升高。从格尔木出发踏上青藏线的前一天下午，特意去看了昆仑山下的第一个车站玉珠峰车站，那里的标高是4100米，现在，我们已经在4700米的高度了。明天，我们还将上到海拔5200米以上的高度。那么，当年的奖杯、鲜花和掌声，也就是一个人一生中，曾经经过的一个海拔高度吧。一个人的年轻时代，正是生命急速上升的时期。如果说，我个人有什么幸运之处，就是恰好自己生命的青年时代，正是我们这个经历巨大变革、重新焕发活力的国家快速发展的20世纪80年代与90年代。

是的，不是每一个人的青春歌唱都能融入一个伟大时代的合唱；不是每一个人的青春激情，都能在一个时代的脉搏中起舞跳荡！青联的短信通知里说，那是一种成功，要我今天来感悟这成功。但这时，我的耳边却响起一位欧洲古代哲人的诗句：名声看起来是多么美好，但这动听迷人的声音，不过是一曲回声。

这样的诗句有一点悲观，有一点虚无。但我想，当我们谈论成功的时候，这样一种态度可能比一味的沉湎更有意义。这样的看法与态度，可能会使我们面对所谓成功的时候，更加冷静与理智。在我个人的经验里，对所谓成功的过度追求与沉湎，往往可能使我们过于高估个人的能力，并进而陷入自恋的迷狂。对一个理性的人来说，成功也是一个时代赐予的机遇。机遇总是暂时性的，所以，所谓成功，不过是重新出发时候的一个新的起点，一个在同一行业领域中稍稍早于别人或略略高于别人的一个起点。成功不是登山，登上了珠穆朗玛峰，这个世界便不再有更高的山峰。更何况，也永远不会有一个登顶者，长待在那个最高处不下到世界的低处。他必须下来，这是自然规律，是天遣对人的一种制约。这种制约让人自省，让人感到自身力量的同时，也感到自身的局限。自然和历史的规律不会让一个幸运的登顶者在世界的绝顶处永远沉醉于成功的眩晕！

　　几天后，我到了云南。我们正沿着一条叫作红河的大河的流向一路向南。这是另一片高原，但海拔高度降低了，也就1000多米。同行的人换了一批，其中一些人也有轻微的高原反应，因为氧气减少了。我也有反应，氧气对我来说太多了，让人总在车上昏昏欲睡。就在这个时候，青联再次打来电话，催问稿子的事情，写这样的稿子，就必然要去回味当年的鲜花与掌声，而相对于青藏高原已经太多的氧气却让我提不起精神。我想，这正好是一种命运之神赐予的特别的隐喻。这个隐喻的本义，正是法国哲人蒙田一篇文章的题目：命运的安排往往与理性不谋而合。

　　成功者可能走向新的成功，成功者也可能在辉煌一刻后，走入永远的平凡。这里，就有了两种危险。一种，成功者头上套着一个光环，开始远离自己的事业，在我们社会这个过于注重成功者的机制中，谋取更多的功名；一种，把短暂的成功当成永远的幻觉，犹如一个在过多的氧气中昏昏沉睡的人。其实，不同高度上氧气的含量早由自然规律进行了规定，因为缺氧而眩晕，因为氧气过多而昏睡，都是人自身的不适应。自然界就用这样的方法警醒人类，通过适应程度优胜劣汰，而在人生的道路上，社会的机制也是一个永恒的法则，它制造成功，也制造失败。在用成功制造成功的同时，也用成功制造出更多的失败。所以，我想，感悟成功，就是感悟成功之后命运各种可能的走向。而曾经的成功者之后的种种走向，也正是给后来者一个全面的启示。

今天，社会对成功者的所谓关注，过于注重于对成功本身，而不太关注走向成功的途径，这其实才是全社会应该给予更多关注的问题，因为成功的方法与途径包含了更多的道德与伦理因素。

相对于短暂的成功，持久的道德与伦理无论对一个个体的人，还是对一个民族与国家，都是更为关键而持久的精神与文化的核心。

又想起另一个旅途中的小故事。2021年4月，因为一本新书译本的出版，我在瑞士和德国待了一些时候。在苏黎世，我想去积雪尚未消融的阿尔卑斯山里看看。我的小说的德文翻译阿丽丝坚持要让我带一些巧克力进山，理由有两个，一个当然是巧克力的高热量，另一个，因为"我们瑞士的巧克力是欧洲最好的巧克力，一定要品尝品尝"。

一个东西既然是一个地区的标志性产品，免不了四处都开着专对外国游客的专门商店。但阿丽丝只是一个劲地往前走，大概在经过了十多家巧克力店以后，才进了一家大的百货公司，在自动电梯上连上数层才来到几架巧克力面前。还是路边店里那些牌子，价格也未见得便宜。但很显然的是，阿丽丝感到非常满意了。

在楼下喝咖啡的时候，我问她为什么要跑这么远来买同样的东西。她的脸上现出了一本正经的表情，说："因为这是一家有道德的商店。"不是因为这家的巧克力更好，而的确因为这是一家有道德的商店，所以，当地人对这家店表示支持就是尽量到这里来消费。

我没有问有道德的表现是哪些，但我知道，他们选择消费的地方包含了道德的衡量。这个问题，比后来置身阿尔卑斯那些纯净的雪峰中间时引起了我更多的感触与思量。

把菜和草分开

冯积岐 / 文

　　冯积岐，陕西省岐山县人，西北大学中文系毕业，1983年开始发表小说，1994年加入中国作家协会，在《当代》《人民文学》《上海文学》等发表中短篇小说300多篇（部），出版长篇小说《村子》《逃离》《凤鸣岐山》等15部。曾担任陕西省作家协会专业作家、创作组组长、作家协会副主席。

　　那是今年春天的事儿。之所以现在才写出来，是因为我一直在思索：究竟是什么让我们有些时候分不清菜和草？

　　那天，我从大明宫西北方向的凌霄门进去，过了凌霄河的小桥，右边是当年李隆基斗鸡玩耍的斗鸡台，左边是皇家养马的马厩房。如今，斗鸡台和马厩房已看不到昔日的景象，一大片草坪覆盖了历史的喧嚣和辉煌。几次春风、几场春雨过后，几近枯萎的草坪绿茵茵的，生机盎然，春情荡漾。草坪上，活跃着放风筝的老人和小孩，有几个中年妇女半弯着腰，目光专注地在草坪上寻觅，或者蹲在草坪上，向前挪动。我出于好奇，走进了左边的草坪，只见一个身体微胖的女人左手提一个塑料袋子，右手用一个铁铲子在草坪上挖草。

我问胖女人："你挖这草干什么用？"女人半眼也没看我，一边挖一边用教导的口气说："师傅，这不是草，这是荠荠菜，挖回去吃。"我弯下腰，随手拿了一棵，呵呵笑了："这是草，不是荠荠菜。"女人依旧在挖，依旧没有看我，用不屑的口气说："你咋知道这不是荠荠菜？"我说："我做了十几年的农民，我的老家在岐山县农村，我咋能分不清荠荠菜和草？"女人一听我做过农民，站起来了，她扫了我几眼，目光将信将疑。

　　我说："一般情况下，只有麦地里生长荠荠菜，你挖的这东西不叫荠荠菜，我们那里的农民把这种草叫羊蹄甲。羊蹄甲和荠荠菜一样，叶片都是锯齿形的，你看看吧，羊蹄甲的叶面不是很绿，绿中发白；荠荠菜的叶片不但很绿，而且是深绿色，老绿色。这草坪上，不会有荠荠菜的。"

　　女人大概觉得我的言语老到，就问我："你说的这羊蹄甲能不能吃？"我说："羊蹄甲也没有什么毒，遇到饥荒年馑，老百姓也吃羊蹄甲，但吃多了，对胃不好，拉肚子。荠荠菜的味道淡淡的，带一点点酸，做熟了很好吃。羊蹄甲的味道很涩，做熟了也是涩的。"

　　我说罢，将手里的那棵羊蹄甲，掐了半片叶片嚼了嚼，吐出来了。我说："不信？你尝尝。"女人照我那样子，也掐了半片儿，放进嘴里，牙齿只动了几下，赶紧吐出来了，她连声说："不能吃，不能吃。"然后，她将塑料袋子中的羊蹄甲倒出来了，倒在了草坪上，扭头就走。她已经走出了两步，然后回过头来，跟我说，谢谢师傅。我说不用谢。

看着女人渐行渐远的身影，我想，这个女人还是能分辨出好和坏的，还是有悟性的。

我抬眼一看，右边的草坪上依然有人在挖草。一个染着栗色头发的中年女人专心致志地在挖羊蹄甲，她的年龄比那个胖女人要小一些，四十七八岁的样子。我开门见山，直接说："不要挖了，你挖的那个是草，不是菜。"我连说两遍，女人不搭理我。她可能以为我找个由头搭讪她。我走到她的前面去，一本正经地说："你挖的那个是羊蹄甲，不能吃的。"女人抬头盯了我一眼，说道："是荠荠菜，你不认识，少多嘴。"我一听，笑了。她分不清草和菜，反而说我不认识？

我把刚才给胖女人说过的话又重复了一遍，说我做过农民，说荠荠菜和羊蹄甲的形状、颜色、味道大不一样的，说吃多了会生病。女人一声没吭，无动于衷。我本该就此打住，可这女人麻木而傲慢的样子令我生气。于是，我又来了一句："你连菜和草都分不清，还不听人说？"女人站起来了，她对我怒目而视："这师傅，你这么大年纪了，还多管闲事？走你的路。"女人两句话噎得我无话可说。我知道，我再多说半句，两个人就吵起来了。我讪讪地走出了草坪。

我连散步的心情都没有了。我朝西走了没多远，从玄武门出来，径直回家。老婆一看我比平日里回来得早，就问我是怎么回事。我把在草坪上被女人怼了几句的事给她说了。老婆说："看你，年过六十了，还和年轻时候一样，多管闲事！你以为好心就能办好事？人家分不清菜和草，关你啥事儿？"

我没有和老婆争辩，我只是想：那个胖女人和栗色头发的女人，为什么一个知道错了就能改正，一个却固执且偏执，明明自己错了，却执迷不悟呢？人和人的认知是大有区别的。

聪明的两面

刘江滨 / 文

刘江滨，中国作家协会会员，河北省作家协会副主席。著有散文随笔集《书窗书影》《当梨子挂满山崖》等，参撰《中国当代散文大系》《张中行名作欣赏》等著作。曾获河北省文艺振兴奖、中国报人散文奖等。作品入选几十部文集，其中《桃之夭夭》被收入《新中国70年文学丛书散文卷》。

如果有人说你聪明，你是不是很高兴？聪明，耳聪目明是也，反应快，脑瓜灵，自然是个褒义词。必须承认，人有聪明和愚笨之分，智商有高低之别。上学时，聪明的孩子，老师一教就会，而笨孩子，教了十遍也不开窍儿。所以，到考试时，差距就显出来了。

《世说新语》载，主簿杨修有一次随丞相曹操路过曹娥碑，见背面写着八个字："黄绢幼妇，外孙齑臼。"曹操问杨修："知道啥意思不？"杨修说："知道。"曹操说："你先别说出来，待我想一想。"走了三十里，曹操想出来了，两人分别写下。杨修解释道，黄绢乃色丝，是绝字，幼妇乃少女，是妙字，外孙乃女儿之子，是好字，齑臼乃受辛，是辞字，合起来就是"绝妙好辞"。与曹操所解完全相同。曹操感叹说，我走了三十里才想出来，我的才不及你啊。曹操乃雄才大略之人，但从聪明程度考量，比杨修差了三十里。

《世说新语》还记载，一次天降大雪，谢安问身边的侄子谢朗、侄女谢道韫，这白雪纷纷用什么形容好呢？谢朗云："撒盐空中差可拟。"谢道韫云："未若柳絮因风起。"谢安大笑予以首肯。从此，谢道韫声名大噪，人称"柳絮才"。显然，形容雪花，"柳絮"比"撒盐"高明多了，谢道韫可谓冰雪聪明。

谁都喜欢聪明。爹妈给个好脑瓜自是求之不得，考学、工作及为人处世，哪个不需要聪明加持？事半功倍啊。人们也愿意和聪明人打交道，一个眼色，一个手势，都能心领神会，达成默契；如果遇到笨人，能把人急死，甚至坏了大事。故有流行语："不怕神一样的对手，就怕猪一样的队友。"

然而，且慢！有人说你聪明的时候，你得警惕，这不见得是夸你呢！因为聪明不全然是褒义词，有时也有些贬义色彩呢。且不说言语时的意味深长或眼神闪烁，至于"小聪明"或"太聪明"，就像炎夏放馊了的豆腐，已完全变了味。聪明，成了显摆、算计、小心眼、耍手腕的代名词。"聪明反被聪明误"，说的就是这个。

杨修是聪明，但聪明过了头，绝了顶，也就绝了命。那次，他听说当夜的口令为"鸡肋"，立即开始收拾行装。别人不解，他解释说，鸡肋鸡肋，食之无味，弃之可惜，丞相进不能胜，恐人耻笑，明日必令退兵。曹操闻之大怒，妄揣我意，动摇军心，推出去，斩了！其实，杨修还真是猜到了曹操的心思，一个"鸡肋"，别人懵懂无知，他心有灵犀，太聪明了。但是，杨修是典型的"聪明反被聪明误"，如果他洞悉曹操所思，只是悄悄收拾行装，不着行迹，看破不说破，脑袋就不会搬家。

《红楼梦》里，要说聪明，恐无人能敌王熙凤。她虽没啥文化，却精明强干，口齿伶俐，八面玲珑，上下通吃，在贾府可谓呼风唤雨、风头无二。然而，"机关算尽太聪明，反算了卿卿性命"，书中第五回的《聪明累》这支曲子，说的就是她——算来算去，下场凄惨，丢了小命。

人聪明是好事，却最易犯四种错误：一是显摆，虚荣心作祟，手有珠玉安肯秘之匣中？人一旦比别人聪明，难免招摇，邀人点赞、伸大拇哥。如此，柳絮才会变作柳絮身，轻飘浮夸。二是骄傲，恃才傲物，鼻孔朝天，牛气哄哄，不把别人放在眼里，如此，便会自我孤立，招人忌恨。三是算计，聪明人悟性好，反应快，一事当前易为自己打算，小算盘噼里啪啦，却往往步入窄胡同，甚至死胡同，失掉了大局。四是偷懒，聪明人事事看得明白，看得清楚，便会想着法儿省事，走捷径，不肯下笨功夫，结局往往如龟兔赛跑中的兔子。

所以，在这个世界上，被诟病的常常是聪明，许多时候获赞的反而是笨人。比如，最有名的例证便是"愚公移山"。聪明的智叟，被世代嘲弄，而埋头苦干的笨人"愚公"成为彪炳千秋的精神偶像。鲁迅有一篇《聪明人和傻子和奴才》，也赞扬了傻子的直率抗争，批判了聪明人的圆滑虚伪。在鲁迅笔下，聪明人成了被针砭的对象。

聪明过了头实为愚蠢，"耍聪明"更是拙劣的表演。真正的大聪明是高级的"智慧"。聪明往往是外露，而智慧则内蕴其中，甚至"大智若愚"，冒点傻气。聪明是上天赐予，而智慧却是千锤百炼乃成。聪明是"术"，智慧是"道"。聪明只是河流，而智慧却是容纳百川的大海。

我有两个亲戚：一个聪明伶俐，能说会道；一个憨厚老实，木讷嘴笨。当年全民经商的时候，两人同时下海闯荡。数年后，两人的结局令人大跌眼镜：那个憨的反倒腰缠万贯，成了当地有名的富人；那个精的却两手空空，缠身的不是财富而是疾病。个中缘由，想必读者大都猜得到。

上天赐予你聪明的脑袋，你却用来装糨糊，聪明一时，糊涂一世。

聪明是一枚硬币，一面写着褒义词，一面写着贬义词——用哪面，取决于你的智慧。

纵身一跃

刘荒田 / 文

刘荒田，广东省台山人，1980年移居美国旧金山。写
作30多年来，已出版数十部散文随笔集和诗集。2009年以
《刘荒田美国笔记》一书获首届"中山杯"全球华侨文学奖散
文类"最佳作品奖"。

二十多年前的一天，我驾车去旧金山国际机场，迎接一位从欧洲飞回来的朋友。他是一家媒体的记者，刚刚离开硝烟未散的科索沃战场。他把行李箱放上车时，特地让我看箱子上贴的一个标签，解释说：这是"全球战地记者协会"的标志。在车上，他说起此行的种种，语气平淡，言下是职责所在，尽力而为罢了。说起这个不久前接纳他为会员的团体，他洋溢着豪迈之情："老会员天天和死神擦肩，都是地道的亡命之徒！我在采访途中认识一位土耳其籍的中年男人，全世界哪里开战，死人，哪里就有他。几年前在非洲采访，被弹片打中，一条腿给削掉半边，进医院疗养半年，好得差不多，一听到科索沃开战，一拐一拐上前线，我是在阵地旁边和他见上一面的。"

他说在欧洲天天吃乳酪加面包，腻死了。我陪他进唐人街的中餐馆，以正宗粤菜解馋，边吃边谈战地记者群体。我问："出生

入死为了什么？"他说，表面看是为了报酬，这些没有国籍的自由人，并不是媒体巨头的正式雇员，靠出售新闻赚生活费。好在，亲临前线拍下的照片，各大通讯社必出高价。不过，这职业连人寿保险公司也拒绝投保。我苦笑自问：时时刻刻和死神较劲，这活儿能干吗？

饭后，在街上逛，路过一家鱼店，从门旁的大鱼缸传来"泼喇"一声，我抬头看，一尾鱼从水面一跃，腾空划过一道银光——所谓"跃龙门"，姿态不过如此。鱼"嗒"一声摔在过道上，继而以"游水"的身段剧烈摆动。我向站在柜台另一边的店员示意，他一点也不着急，慢条斯理地走出来，说，不必问，准是那一条。我看着地上蹦跳的鱼，俗称"老鼠斑"，石斑中价格最高的一种。店员一把抓住它的腮，往鱼缸一扔。他对我们说："一天起码十次跳出缸外，我们叫它冠军——跳高冠军。""冠军"回到缸里，闪电一般在鱼群中穿插，搅起水泡串串，果然是厉害角色。

友人指着鱼说："它一跃是不是徒劳？是的，怎么折腾，目的地也不会改变——鼎镬，除非侥幸遇到买下只为放生的善人。"他"点题"了——战地记者不就是不甘心活在缸里的鱼吗？

送友人到旅馆以后，我独自回家，脑际翻腾着"鱼跃"的意象。是啊！波澜不惊的人生是"鱼缸"，人的最后归宿概莫能外。跳到缸外的鱼，被捡回来，一如战地记者穿着沾满战尘的夹克归家。他安宁的家中，可预测、少变化的"日常"等候着他。

人的九死一生之旅与鱼的纵身之跃有意义吗？如果有，在哪里？想起友人刚才出示的采访照片，其中一幅，他坐在坦克的履带旁边，一手拿照相机，一手拿烟斗。他告诉我，是土耳其同行替他拍的，地点就是一个小时前炮弹横飞的战壕前。

"冠军"不管缸外是不是大海，高处有没有"龙门"，一跳必摔在硬邦邦的地板上，必被抓回去，出于本能，还是跳了。战地记者亦然，他们在乎的仅仅是彻底、酣畅的自由，哪怕为时短暂，且代价高昂。

原来，人生的高度难以被重复出现的庸常事件所标识，它只呈现于最精彩的时间，哪怕一瞬；最大限度地释放激情的场合，浓缩着所有变数，充满危险、刺激，然而却使生命迸发炫目的光彩。海明威的《老人与海》中的主人公海上归来，拖在船旁的巨大马林鱼，被鲨鱼吃光了肉，只剩骨架——于此，他并无遗憾，有过不屈的奋斗即够。

同样，于作家而言，亦非所有文字都臻于不朽，只要有一些抵达无人企及的顶端——哪怕少到一句诗，便也无憾了。

注意，此时此地！

张丽钧 / 文

张丽钧，语文特级教师，正高级，"百年中国语文人"，中国作家协会会员，全国十佳教师作家，《读者》杂志签约作家，国务院特殊津贴获得者。迄今出版个人文集三十余部，其中《门的悬念》等六篇文章入选教材，《心灵的选择》等十余篇文章入选高考、中考试卷。

英国作家赫胥黎曾写过一篇小说《岛》，说的是在一个与世隔绝的小岛上，所有的鹦鹉都说着同一句话："注意，此时此地！注意，此时此地！"原来，这是岛上的居民教给它们的，他们让鹦鹉们随时随地提醒自己保持一种"灵魂在场"的状态，争分夺秒地去做事、成事。

我忍不住想：哇！这些鹦鹉，多像是朱光潜先生教出来的呀！因为，朱光潜先生有个"三此主义"的座右铭——"此身此时此地"。它的含义是：此身应该做而且能够做的事，就得由此身担当起，不推诿给旁人；此时应该做而且能够做的事，就得在此时做，不拖延到未来；此地（我的地位、我所处的环境）应该做而且能够做的事，就得在此地做，不推诿到想象中的另一地去做。显然，这是一个不尚空谈、着眼当下、脚踏实地的"积极入世者"宣言。

不由想到陶宗仪的《南村辍耕录》一书中写到的寒号鸟。其实，寒号鸟不是一种鸟，它的学名叫"复齿鼯鼠"。它白天待在巢内，黄昏或夜间外出活动，可由高处向低处滑翔。因其生性怕寒冷，日夜不停号叫，俗称"寒号鸟"。

《南村辍耕录》卷十五记载："五台山有鸟，名寒号虫，四足，有肉翅，不能飞。其粪即五灵脂。当盛暑时，文采绚烂，乃自鸣曰：凤凰不如我。比至深冬严寒之际，毛羽脱落，索然如雏，遂自鸣曰：得过且过。"

我们可不可以追问一句：寒号鸟的叫声是谁教的呢？

当然，它生来就这样叫，不似鹦鹉，长于学舌，可以代为表达人的意志。但假如我们设想寒号鸟的叫声也能代表人的意志，那么，谁是它的"同道"呢？

其实，那些自视甚高者、苟且偷安者，都有资格做寒号鸟的"同道"。

小岛上会说"此时此地"的鹦鹉与严寒之际说着"得过且过"的寒号鸟，都在为生活在大地上的人们代言。

一生都在诵念着"此时此地"这句台词的人不多见，同样，一生都在诵念着"得过且过"这句台词的人也不多见。对多数人而言，都是交替诵念这两句台词。在顺遂的好日子里则说"及时当勉励，岁月不待人"，在拂戾的孬日子里则说"对酒当歌，人生几何"。

日子，果真有好孬？

学者熊泽蕃山曾花了许多年追求开悟，但一直没达到。一天，当他路过市场时，无意中听到了一个屠夫和一个顾客之间的对话。顾客说："给我一块最好的肉。"屠夫回答说："我这里的每一块肉都是最好的，这里没有任何一块肉不是最好的。"听到这后，蕃山就开悟了。

如果这世上有"卖日子"的神，它会不会说：我这里每一个日子都是好日子，没有孬日子。

所以，"注意，此时此地！"就成了深切关照我们薄凉生命的慈悲选项，不是吗？

坐姿里有灵魂的样子

刘世芬 / 文

刘世芬，笔名水云媒，中国作家协会会员，石家庄市文艺评论家协会副主席。作品散见于国内多种报刊，著有散文随笔集《看不够的〈红楼梦〉，品不完的众人生》《开在刀疤上的花朵》等。

有一次，作家周晓枫到河北作协讲课。开讲前，主持人先做介绍，周晓枫坐在台下第一排座椅上，我就坐在她身后。此时的我，作为听众，懒洋洋地靠在椅背上，极为放松。可我前面的周晓枫，却没将身体向后倚靠，她自始至终将身体离开椅背两个拳头的距离，正襟危坐。从后面看，她的双臂应该是整齐地叠放于胸前，绝对是那种芭蕾舞演员的身姿，朴素安然，雕像般一动不动。

这种坐姿，显现的是一种自律。这种自律唤醒我记忆深处的一个"孩子"。

那个"孩子"，当时是西安某大型集团总裁助理，27岁，清瘦，文弱，苍白，眼神悠悠淡淡，声音细细微微，神情羞羞涩涩，一招一式，生怕惊动了什么。扎在叔叔阿姨辈的人堆里，特别是在那群德高望重的行业老前辈面前，"乳臭未干"这个词，像是为他定制。

在周一例会上，我所带的实习团队一律坐到后排，观摩并等待集团为我们举行的欢迎仪式。那"孩子"与那群久经沙场的老前辈一起围坐，研讨上周工作，总结一周得失，言谈举止间，仍是静悄悄的青涩模样。

如果不是仪式后他坐到后排时那个腰板笔直的姿势，我至多仅记住这样一个安静谦恭的背影。例会结束，欢迎会开始，集团领导与先前坐于后排的实习团队易位。我们的实习团队围坐到会议桌前，那"孩子"与集团领导则退居会议桌后面——只留三两个中层领导致欢迎词。

前一分钟，他们还在汇报上周各自分管的工作，谁都明白，这一次的例会大有不同，因为后面坐着我们这些外人。他们虽非首次"登台"，可是有"观众"在场，毕竟有别于平时的"例行公事"，每人都极为"重视"，一板一眼，一本正经，生怕在外人面前出错。此刻毕竟坐到了后面，可以稍事放松，只需用耳朵听前方的欢迎词和答谢词，允许紧绷绷的状态分神懈怠，比如让身体倚在靠背上，或者低头看看手机放松一下……总之，不必再正襟危坐。

然而，我还是从会议桌对面第二排一眼看到了他：就在一片静悄悄的松懈中，那"孩子"依然像国旗班士兵一样身姿挺直。能够让我牢记并心有所感，是因为这个姿势的唯一和抢眼。

起初，我还以为他有过军旅经历，他的坐姿真的很"军人"。曾见过部队官兵们持帽端坐，那神情令人不由自主地心生庄严与敬畏。此刻的他，双腿笔直并拢，笔记本平摊其上，目光平视，而腰板和脊柱，就那么直直地挺立，自始至终，纹丝不动。

这个坐姿，将我狠狠地"蜇"了一下。

在我心中，如此一坐，"泄露"了自励与自持，功力与涵养，为一个初涉职场男孩的一生提供了一套绅士密码。这个姿势还所涉极多：砥砺、坚韧、卧薪尝胆，还有那些表象背后不为人知的心灵熬炼和那些看得见和看不见的成长。

这样的坐姿，看起来似乎缺少那么一点倜傥、洒脱，十足的青涩、懵懂。可是谁又敢说，自己的成长曾有青涩缺席？只有青涩才不为世俗所圈滞，才能秉持梦想的鲜纯与清俊。他就是以这个姿势迎向未来，挺拔的身姿中，蕴含着令人心动的蓄势待发。

十年后，我遇到几位西安作家，向他们打听那"孩子"。那大型集团在全国已如雷贯耳，而那"孩子"已成功甩掉"助理"二字，升任总经理。

不知他现在是否显得成熟了，但是，有一点我可以肯定：他的坐姿肯定一如既往。

是的，他和周晓枫的坐姿透露出的是自律。这残忍的自律！我有时想，有这个必要吗？但同时我又明白，自律，让他们有一种"时刻准备"的姿势。自律以一种水滴石穿的韧性，成就其人生的辉煌。

而且，这样的坐姿，给人的感受，正与身陷绵软沙发时那种昏昏沉沉的感觉相反——那样正襟危坐的人，其心灵是清澈灵透的，其灵魂是可以飞翔的。

脸面

张亚凌 / 文

张亚凌，《读者》等签约作家，专栏作家，中国作家协会会员，陕西渭南市作家协会副主席。数十篇散文随笔被选作中高考或各种考试阅读文。出版散文集十余部，作品曾获"首届谢璞儿童文学奖""杜鹏程文学奖""叶圣陶教师文学奖""全国儿童文学创作（短篇小说）优秀奖"等奖项。

儿时的乡村，每家每户的门楼距离巷子里的那条窄窄的小路，总有段距离。一直觉得，看似无关紧要的那片门前的地方，才是各家各户的第一张脸面。

家底殷实的人家是阔气的高门楼，门前却是右面柴火左面粪堆，让你不由得想疾走或掩鼻跑过，高门大户也失了威风；有日子过得捉襟见肘的土墙矮门，那截距离里却种着花花草草，花香草旺，清雅芬芳，低门矮户也变得雅致。

从家里看，门前之地似乎更像男人的精气神和女人的梳妆盒。在外人瞧，门前的样子，左右着旁人走路的心情及对那家那户的评判。

小孩子们都喜欢在雪花婶家门口玩。她家门口哪怕靠墙的犄角旮旯儿，即便暂时放几个枯树枝，也会折得长短差不多，码得整整齐齐，规规矩矩地集中在一角。门口也总扫得干干净净，好像风沙绕着她家门口吹。哪怕你可着性子在地上滚几下，起身都不需要拍打的。或许是因为夏日里雪花婶总从涝池里挑水，一盆一盆泼在门口，那地才变得硬实，才没浮土吧。雪花婶的男人早走了，她一个人拉扯仨孩子。多年后，从她家走出来的娃们，男娃绅士，女娃贤淑，一如她家门口空地，干净，好看。

孩子们都不喜欢靠近有福家门口。按辈分，我该叫有福叔，可私下里都直呼其名，因为不喜欢。有福家喜欢养狗，死了老的买回小的，从不间断，好像家财万贯晚上不闭眼地提防偷窃。有福家的人，说话粗声恶语，那狗也通人性般配合着总是狂吠，惹人害怕又讨厌。门口东西放得也不规矩，破石头，烂犁铧，横着竖着，难看又刺眼。他家的孩子，看着也眉眼不对。有福有福，福分哪是叫一叫就能跑到跟前的！

再后来，因了种种原因，我在七岁时去了二百多里外的外婆家生活。外婆家的巷子很奇怪：家家户户的门楼来不得喘口气，直接连着路，推开门就是路。过了路，是属于各家各户的一小片地。

那一小片地，同样是各家各户的脸面。庄户人的勤懒、精笨，心气儿的高低，都淋漓地体现在那一小片地里。稍微留意，就会发现那一小片地与人，真是绝配：种了各种蔬菜，哪怕一种只有两三株的，多是极殷勤的啥都想给自己拾掇的人；成片只种一种蔬菜的，做事大气不拘小节；地头有花地里有菜的，主家一定是颇为讲究的精致人；地里直接种果树的，则是目光长远暂时屈身于土地的能人……后来呀，真的——印证了我的判断，难怪外婆笑我"小合阳鬼"（我的老家在陕西合阳）。

长大后，才发现，不仅每家每户有自己的"门前空地"，一个国家也有。透过这些脸面，我们可以窥视人的素质，洞悉社会的文明。

我二十多岁时，在尘土飞扬的路边，想望见四十岁、五十岁的自己，到底走到了哪里。如今我年近六十岁，知道已走在人生的远路上，此时回头，看见二十岁的自己还在那里，我在他远远的注视里，没有迷路，没有走失。

贰

星海横流，
岁月成碑

自省录

陈世旭 / 文

陈世旭，当代作家。自20世纪70年代末写作至今。著有长、中、短篇小说多部。中国作家协会会员。

蹒跚文字，数十年了。见识不多，教训不少。聊作记录，以诚未来。

——题记

嫉　妒

1980年，中国作协恢复文学讲习所，按序列为第五期。这一期时间很短，只有四个多月，但我们十分幸运地听到了许多前辈名家的讲课。其中，曹禺先生讲的那堂课，是给我印象最深的课之一。

此前不久，曹禺先生访问英国时看了歌剧《阿芒得斯》，那堂课他着重讲的是这部歌剧的观感。

《阿芒得斯》主题是庸才对天才的扼杀。宫廷音乐家阿沙利瑞作为一个平庸的音乐家，对音乐天才莫扎特怀有浓烈而又深沉得仿佛爱情的嫉妒和恨意。演员惟妙惟肖地再现了庸才和天才之间一场关于宽恕与嫉妒的争斗。

然而，如果仅止于此，那就只是一个平常的嫉妒故事。高潮在于歌剧的结尾：阿沙利瑞临死时，宣布自己是莫扎特的"谋杀者"！更令人震惊的是，剧终前，主角阿沙利瑞走到台前，面对整个大厅的观众，大声问：

你们谁又不是扼杀天才的刽子手？

复述这句台词的时候，坐在讲台后面的曹禺先生"腾"地站起，模拟那位演员，声色俱厉，抬手指着前方。

不知其他人是什么感觉，我的感觉是突然被人揭去了假面，暴露出了深藏的阴暗和肮脏。从小我就是那么自卑，心胸狭隘，暗中嫉妒一切比我强的人。所以没有成为阿沙利瑞那样的"刽子手"，不过是因为不具备他的地位和权力。

在曹禺先生观摩的英国歌剧《阿芒得斯》中，天才莫扎特陨落了，而"谋杀"天才的阿沙利瑞也不免让人同情。见证天才的辉煌，何其有幸；生活在天才的阴影下，又何其不幸。凡夫俗子的茫然、绝望和嫉妒，撕咬着他的灵魂。作为同行，他其实是最懂也最爱莫扎特的人，可惜他自己也许并没有意识到。他的嫉妒也"扼杀"了他自己。这真是一个无解的悲哀。

曹禺先生讲的是一堂文学课，对我来说，是一堂人生课，让我认识到，嫉妒本身其实是一种仰望，而被嫉妒，则是成功的标志。许多事终非强求可得，嫉妒的人因而是可怜的，他们被追名逐利的偏执与欲望扭曲，享受不到阳光的美好，体会不了人生的乐趣。更有甚者，嫉妒作为一种心灵的疾病，会扩散到身体各处，引起种种莫名其妙的不良反应，是摧毁人性和健康的毒药。嫉妒固然有可能伤害别人，但首先伤害的是自己。

自那以后，我虽然不敢说对别人的成就绝对没有醋意，但会努力强化自己的心理承受能力，"留心嫉妒，那是一个绿眼的妖魔！"（莎士比亚）决不苦痛煎熬，傻乎乎地做伤害自己的事。

惰　性

网上看到一个故事：一个放羊的与一个砍柴的聊了一整天，羊吃饱了，该回家了，砍柴的这才记起来，自己还没动手砍柴呢。

小学，下午放了学，我们一帮小屁孩跟着班上成绩最好的一个同学疯玩儿，天黑好久了才回家。突然记起还得硬撑着瞌睡完成老师布置的作业，心里直后悔，但领着大家玩儿的那位同学却每次都若无其事，而且每次考试都是满分。一开家长会，老师和所有同学的家长都一个劲夸他聪明，天资高。我们羡慕得要命。后来我才知道，原来他每天下午在课堂上就把当天的作业都做完了，回家吃过晚饭又抓紧时间把第二天要上的课预习了一遍。一个人再聪明，天资再高，也还是下了功夫的。

庄子寓言《徐无鬼》讲了一个石匠的故事：某人在自己的鼻尖抹上蝇子翅膀大小的一点白粉，石匠拿起斧头，"运斤成风"，把那人鼻尖上的白粉完全削去，而鼻子不受一点伤害。挺神的。

石匠怎样能做到这一点，庄子在这个故事里没有解释，但在他讲的另一篇故事《达生》里，我们可以找到原因。

《达生》讲道：孔子在去楚国的路上，经过一片树林，看到一个驼背老人举着一根长竹竿粘知了，轻而易举，信手"粘"来，竟没有一只能逃脱。孔子惊奇，问老人有什么窍门。老人回答：你看我站在这里，就如木桩一样稳稳当当；我举起手臂，就跟枯树枝一样纹丝不动——

虽天地之大，万物之多，而惟吾蜩翼之知；吾不反不侧，不以万物易蜩之翼，何为而不得！

尽管身边天地广阔无边，世间万物五光十色，而我的眼睛里只有知了的翅膀。外界的什么东西都不能分散我的注意力，影响不了我对知了翅膀的关注，怎么会粘不到知了呢？

其实，我身边就有现成的例子。

那年在京开会，一块上过中国作协文学讲习所的几个，常常天南海北地聊大天。上海作家王安忆从来都默默坐在一边，有天突然站起来，说我回房间去改稿子，便离席而去。

那篇稿子，就是引起广泛好评的中篇小说《小鲍庄》。

原来大家东拉西扯的时候，她一直在琢磨小说。

不记得在哪里看到一则短文，引用了鲁迅的话：世界上哪有什么天才，我只是把别人喝咖啡的时间用在工作上了。

先天的禀赋自然是有的，鲁迅说"哪有什么天才"是出于谦虚。但即便是"天才"，也是会"把别人喝咖啡的时间用在工作上"的。

道理很简单，只是难做到。一年一年过去，一拨一拨在我后面开始写作的同行一次一次轰动文坛，而我天资不够，又不努力，总是在给自己找不安心坐下来读书学习的理由，那就只能是哀叹"沉舟侧畔千帆过，病树前头万木春"了。

卖　弄

记不起是从哪年开始，因为憋不出小说，无聊中抓起毛笔胡乱涂鸦。不几时，不管走到哪里，只要有人铺纸，就肆无忌惮地横刷竖抹。围观者出于客套，胡乱喝彩，我皆当真，一脸得色。直到京城一位朋友寄来一堆古代名家字帖，供我鉴赏研习，翻过几册，我如梦方醒，一身冷汗淋漓，从此罢笔，再不敢气壮如牛地糟蹋笔墨纸砚了。如果非写不可，就用钢笔给对方留言纪念。

比书法更让我露怯的是旧体诗。参观留言，题赠友人，纪念感言，喜欢"即兴""匆就"，或五言或七言，或绝句或律诗，张嘴就来，甚是自鸣得意。让我又一次大汗其颜的是山东一位诗人。某年他领我走访李清照故里，我见他爱好旧体诗，便从手机翻出几首拙作以示同好。他读后说了一些好话，我一眼就看出是言不由衷，便再三表示希望听到他的心里话。

他沉吟良久，说："旧体诗是有格律的。"我马上就听懂了，我这些"旧体诗"是没有"格律"的。之后，我再不敢当场"即兴"了，如果写文章忍不住夹杂几句，就把初稿发给朋友中的行家，请他们规范斧正。这样做了几次，我意识到十分不妥，一是如此麻烦朋友没有道理，二是纯属欺世盗名。于是狠下决心，除非真的弄清了旧体诗的子丑寅卯，再不敢没羞没臊地冒充旧体诗人了。

反思类似恶习，盖出于卖弄心理作祟。

卖弄是一种常见的社会现象，内容很丰富，方式也很多。我这种所谓"文人"，喜欢卖弄的自然是才华。

一个人卖弄什么，其实表明他正缺什么。

初中毕业就下乡务农，没有受过系统教育，只因时势使然，走上写作道路。阅读面稍宽，发现鲁迅那一代作家，几乎个个学贯中西。鲁迅倡导白话文，却有着极其深厚的古文功底，文稿的毛笔字，既温柔敦厚，又遒劲如刀刻，入木三分。他的旧体诗，我也是无比崇拜，于是像动物园的猴子学人样，毛手毛脚地做大师状，却又心浮气躁，下不了苦功，结果只能是表现自己的轻佻可笑。行家即使不拆穿，心里是难免鄙视的。

卖弄是因为虚荣。虚荣的背后，是自身的迷失。活了一辈子不知"卖弄"为何物，那不只是可笑，而是可悲！

虚　荣

有一个著名比喻，将作者与作品比作鸡与蛋：读者读作品不必知道作者如何，如同吃鸡蛋不必知道那母鸡长什么样。

这个比喻很幽默，但跟所有的比喻一样不尽精确。鸡蛋吃了就吃了，的确不必知道鸡，但了解作者对理解作品还是有一定帮助的，问题只在别自我吹嘘或听任别人夸张。然而，这在实际操作中往往难以避免。

有家文学刊物发稿，要求提供作者简介。我以为自己写得足够详细了，但刊物出来后却发现编辑加上了许多虚张声势的称谓、名头，令我羞愧无地。

刊物那样做，无疑是为我好，使我那些平庸的文字得以刊行。所谓吃蛋不必管生蛋的鸡的比喻，是有前提的：要么蛋是绝对的好蛋，什么样的鸡生的都无所谓；要么鸡是人人皆知的好鸡，下的一定是好蛋。如果两者都不具备，那就只好加上尽可能多的、不着四六的名目，来广告这鸡是好鸡，使读者认为其下的蛋也一定是好蛋。

这样一想也就释然，心里并且滑过一个不无卑劣的念头：反正我是被动的，真有人信也没什么不好。此后再有这样的事，也就听之任之了。

却终于几乎当众出丑。

某次坐火车，一排三座的另外两位女士正头靠头地读一本文学期刊。我忍不住偏头瞄了一眼，她们看的正是我新近发表的一篇小说，一阵窃喜，不料，却突然听到捧着刊物的那位很尖锐的一声：这人也太没劲了，作者简介说这么多跟文学不相干的东西！另一位更激烈：不是没劲，是下作。越是写得不怎样的，越是在这些地方动脑筋。

我像遭了雷击，眼前一黑。稍稍清醒，赶紧起立溜走——那作者简介前面同时刊发了我的"玉照"——也不知编辑是从哪里找来的——笑得那么开怀那么愚蠢。

离开座位的时候我两腿发软：但愿她们没有认出我，或者认出了只是骂骂而已，不要当众揭发。

从此，再遇到必须刊发"作者简介"的要求，我绝对坚持由我本人提供文字，对方可以删，不可以加。然而，这样的固执还是会有完全相反的结果。

客居异乡后，一位认识我的当地同行看我拿欠发达地区工资在发达地区过日子，好意帮我，推荐我参加当地一个基层文学社团的评奖工作。主办方为了证明评委的资格，需要公布评委简历。他们觉得我提供的资料过于简单，不足以与评委之职相称。因为我坚持不肯增加内容，推荐我的那位朋友很生气：

人家请你，是看得起你。你既然接受了，就有义务支持人家的工作。希望评委简历详尽，是为了证明评委会的权威性。你那样做，除了让已经提供详尽资料的其他评委难堪，说穿了，还不就是想显得自己单凭名字就可以走遍天下！就算我不这么看，别人也会这么认为……

我张口结舌，无从解释，只能敬谢不敏，退出评委会了事。

那笔本来可以到手的评委费虽然说不上多么丰厚，但好歹是一点福利，事后不免心疼。但权衡利弊，觉得朋友说的"想显得"只是一种推测，比起直截了当的"是下作"来，还不至太难以忍受。

忘　形

至少在二十年前，我发表过一则《自律四戒》，其中第四戒是"戒得意"。举了好几个例子，下面是其中之一：

1991年，我被调到省作协做协会工作，应邀去参加一个地区的文学座谈会。会上有人要求我谈一谈自己的写作。这是我一直忌讳的事，但现在端了协会的饭碗，责无旁贷，只能从命。

散了会回到房间，一个陌生青年径直走到我跟前。我笑脸相迎，以为他来追星，不料他一字一句清清楚楚让我决不会误会地说："我刚刚听了你的讲话，你以为你的小说写得好吗？我告诉你，很差！"说完就转身走了。我像桩子似的钉在那里，好半天才回过神来。事后方知这是一位乡村才子，最近在外省发表过很精彩的小说。我于是检点刚才会上谈自己写作的话，一定是尾巴又没有夹紧，说着说着就露出了该死不死的张狂劲儿。

在这一"戒"的结尾，我咬牙切齿地说：禅宗有一个"当头棒喝"的公案。对一个头脑容易发热的人，有当头棒喝肯定比没有好。唯愿未来的日子，我一能完全戒除得意恶习，二能真的有所长进。

然而"恶习"岂是那么容易"戒除"的？尤其像我这样一个根器浅薄的人，没过几年就好了伤疤忘了疼，遑论"长进"。

参与省文联的行政工作不久，美术家协会的一位画家建议我去看他们协会的一个创作基地，是一处小庭院，就在省城，市文化部门管理的一个省内外书画家雅集的场所。庭院深处拐角的一间库房保存了过往书画家留下的许多书画作品，场所负责人决定分期分批陈列，供同行交流切磋，供有兴趣的闲人浏览，为此让我题写陈列馆的牌匾。

文艺社团中，有名气的书画家大多自适自足，不致太看重行政职务。他们善意地错把我当作有点雅好的人，看得起我，我自然是不胜荣幸之至。笔墨纸砚是现成的，我那时写毛笔字又正在瘾头上，毫不迟疑，提笔一挥而就。

那个匾很无耻地在那个拐角的库房门头寂寞地招摇了好多年，直到有一天新上任的市文化局长视察下属单位时责令撤掉。

省美协那位也已退休的画家只告诉了我这个消息，没有再往下说。他显然有点意外：那位局长专心从政前曾经很爱好过文学的。我也知趣地没有再往下问，心里虽然有一点复杂，但很清楚，如果探究就只能探究我自己的犯贱欠揍。谁让你撅起屁股？认真起来，我倒是应该感谢那位局长。他那个责令，就像《儒林外史》里范进岳丈的那一巴掌，打回了我一度走失的清醒。

常言道事不过三。这种程度的得意忘形，已经有过两次了，决不能有第三次。作为曾经的酒徒，我念叨得最多的一句李白诗句是"人生得意须尽欢"。经此之故，再犯酸的时候，我把"须"字改为了"休"字——人生得意休尽欢，并自嘲是李白的"一字师"。

因为这个改动，对我实在太重要了。

一个人经历多了难免世故。但我以为，世故并不都是坏事。因为，一，人总该越活越明白；二，也总该尽量少给别人造成不快——如果不能给别人带去快乐的话。

远路上的新疆饭

刘亮程 / 文

刘亮程，1962年生，新疆沙湾县人，现任新疆作家协会副主席，被誉为"20世纪中国最后一位散文家""乡村哲学家""自然文学大师"。著有诗集《晒晒黄沙梁的太阳》，散文集《一个人的村庄》《在新疆》，长篇小说《捎话》《虚土》《凿空》《本巴》等。曾获第二届冯牧文学奖、第六届鲁迅文学奖等奖项。

一

有一年，我们开车去阿勒泰，从天山脚下的乌鲁木齐出发，穿过茫茫准噶尔盆地，往天边隐约的阿尔泰山行进。原打算在黄沙梁吃午饭，那里的路边有几家卖拌面和大盘鸡的野店。所谓野店，就是前后不着村，饭馆的矮房子淹没在路边野草中，四周是沙梁起伏的荒漠。

那时这条穿越荒野的道路旁人烟少，饭馆更少，南来北往的人，行到这里早都饿了，都会停车吃饭。我们却没饿，行车到半中午时，见路边一片瓜地，便沿便道开车到瓜地边，想买个西瓜解渴。一地西瓜明晃晃熟在地里，却找不到看瓜人，没办法买，只好自己摘了吃，吃饱了在瓜皮下压了钱，算是付费。

这顿西瓜把我们的午饭耽搁了，到黄沙梁的野店时，都饱着，就说再往前赶，结果一直赶到了黄昏，车里人饥肠辘辘，这时候的大漠落日，就像挂在天边永远吃不到嘴的圆馕。司机说，这段路上再不会有饭馆，也不会有西瓜地。我们穿过沙漠腹地已经到了更加干旱荒凉的阿尔泰山前戈壁。

这时，荒无人烟的路边突然冒出一间矮土房子，土墙上歪歪扭扭写着"沙湾大盘鸡"。赶紧刹车拐进去，车停在院子。所谓院子，就是土屋前一小片修整平坦的戈壁，和屋旁辽阔起伏的戈壁滩连在一起。店里只一张桌子，七八个板凳。女店主的表情也跟戈壁滩一样漠然，不冷不热地说一句"你来了"，那语气像似认得你。你似乎也觉得认识她，只是记不起来。她提着大茶壶，给每人倒一碗茶，那茶仿佛泡了一天，跟外面的黄昏一般浓酽。

忐忑地要了一个大盘鸡，问多久炒好。说快得很，一阵阵。果然喝几碗茶工夫，做好的大盘鸡端上来了，那盘子占了大半个桌子，鸡块、土豆块、辣子满满堆了一大盘。四双筷子齐刷刷伸过去，没人说一句话，嘴全忙着啃鸡，忙着吃里面的皮带面。太阳什么时候落山的都不知道，小店里渐渐暗下来时，我们才从贪吃中抬起头来，彼此看看，谁学着女店主的腔冷冷地说了句"你来了"，大家都笑起来。

我全忘了坐在一桌的人是谁，我们因什么事踏上了去阿勒泰的这趟旅行，只记得吃着大盘鸡的瞬间，我侧脸看着窗外荒天野地里的彤红晚霞，地平线清晰地勾勒出大地的边沿，那是我在千里之外的小县城，时常看见的天边，我们开车跑了一整天，她还是那么远。仿佛比我在别处看见的更远。那一刻，一顿荒远的晚饭，就这样长久地留在了回味里。

多年后再走那条路，有意把时间磨到黄昏，想再坐在那小店的窗口，吃着大盘鸡看荒野落日，想再听那恍惚的一句"你来了"……沿路经过一个又一个路边饭店，一直把天走黑，那土房子再也找不见。

二

大盘鸡是我家乡沙湾发明的一道大菜，说是菜，其实也是饭。新疆饮食大多饭菜不分，拌面、抓饭、手抓肉都是饭里有菜，菜饭合一。大盘鸡也一样，主菜鸡，配料辣子、洋芋、葱姜蒜，外加特制皮带面，搅拌在一起，结实耐饿，适合在路途中吃，也方便在偏远路边店炒制，剁一只鸡，配一把辣皮子，一只铁锅便能炒制出来。

大盘鸡发明那些年，我在沙湾城郊乡农机站当管理员，常被拖拉机驾驶员拽去吃大盘鸡，那些跑远路的司机，吃遍天山南北，还是觉得大盘鸡好吃。好在哪，可能就是盘子大，可以放开吃。不像那些小碟子小碗的吃法，都不好意思下筷子。那时大小酒桌上的主菜都是大盘鸡。一大盘子鸡肉摆在面前，红辣皮子青辣椒，白葱绿芹黄土豆，满满当当堆一盘，能让人胃口大开，平添大吃大喝的豪气来。

沙湾大盘鸡在20世纪90年代沿公路传到全疆各地。

到现在，好吃的大盘鸡都在路上。后来大盘鸡传到城郊僻街陋巷，生意依旧红火。城里人纷纷开车来吃，城郊乱糟糟的环境能和大盘鸡相匹配。再后来大盘鸡进了城，乌鲁木齐繁华区开过许多大盘鸡店，没多久都倒闭了。不是城市厨师手艺不好，大盘鸡本是一道乡间野路子大菜，在乡村饭馆和路边的简陋餐桌上，它一盘独大，其他菜都围着它转。到了城里的大餐桌上，七碟子八碗，大盘鸡失去了霸主位置，自然就寡味了。

有几年我们在和丰做工程，常走呼克公路，早晨从乌鲁木齐出发，到黄沙梁那一片刚好中午，在路边沙包下的饭馆吃大盘鸡。那几家店我们轮换着吃过，味道都差不多，好不到哪里，只是那个环境，太适合吃大盘鸡了，屋外摆着永远擦不干净也支不稳当的圆桌，除了路，四周是沙漠荒野。有时刮起风，空气中呼呼啦啦地响，一阵沙尘草叶扬过来，大盘里的鸡肉也随之味道丰富起来。

我有一个亲戚，就在黄沙梁北边的沙漠里，开荒种了几千亩地，说了几次让我去他的农场玩。一次我路过黄沙梁，突然想去看看这个当"地主"的亲戚，打手机接不通，没信号，便驱车往沙漠里开，在岔路纵横的荒漠中凭感觉行驶了三个小时，最终盯着远远的一缕炊烟来到亲戚家的农场。那缕冒着炊烟的矮房子，坐落在一眼望不到边的棉花地边，女主人正在做午饭，见我来了，赶紧让小儿子骑摩托车去喊他父亲。

不一会儿，带着一身农药味的男主人回来了，说在开机子打农药。我说，耽误你干活了。亲戚说，让虫子多活半天吧，没事。

说着扭头吩咐女人剁鸡，只听房后一阵鸡叫和扑腾声。又过了一阵子，一大盘鸡便做好端上来。男主人从床底下摸出两瓶沙湾苦瓜酒，我们边吃边喝边聊着棉花收成的事，五个男人，一会儿就把一瓶子酒喝光，第二瓶喝到一半时，主人喊小儿子去买酒，我说喝好了，还要赶路呢。小儿子不听我的，一脚油门，摩托车扬尘远去。

那半瓶酒喝完时，太阳已经西斜到棉花地里。主人看着空了的瓶子，不好意思地说酒很快买来了。我说不能再喝了，还要赶路。男主人说，你来了就不要想走。我说真的有事要走。主人说，你要再说走，我就开挖机去把路挖断。

天色黄昏时，听见摩托车声，小儿子抱来一箱子苦瓜酒。我问去哪买的酒，说公路边的小商店，来回一百多公里。我们等了三四个小时，先前喝上头的酒劲都过去了，主人又吩咐剁鸡炒菜重新喝。我看天色已晚，哪都去不了了，只好任凭主人安排。

第二轮酒是在月亮底下喝开的，酒桌摆在沙地上，白天的闷热过去了，凉风从西边徐徐吹来，月光下轮廓清晰的沙丘像在晃动，月亮也在天上晃动。不知何时，同来的三个人早已躺在沙地上睡着了，司机也在敞开的车门里呼呼大睡，剩下我和亲戚举杯对饮。

荒漠之中，明月之下，两个喝高了的人，嗓音高低不平地说着明早肯定会忘记的涛涛大话，那话随月亮升高，又随沙丘起落。

我就在那时听见屋后面的鸡叫，先是一只，接着三只五只，远远地，沙漠那边的鸡叫也传过来。我看着盘子里剩了一大半的鸡肉，突然嗓子发痒，我从自己一个接一个的打嗝声里，也听见了鸡叫。

三

在新疆，最方便在野外吃的还有手抓羊肉，一锅水，一只羊，煮熟了吃，做起来比大盘鸡还简单。

一次我们到伊犁军马场去游玩，中午约在山谷里一户哈萨克牧民毡房吃煮羊肉。到了毡房，牧民说羊去后山吃草了，主人骑马去驮羊，结果一去半天。到太阳西斜，羊驮来了。招待我们的人说，羊远得很，山路也不好走。我们看着主人宰羊、剥皮，肉放进石头支起的大铁锅里，松树枝在炉膛慢慢烧着，我们耐心地等。

跟我们一起等待的还有盘旋天空的一群老鹰，鹰早在牧民马背驮羊下山时就盯上了，一直追踪到毡房前，看着羊宰了，煮进锅里，它们等着吃骨头。几只牧羊犬也等着吃骨头。还有远近草原上的牧民，他们看着天空盘旋的老鹰，就知道鹰翅膀下面的毡房煮羊肉了，一匹匹的马儿，驮着主人朝着这边溜达过来。

羊肉煮熟端上来时天已经黑了，堆成小山的一盘肉里，仿佛已经煮入了牧民上山驮羊的时间、羊在山上吃草的时间、鹰在天空盘旋的时间，以及我们饥饿等待的时间。

那一餐，我们一直吃到半夜，肉吃了一块又一块，每人面前都堆了一堆羊骨头。酒也喝掉一瓶又一瓶，都没有醉的意思。仿佛我们等了大半天的饥饿，要用大半夜才能吃喝回来。

四

我的朋友刘湘晨说过他最难忘的一顿饭。

那年他在塔什库尔干拍纪录片，要下山买摄像机电池，站在村口等车，等到快中午，路上连个车影子都没有。就在这时，山坡上说说笑笑来了五个姑娘，在路边的平地上支起帐篷，用石头垒起一个炉灶，放上铁锅，便开始架火烧饭。我的朋友不知道姑娘们给谁做饭，也不便过去问，就老老实实坐在路边等。等得快睡着了，过来一个姑娘喊他，让过去吃饭。姑娘说，我们在村里看见你在这里等车，今天不一定会过来车，明天后天也不一定有车过来，我们给你搭了帐篷，做了饭，你住下慢慢等。

我的朋友常年在塔什库尔干拍片子，住在当地的塔吉克族人家，早已领略了塔吉克人的热情好客。但这样的奇遇还是第一次。他感激地吃完姑娘们做的清炖羊肉，正打算在帐篷里住下，远远看见一辆运货的卡车开来。他多么不希望这辆车过来，最好明天后天也不要有车来，他就一直住在路边的帐篷里，每天看着五个姑娘在石头垒的炉灶上给他做饭，晚上躺在帐篷里，望着高原上的星星和月亮，做着美梦，等一辆永远不希望它过来的车。

他可能是塔什库尔干最幸福的路人了。

同样的幸福经历我也遇到过。

那次我们驾车去和布克赛尔蒙古自治县牛石头草原探路，那是一处远离县城的高山湿地夏牧场，没有正规道路，汽车走的都是羊道，羊群踩出的道大坑小坑，要把车颠散架似的。一百多公里的路，走了四个多小时。大中午时，一行人进到一户牧民毡房，男人放羊去了。我们给女主人说，能否给做点吃的，我们付钱。

女主人热情地招呼我们上炕坐下，很麻利地铺上一块白色单子，把烤馕和小油饼放在上面，沏上烧好的奶茶，让我们品尝。然后，女主人架着外面的炉子，开始煮风干牛肉。

我们出去游玩拍照。这里是一片高山湿地牧场，一块块的巨大石头，像卧在草原上的石牛，全头朝西，任由西风吹凿出头、身体和鼻子眼睛。草原上还有两个小湖泊，离得不远，像两只望向天空的眼睛。我们玩得忘记时间，直到听见女主人站在一块大石头上高喊，声音高高地飘到天上又落在草地的大石头间。

那顿肉我们吃得很仔细，肉被风吹干，再煮熟，还是干硬的，只有小块地咀嚼，肉里有风的悠长干燥，有草从青长到黄的香，有石头的咸，有松枝烧柴的火气。一大盘子牛肉，细嚼慢咽地全吃光了。

临走时问主人需要多少钱。

"不要钱。"蒙古族阿妈说。

同行的朋友掏出五百元钱硬塞给阿妈。阿妈拗不过，就收下了。然后，她俏皮地笑着，一人一张把五百元钱塞给了我们一行五人。

像是塞给她的五个孩子。

五

那年我和一位作家在维吾尔族朋友陪同下，到库车塔里木乡采风。爱说笑话的乡会计开一辆没刹车的破桑塔纳，拉着我们在渠沟纵横的胡杨林里穿行。矮胖敦实的维吾尔族乡书记坐前面，我们同行三人挤在后排。会计用半生不熟的汉语说，你们不要担心我的车没刹车，刹车多得很，胡杨树、沙包、渠沟都是刹车。确实这样，对面过来一辆拖拉机，眼看撞上了，会计一把方向，直接撞在路边沙包上，把车刹住了。

晚饭安排在塔里木河边一户农民家，两间房子，孤孤地坐在胡杨林里。我们进屋脱鞋上炕，炕桌上摆着馕和葡萄干，乡书记让我们坐上席，他和会计坐对面。我们喝着奶茶吃着馕，会计打开自己带来的几包油炸大豆和花生米，乡书记从身后摸出一瓶酒，打开自己倒一杯喝了，又倒一杯给我。维吾尔族喝酒是一个杯子轮流转，转一圈，酒瓶子交给我，我先倒一杯自己喝了，再倒一杯给乡书记，就这样一圈圈地转，几包花生米都吃完了，天上星星出来了。

我以为就这样一直喝下去了，突然房门打开，主人端着一大盘煮熟的羊肉进来，接着提来水壶，挨个给我们浇水净手。乡书记说，刚宰的羊。书记带我们双手捧起做了祈祷。然后，他从腰上的刀鞘里抽出一把刀子，刃朝自己，刀把递给我。我在盘子中间最大的那块肉上割一块自己吃了，又割一块给乡书记，然后刀子递给会计，他麻利地把肉削成小块递给我们，自己也不时塞一块肉在嘴里。

肉吃好已经是半夜了，我以为该开着没刹车的桑塔纳回乡上睡觉了。可是，乡书记又摸出一瓶酒，说刚才是白喝，没有菜。现在菜来了，正式喝。

　　这场酒从半夜开始，往深夜里喝。与我同行的作家喝几杯说醉了，一歪身躺炕上睡着了。我们在他的鼾声里一杯杯地喝，他睡一觉突然坐起来，说该走了吧。乡书记见他醒了，拉住硬给他灌一杯酒，他又倒身睡过去。我们就在他睡睡醒醒间，喝了一瓶又一瓶。中间有一阵子，我有点迷糊，喝了几杯又醒过来。醒过来我突然开始说维吾尔语，他们都惊奇地看着我，这个前半夜不会说半句维吾尔语的汉人，后半夜张口就是维吾尔语。我用维吾尔语跟他们说笑，给他们敬酒，他们都能听懂我说什么，我也知道我在说什么。似乎我几十年来听到耳朵里的维吾尔语都被酒激活，涌到了舌头根上。

　　喝到东方泛白，我出去方便，看见房后胡杨树林下隐隐约约的水光，一大片，我沿林间小路走过去，宽阔的塔里木河出现在眼前。整个一夜，我们就在塔里木河沉静的涛声里喝着酒，却浑然不知。

　　我从河边回来时，听见了鸡叫。天渐渐亮起来，从水流中能看见亮起来的天色，胡杨树梢上的叶子也有了亮光。我回到屋里，见他们已经横七竖八躺了一炕，全睡着了，打着呼。那个使劲劝我喝酒的乡会计，还说了两句维吾尔语的梦话，听不清。男主人打着哈欠进来，低声对我说了句话，我听不懂，想回一句，嘴张开，说了半夜的维吾尔语竟半句都找不见。我不好意思地对他笑笑，然后，挤到炕角上和他们一起睡着了。

六

好多年前，我和回族画家张永和在老奇台镇采风，中午坐在路边小饭馆门前吃拌面。过来三辆马车，车上堆着空麻袋，显然刚卖了麦子。赶车人把马拴在门口的杨树上，一伙人吵吵嚷嚷在门口的大桌子坐下，我以为他们要大喝一场，粮卖了，人人口袋里装着钱。

可是，他们什么都没要。

其中一个人往里面高喊："老板，来碗面汤，馍馍自带。"

他们从随身布袋里拿出馍馍，每人拿出的都不一样，有白面的、苞谷面的，有花卷，有馒头，摆在桌子上。老板从后堂抱来一摞子大瓷碗，一人跟前摆一个，拿大水勺挨个地加满冒热气的面汤。

"谢谢啦，老板。"其中一个说。

"喝完了再加。"老板说。

他们用面汤泡馍馍很快吃完了，我和永和吃过拌面，喝着面汤看他们赶马车上路。

问老板他们咋喝个面汤就走了。老板说，今年天灾，粮食收得少，农民都舍不得吃拌面，就要一碗面汤对付了。

"不过，他们收成好的时候会过来好好吃一顿。"老板又说。

面汤是新疆最暖人的汤，不要钱。吃完拌面，最舒服的就是喝碗面汤了，汤里全是面的味道，略咸，喝一口下去，面汤烫烫地穿过刚入胃的拉面，那些香味又被勾回来。

有一个笑话，店小二给老板说："一食客吃完拌面没付钱走了。"老板问："喝面汤没？"小二说："没喝。"老板说："那就没事。"过了会儿，果然食客急匆匆回来，让老板上碗面汤。

我在沙湾金沟河乡农机站工作那两年，每天中午到乌伊公路边的饭馆吃拌面，一次一位种棉花的农民坐在对面，和我一样要了拌面，菜和面端上来时，他先把一小半菜拌在面里，很快吃完，喊一声"老板，加面"。剩下的菜分一半到新加的面里，吃完再喊一声"老板，加面"，待面上来，把其余的菜全拌进去，菜盘子拿面掺干净，呼噜呼噜吃了，又喊一声"老板，面汤"。

我被他的吃法感染，也喊了声"老板，加面"，面加了却没吃完。

听老板说，附近种地的农民，天刚亮下地，中午没工夫回家做饭，就到饭馆结结实实吃一顿拌面，然后干到天黑才回家。那一份拌面，要把上半天耗尽的力气补回来，还要撑到天黑。出那么大劲，加几个面都不够的。

路边饭馆的常客多是跑长途的司机，这顿吃了，下顿在千里之外。拌面是最能扛饿的，饭量大的加两三份面，再喝一两碗面汤，弓腰进来，挺着肚子出去。吃拌面的人，吃到加面才是最香的，加面不要钱，最后那碗面汤也不要钱。这是新疆饭的厚道，管吃饱喝好。

进到新疆的大小饭馆，主人先倒一碗烫茶，再问你吃啥。茶水也是免费的。一个不产茶的地方，竟然免费给客人喝茶。

那几年我常坐在路边饭馆喝茶，道路坑坑洼洼，汽车远去后，扬起的尘土缓缓落下来，像岁月一样，落在身上头上，我不管不顾地坐着。那时我年轻迷茫，看着远去的汽车会莫名伤感，仿佛什么被带走了，让我变得空空荡荡，又满眼惆怅。

多少年后我还喜欢在路边的小饭店吃饭，望着往来车辆，想找到年轻时的那份忧伤。我二十多岁时，在尘土飞扬的路边，想望见四十岁、五十岁的自己，到底走到了哪里。如今我年近六十岁，知道已走在人生的远路上，此时回头，看见二十岁的自己还在那里，我在他远远的注视里，没有迷路，没有走失。

山桃花

李修文 / 文

李修文，湖北荆门人，著有长篇小说《滴泪痣》《捆绑上天堂》，小说集《浮草传》《闲花落》，散文集《山河袈裟》《致江东父老》《诗来见我》等。曾获鲁迅文学奖、华语文学传媒大奖、《小说选刊》年度作品大奖、当当影响力作家等数十种文学奖项。现为湖北省作家协会主席。

那满坡满谷的山桃花，不是一树一树，而是一簇一簇，从黄土里钻出来，或从岩石缝里活生生挤出来，渐成连绵之势，被风一吹，就好像世间的全部酸楚和苦难都被它们抹消了。

我知道，在更广大的地方，干旱和寡淡、贫瘠和荒寒，仍然在山坡与山谷里深埋。但是，风再吹时，这些都将变成山桃花，一簇一簇现身。山桃花啊，满树满枝，几乎看不见一片叶子，唯有花朵，柔弱而蛮横地占据着枝头。

多年以前，为了写一部电影剧本，我一个人来到陕北角落里一座名叫"石圪梁"的村庄。站在村口，眼前景象让我欲说还休：干旱、风沙，村庄空寂，为数不多的老人。我住的那一口窑洞，满墙透风，窗户几近朽烂。到了夜晚，甚至会有实在挨不住寒冷的狐狸奔下山来，从窗外腾空跃入，跳到我的身边。

多亏了那满坡满谷的山桃花！那一晚，北风大作，"倒春寒"明白无误地来临，雪粒子纷砸入窑洞，我心头生出一股巨大的悔意。我决定就此离开——不是等到天亮，而是现在就走。

我拎起行李，爬上了窗外那座山的山脊。我大概记得，在山脊上一直走到天亮，就会看见山下公路上的大客车。就在此时，我看见那些司空见惯的山桃花好像被雪粒子砸得清醒了。雪粒子像携带着微弱的光，照亮了我身旁西坡上一片还未开放的山桃花，看上去，好似它们在天亮之前就会被冻死。

我蹲在它们身边看了一会儿，叹息一声，接着往前走。哪知道，刚走几步，身后便传来一阵含混的轰鸣声。我回过头去，一眼看见途经的西坡好似蛰伏多年的龙王在此刻出世，沙块、黄土、断岩和碎石，瀑布一般，泥石流一般，不由分说地流泻、崩塌和狂奔……猛然间又平静下来。唯有尘土四起，穿过雪粒子，在山巅、山坡和山谷里升腾。

也不知道为什么，尘雾里，我却心疼起那些快要被冻死的山桃花：经此一劫，它们恐怕全都气绝身亡了吧？我不禁返回去，走近山体滑坡的地方，想再看它们一眼。果然，那些山桃花全都被席卷而下，连根拔起，散落在地。我靠近了其中的一簇，伸手去抚一抚它们，看上去它们像是早已对自己的命运见怪不怪。

哪里知道根本不是——突然，像是雪粒子瞬时绽放成雪花，一颗花苞，对，只有一颗，轻轻地抖动了一下，然后，叶柄开始轻微地战栗，萼片随即分裂。我心里一紧，死死地盯着它看。我看着它吞噬了雪粒子，再看着花托竟然在慌乱中定定地稳住了身形。

我知道，一桩莫大的事情就要发生了，即使如此，花开得还是比期待的更快：是的，一朵花，一朵完整的花，闪电般开了出来。在尘雾里，它被灰尘扑面；在北风里，它静止不动，小小的，但又是嚣张的。灾难已然过去，分散的河山，失去的尊严，必须全都聚拢和卷土重来！我看看这朵花，再抬头看看昏暗的天光，一时之间，震惊、激奋和仓皇全都不请自来。

就在我埋首在那一朵花的面前时，更多的花，一朵一朵，一簇一簇，像是领受了召唤，更像是最后一次确认自己的命运，呼啦啦地开了。哪怕离我最近的这一簇，虽孤悬在外，也开出了五六朵，而叶柄与花托又在轻轻地抖动，更多的花，转瞬之后便要在这"倒春寒"的世上现身了。

可是，就在此时，山巅上再次传来巨大的轰鸣声。轰鸣声越来越近，越来越近，尘雾愈加浓烈，所谓兵荒马乱，所谓十万火急，不过如此。但我还是置若罔闻，屏住呼吸等待着发落——是的，最后那几朵还未开出来的花，我要等它们来发落我。

它们终归没有辜负我：就在即将被彻底掩埋时，它们开了。我迅疾跑开，远远站在一边，看着它们盛放一阵子，随即，被轰隆隆滚下的黄土和碎石吞没。

所以，天人永隔之后，它们并未见证我对自己的发落——最终，我没有离开那座名叫"石圪梁"的村庄，而是在越来越密集的雪粒子里返回了自己的窑洞。

是啊，我当然无法对人说明自己究竟遭遇了一桩什么样的因缘，可是，我清清楚楚地知道，我目睹了一场盛大的抗争。这场抗辩里，哪怕最后仍然被掩埋，所有的被告们，全都用尽气力变成了原告。

也许，我也该像那最后时刻开出的花，勇敢地迎战。每个人都有必须面对的命运，它来了，你就走不掉，必须面对。

这么想着，天也快亮了，远远地，我又看见了我的窑洞。我的鼻子一酸，干脆发足狂奔，跑向了我的命运。

地铁里的"他们"

王国华 / 文

王国华，河北阜城人，现居深圳。中国作家协会会员。"城愁"散文的倡导者和书写者。曾获第五届广东省有为文学奖"九江龙"散文金奖、第八届冰心散文奖、第八届深圳青年文学奖、第六届深圳十大佳著奖。已出版《街巷志：行走与书写》《街巷志：深圳已然是故乡》等二十余部作品。

我看见了他们。一，二，三，四……我一个个数着。数不过来，干脆闭上眼。他们穿透我的眼睑，直逼大脑。

深圳的地铁，令时间失效。晚上十点钟，依然拥挤不堪。列车喘着粗气跑来。下来一些人，上去一些人。列车想，还不如不停呢。

罗宝线，又名一号线，横跨东西，从罗湖区到宝安区。尾声处，乃著名的西乡，现为宝安区的一个街道，原先是郊区小镇。很多在南山区金融和科技中心工作的年轻人都租住在这里。相较，此处房租便宜一些。现在似乎也不便宜了。铺天盖地而来的洪流陆续填平高高低低的沟壑。

我居然还有个座位。一个高个女孩儿下车了。站她旁边的男孩看看我，看看空座，转回头去。让座的人懒得说话。我悠然坐下。

中年而已，我却是车厢里年龄最大的人，十次有八次这样。时光驱赶着所有人。满车厢的人都追不上我。

就在一个人与一个人的连接处，我看到了更多的"人"。不敢确定他们一定是"人"。但除了"人"，我想不出更恰当的比喻。还是简单粗暴地称之为"他们"吧，再加个引号。

"他们"没有性别，分不清是男是女。我写"他们"的时候，偏旁都不知道该用单立人还是女字边。采用"他们"，只为叙述方便，并不代表一定是男性。

"他们"各种姿态地站着或者坐着。地铁上找个座位多难啊。"他们"根本不需要座位，随处可以坐。坐在乘客的肩膀上、坐在年轻人的腿上。"他们"一点重量没有。有时候还像跳芭蕾的演员一样，坐在你的手机上，甚至脑瓜顶上。而你依然专注地看着手机，毫无觉察。

"他们"让车厢更丰满。有了"他们"，车厢才叫车厢。你们看到的拥挤是乘客的身体与身体。我看到的拥挤是"他们"和身体。热气在"他们"头顶丝丝缕缕地蒸腾。

我相信能看到"他们"的人不多。但我必须看见。如果连王国华都无视，"他们"该多么悲伤。泪水在眼角含着，随时跌落下来。我坐上地铁，和"他们"对视一下，"他们"就面目模糊了。这是"他们"的常态，是正确的存在方式。线条突然清晰的时候，一定有不正常的事要发生。

我乘坐四号龙华线、二号蛇口线的时候，都看见过"他们"。据说还有更多的地铁线路正在修建中。街道下面的世界越来越复杂，充满了各种可能性。我不知在新线路上是否还会遇到"他们"。以后的事谁能预料呢。

有一位年轻女白领，早晨赶地铁上班。深圳的地铁站修得很势利，进站是步梯，要一级一级地沿陡峭的台阶走下去。出站才有电动扶梯。她在进站口附近慢慢倒了下去，手中的豆奶洒了一地。此时阳光尚嫌惺忪，微风略显清凉。急匆匆的脚步纷繁杂乱。其间一位穿制服的清洁工过来看她，还用手扒拉了一下。急救车赶到时，那位女子身体已经凉了。

她是成千上万上班族中的一个。她现在依然在地铁里，在座位上坐一坐，在谁的脑瓜顶上站一站。她和数不胜数的"他们"，成为车厢的一部分。只要地铁站还在，只要一辆辆价值数千万的列车每隔几分钟就赶来一班，"他们"就永远在。明亮的灯光照耀着城市下面这一块地方，地上的人踩着地下的人。各行其道，各不相干。

读到这里，也许有人会说，好吓人，世上哪里有什么魂灵。

我不知道世上有没有魂灵，更不清楚看到的是不是魂灵。我只说，我看到了"他们"。

或曰，"他们"已经是另外一个世界的人。常人看不到。我却想，世界就是一个世界，宇宙就是一个宇宙。就像"他们"，和车厢里的人本就是一体的。永远在一起。若说隔开来还有一个世界，那只是我们视野不够大。

"他们"来自四面八方，在深圳的地铁里集聚。"来了就是深圳人"，这个口号可以概括所有物种。来了就是深圳植物，来了就是深圳河流，来了就是深圳的大鸟，来了就是深圳的"他们"。贫困年代，生活不下去的宝安（深圳的前身）人，月黑风高之夜，潜伏到海边，抱着两个捆在一起的篮球，一个打足了气的轮胎，跳入滚滚波涛中。目的地：香港。十几年后，他们衣锦还乡，成就了深圳最初的繁华。这些来自四面八方的"他们"，成就了深圳的地铁。

朗晴白日，你抬头望天，只见零零星星的"他们"在空中飘来飘去，像无线的风筝，没有引擎，没有加速度，弱小而无助。能飘到深圳，全靠命运。命运不会长久地眷顾某个人，却会在他走投无路时给其一条出路。深圳即是其中一条。当初离开其他地方，"他们"靠的是直觉。所有事物都有直觉。一堵墙倒下的时候，下面的草突然弯下了腰。"他们"没有目的地，只是偶然被吹到深圳，又凑巧落在地铁站，从此这里就是"他们"的家。

而留下来，并成为地铁的一部分，却有赖于深圳之气。每个城市都有自己独特的一股"气"，这股气达到一个峰值，正适合"他们"存在（我不叫生存）。若峰值高低乱窜，"他们"就会冷，就会消失，像一个人被冻死在雪地上一样。

这股气弥漫于整个深圳，包括城市的温度，水汽的含量，孩子的笑声，路人的表情，服务人员的工作态度，植物和动物的活跃度，风的大小，早茶的丰俭，停车位的拥挤度……这些元素紧紧地凝结在一起，形成了"他们"的生活环境。反正"他们"也不吃饭，只是在车厢里。以上元素就是"他们"的饭。"他们"被乘客的气息烘托着，也反作用于乘客。很多乘客到了地下，感到气息不太一样了，这都是因为"他们"的存在。

深夜，人群散去。"他们"一个个孤零零地留在每一节车厢中。那是最冷的时候。不知"他们"互相之间是否有交流，如何交流。"他们"陆陆续续躺倒在角落里，地板上，像冬眠一样，静止不动。乘客回家睡觉是因为累，"他们"睡觉是因为冷。睡着以后，对"气"的要求不高了。车厢一夜不动，"他们"一夜不动。就着乘客残存的一些暖气，身形不至飘散。第二天"他们"不是被吵醒，是被热气蒸醒过来。拥挤的乘客们前胸贴着后背，看不见"他们"，"他们"却又活生生地走来走去。

我仔细打量过，"他们"手中始终拿着鲜花。车厢里偶有乘客拿着花，凑到鼻子底下闻一闻。等他们离开车厢，鲜花的影子、香味、颜色都留了下来，凝聚成另外一团。"他们"将其捡起来，再也不肯放下。鲜花仿佛是乘客特意留给"他们"的。

面目模糊的"他们"，手中花朵却清晰，一大团一大团的，在"他们"胸前，腰后，头顶，颤颤巍巍。"他们"一年四季捧着花。季节不同，花也不同。三月是木棉花，五月是凤凰花，八月是鸡蛋花和夹竹桃，九月是簕杜鹃，十二月是紫荆花，与地面的变化正相吻合。刚开始，我确定是地面引领了地下。现在想法变了。我亲眼所见，乘客留下的是玫瑰、康乃馨，到"他们"手中，随机而变。

更大的可能是地下对地面起了暗示作用。地铁经过之处，沿街的树木心有所感，随着"他们"手中的样式开出了不同的鲜花。那是地面与地下的通关密语。地面上的人被鲜花打动，欢笑着指给身边的人看，拿出手机来拍照。与此同时，地下的"他们"欣慰地点头，甚至跳跃到半空。

一个流浪汉躺在街道上，头枕着卷起来的铺盖。杧果树荫斑驳地盖在他身上，洒下一片清香。走路的人，鞋子落在距他一两米远的地方。而他从地上爬起来，站直身子，走到行人中间，至少需要几年甚至一辈子。地铁上的这些人，彼此肩并着肩，从一个人走到另一个人的一生，也需要一辈子。

车厢里的"他们"，走向每一个乘客，只需一秒钟。有的乘客从坐下的那一刻，眼睛始终呆呆望着别处。这样的人，心事一定最重。更多的人在低头刷手机，看微信或者戴着耳机看视频。有的人忽然揉揉鼻子，忽然笑起来，忽然转过头。有的人忽然走向另一个地方，你以为是他自己要那么做的吗？

不，是"他们"牵引的。这种牵引无声无息，水到渠成。一个人坐在了空座上，好像是理所应当的事。其实那是看不见的"他们"，握着他的手走过去的。如果你注意观察，走过去的那个人，他一只手拿着手机，另外一只手向前伸着，他手里攥着一只看不见的手。

"他们"像扫描机一样，记住每个人的名字，每天都整理一遍。"他们"按自己的逻辑牵引着乘客，运行着深圳的地下世界。在我看来，"他们"的指挥毫无逻辑。也许在"他们"的眼中，我和周围的人才是没有逻辑的。

这个最南端的城市，生活节奏太快，人们选择地铁却是为了让快更快。免得自驾，堵得跟孙子似的。好在，人们在地铁的"快"

中静止下来。你见谁在车厢里撒腿奔跑？是"他们"让乘客们慢下来的。

有人心性坚定，我自岿然不动，把"他们"的手扒拉到一边。"他们"绝不再来第二次，兀自走开。

"他们"的快乐生活似乎就是这里坐坐，那里坐坐，从这个车厢走到那个车厢。如果乘客和乘客贴得太紧，"他们"就从两者的头顶飘过去。每当我看到"他们"的时候，焦躁不安的心就踏实下来。

"他们"是干什么的呢？

不经意间一句自问，才意识到，我跟"他们"无法对话。"他们"甚至没正眼看过我。对了，"他们"没有眼睛。"他们"是混沌的一团。但我能感觉到"他们"的善意。一个物体，无所谓善恶，对你善，对他也许是恶，反之亦然。这些，当事人都能感觉出来。

谁说深圳孤独。"他们"是深圳独特的陪伴。谁说深圳人是物质动物。那个人一定没看到物质背后的气团。谁说深圳人"奋斗""创新"？不是的，这里也有忧伤。忧伤的人们陆续地看到地铁里的"他们"。

我坐地铁，明着的理由是从某地到某地，无法言说的理由是去遇到"他们"。在孤身一人闯荡深圳的那一年多时间里，我时常想抱住"他们"中的一个大哭一场。人到中年，生活平静，心情平静，但还有无法把握的时候。此时"他们"中的一个，就会悄悄抱住我，腾出一个肩膀。抬眼望去，人潮汹涌的车厢中，远远地，也有几个像我一样悲伤的人，神情沮丧。他们被"他们"环抱起来。等他们走上地面，心情悄悄变好。他们以为是自我平复，其实我知道，是"他们"帮助了他们。

六十件旗袍

高寒 / 文

高寒，原名高晶炯，福建石狮人。中国作家协会会员、泉州市作协副主席、石狮市作协主席。已出版《大洋楼》《海风拂面》《清平乐》等8部个人专著，作品发表于《福建文学》《中国文学》《厦门文学》等刊物。获中国当代小说奖、福建省最佳新人奖、《小说选刊》全国小说笔会一等奖等。

一

20世纪90年代初，在闽南一座明清古卫城，一个古老而传统的地方，我穿起旗袍。在当时，穿旗袍绝对比穿奇装异服更特立独行。一个极腼腆文静的人，是谁赐予她这股勇气，居然如此胆大妄为？至今想来仍不可思议。

那时，我在永宁中学教书，有一天上街，发现一家我常光顾的时装店挂着一件旗袍，薄薄的天鹅绒，黑底浮着暗花，竖领、无袖、两边开高衩，脖子正前方盘扣、留个水滴形的小洞，外面披一件长袖的马褂，纯黑的天鹅绒，无纽扣、镶嵌着三排银片，非常典雅、高贵，我一看，立马无可救药地爱上了，没有讨价还价就把它买下。这身旗袍穿出去，总是引来惊艳的眼光、赞美的语言，我知道这件旗袍让平凡寡淡的我出彩了、出色了，于是在各种场合我经常穿，不厌其烦。

在丹青照相馆的掌柜施彩云的极力怂恿下，我穿这件旗袍照了一组艺术照，堪称本人此生经典。

弟弟结婚时，按常理我应该和家里其他人一样穿得红红火火，但我还是认为这件旗袍是衣橱里最漂亮的，便请示母亲：是否可以穿它？它主色可是黑色的。母亲豁达地回答：可以呀，因为它比较独特。母亲是如此宽容、仁慈、随和，于是我穿着它迎宾，站在一大群红艳艳之中，自然与众不同了。

1999年3月，春暖花开的季节，一个周末上午，小妹打来电话：老爸快不行了。我跟跟跄跄赶回永宁，那天，父亲痛苦地走了，也解除了痛苦。等丧事办完，脱下孝服，准备换上来时的衣服，这才发现我穿的就是这件旗袍。套上旗袍，我发现我只是衣架，旗袍挂在我身上，摇摇晃晃、空空荡荡，我穿着它先回婆家、再回学校。从此，我极少再穿这件旗袍，一直把它珍藏着，放在衣橱最里面、最不容易发现的角落。

这时，我的旗袍只占衣服总量的一半，我还不排斥便服。

追溯起来，我家的第一件旗袍，我无缘穿过。那也不能算真正的旗袍，只是半旗袍，因为是短装，上衣。它有旗袍的竖领、旗袍的盘扣、用以做旗袍的缎面，那件衣服是大姑从香港寄来的。那时大姑已前往菲律宾，为了照顾饱受各种打击而久陷困境的娘家，她偶尔来香港，往大陆老家寄各种生活物资，接济亲人。

有一次，大姑给我们寄来两件锦袄，上述就是其中一件。许多年以后，大姐说起它还是深恶痛绝的口气，她说她小时候最痛恨冬天，因为天气一冷就得穿那件锦袄，不穿，会挨母亲狠揍。大姐说为了这件锦袄她连死的心都有了。问她何以如此痛恨那件衣服。她说：别人都没有，穿上它去上学，同学都取笑她是地主婆。那时的孩子哪里见过好衣裳？地主婆哪是穿这种衣裳？真是少见多怪、羡慕嫉妒恨。

我经常设想，如果那件衣裳放到现在，我一定穿上它招摇过市，再摆出张爱玲那副傲视一切的神情。好玩的是，大姐如今说起它还苦大仇深的样子。为何当年我没有争取穿它？那时母亲主宰一切，包括穿衣吃饭，母亲安排给谁穿就由谁来穿，我们不会发出异样的声音。

二

穿上旗袍，就与烦恼结伴而行了。在被誉为中国时尚之都、中国休闲服装名城的石狮，要买一件旗袍，却是极其困难的。因为石狮服装老板们追求的是时尚、新颖，为的是市场销售量，没有复古的品位与情调。形势如此、大环境如此，旗袍自然没有存活空间。

于是，我跑到泉州。泉州历史悠久，文化底蕴深厚，且埠头大、人流量也大，寻寻觅觅，终于发现有几家服装店零星挂一两件旗袍，本地话叫作插色，普通话叫作点缀。只要试穿可以，我总是二话不说，收入囊中，几件合身、好看就带走几件。有人认为我奢侈，其实，非也。一位女领导就一针见血，说：其实你穿旗袍，比我们穿便服的省钱，你只要买一件，从头套下来，万事大吉，我们从头到脚要好几件。我听后不得不佩服：领导英明！天机不可泄露，请勿外传！我就是精打细算，才选择穿旗袍。

整个家族，反对我穿旗袍的居然是我母亲，她几次三番劝我：穿旗袍太老气、太单调了，你身材这么好，穿哪种时装不好看？我总是笑道：你五个女儿，我不穿便装，不是还有四个可以穿，还不够让你看得眼花缭乱？后来唠叨次数多了，我便安慰她：好吧，你放心，中年妇女不都会发福？等我身材变形、难看了，我发誓绝不裹粽子，马上改穿便服。过后，我百思不得其解：母亲为何反对我穿旗袍？难道她也遇到如父亲一样的困惑，让她无以回答的困惑：你女儿笔名为什么叫高寒？

长大后，我一意孤行了，在穿旗袍的路上，也是一意孤行。

1997年，我考上福建教育学院中文本科函授，寒暑假均要到福州读书。那时穷极无聊，晚饭后经常出去散步、压马路、逛街。有一天，我发现学院后面有条大街，街上有两三家裁缝店，店里均有旗袍。我惊喜万分，一问，那是别人定制的，我认真挑选几块布料，请师傅量身定做。此后，每次到学院读书，我必一趟趟逛那条大街，寻找旗袍，或定制旗袍。学成归来，我窃喜的不是学到什么知识、掌握什么本领，而是行囊里多了几件旗袍。

从福州定制旗袍，我得到启发：既然旗袍可以定制，那么何处不能定制，为何非得局限于福州，一棵树上吊死？所谓：远水救不了近火。衣食住行，人之所欲，"衣"摆在第一位，我的欲望自然强烈。

有一天，回永宁，看到母亲找我堂嫂做衣服，我也茅塞顿开：或许堂嫂会做旗袍呢。于是跑到老街上堂嫂的裁缝店，问：你会做旗袍吗？堂嫂风轻云淡：会呀，有啥难的？我一听，大喜过望，以为从此以后我的穿衣不成问题。奈何，堂嫂店里的布匹有限，花色老气、质地低廉。一问，她解释：现代人基本上都穿成衣，扯布做衣裳的，都是上了年纪的老妇人，而且都是经济条件较差的。我一听，蔫了，我总不至于沦为经济较差的老妇人。我以理智、审慎的眼光进行挑选，最后选中两块布料，一块是纯天蓝色，一块是紫色豹纹，做了两件旗袍，都非常好看，便宜又舒服。有一次，穿着那件天蓝色旗袍，鬼使神差的，还扯上一条红色围巾，一位同事的老妈妈激动地说：你今天多像江姐呀！我自己低头一看：咋不是呢？那件紫色豹纹的，很有弹性，穿了特别显身材，不皱、不掉色、不起毛，绝对价廉物美，穿着走在大街上，大家都回头，只差没有摔倒。

　　有一年，去苏杭旅游，买了两块丝绸，乃当地特产，觉得来之不易，决定找个高手缝制。四处打听，大多摇头：现如今谁穿这玩意儿？后来一位同事告诉我：在湖东菜市场附近，有一位手艺了得的裁缝，会做旗袍。

　　同事载着我七弯八拐，在一条逼仄的小巷深处摸到那位裁缝家。裁缝是位中年妇女，不太愿意接单，架子抬得很高，说她赚的钱足以衣食无忧。好说歹说，她才应允下来：一件旗袍工钱100元，扣子另外计算，简单的盘扣一个10元，复杂一点的花扣一个20元。我满口答应，既然是高人，自然有高人的脾气、架子。她说：我做旗袍都要精雕细刻，一件必须一个星期，半个月后你再来拿吧。

盼星星盼月亮，熬过15天，我自己摸索着走进她灰暗潮湿的家，两件旗袍挂在衣架上，确实美极了，真正的斜襟、真正的布扣，还是一排！由于这为数不少的纽扣，一件工钱是190元、一件是170元，比布料还贵，真有点心疼，那时石狮的房价一平方米才800元呢。这两件旗袍，我穿的次数并不多，绸缎的，贵气，不经洗、容易皱，所以挂在衣橱里的时间更多。心里安慰自己：这是行头，撑底气的。

我再也没有找过那位唱高调的裁缝师，我想：还是尽量买成衣吧，简单快捷方便，选择性更广。可喜的是，我想啥就来啥，石狮柏雅百货有个卖旗袍的专卖店，叫唐朝，对我来说，简直是福音，终于在家门口可以买到旗袍了。除了唐朝，还有广东的丝路嘉和旗袍专卖店。我一年去两三趟，以同样的豪迈气概购买旗袍，店主很是赞同我的风度，她怂恿道：旗袍款式不会变，也不会清仓大甩价，只要你身材不变，什么时候买都是一样的。在这上面，我一般不用大脑判断，人家说啥我就信啥。

有一天，竟然找不到唐朝。又不久，找不到丝路嘉和。一打听，均说撑不下去，卖旗袍，连稀粥都喝不上。

从此，买旗袍又成头疼的大事。后来，有人指点迷津：泉州还有几处，南俊巷、中山街、源和1916……我按热心人士提供的路线寻找过去，收获有限。

有人说：傻呀，网购吧，网上什么没有？我当然网购，只是不甚如意，损失惨重，不说也罢，不说也罢。

三

　　有人问我：最喜欢什么颜色、什么样的旗袍？我会不假思索地回答：蓝色的，最简约的款，累赘、附加成分越少越好。深蓝浅蓝或紫罗兰，均是好的，黑色、墨绿色也非常不错。倘若喜庆一点，那就紫色，深紫浅紫或酒红。奈何素色、纯色的旗袍偏少，因为旗袍需要点缀，或绲边或盘扣或刺绣⋯⋯至于什么质地，我想：丝绒、绸缎、腈纶都是好的。我最讨厌麻的、布的，容易皱，没有垂坠感，不显身材，也不高档。

　　我有一件暗紫罗兰色的蕾丝旗袍，是我钟爱的旗袍之一，我曾穿着它拍一张照片，绝对民国大家闺秀的风范。摄影大师施彩云偷偷放大一张，挂在她的照相馆的墙壁上，招徕顾客呢，还把我瞒得一无所知。后来一位学生告诉我，我跑去拼了老命抢来，放在卧室里。这是我的最爱，也是我屡屡炫耀的资本：这是我留给子孙的光辉形象。

　　市场上的旗袍大多做得花花绿绿，一间旗袍店就是一个万紫千红的世界，我虽厌恶，但不得不选择，皱着眉头将就，将就着、将就着，现如今，我的衣橱也是姹紫嫣红，我也穿得像花姑娘、老太太。向现实低头，是也。有时穿着我最讨厌的艳色旗袍、花旗袍，居然会收到一波又一波赞美：这么亮呀、脸色这么好呀、这么好看呀⋯⋯哇，敢情对方是以半老徐娘的标准来衡量我？

　　穿旗袍在单位上班，也颇为招摇。2007年，我被借调到市方志办，从此长达十年出入机关大楼。刚开始，我并不知道：穿旗袍的，已悄然成为我的外号、我的标签。偶尔特殊情况，没有旗袍加身，乘坐电梯时一定有人好奇地问：你今天为什么没有穿旗袍呀？语气十分好奇，更兼满满的可惜，而且发问者不止一个。我不得不郑重解释一番，比如迎接文明城市、卫生城市检查，要上街看路去呀。遇到上街任务，领导首先忧虑的是：你该不会穿旗袍上街看路吧？

后来有一年，刚到新单位，领导忍不住问我：冬天你穿什么？我好像没有反应过来，实话实说：旗袍呀。他一脸快晕倒的样子，我意识到他曾自学中医，感觉到他瑟瑟发抖的样子，忙解释：外面穿大衣，如果天气冷，再披一条围巾，这是标配。他没有说啥，不敢说啥。

母亲才不会按捺住不说呢，她仍然固执地反对我穿旗袍，我还是固执地忽悠她。一天，她悄然离去。她可是希望她的女儿不要执念，缠在旗袍狭窄的空间里，潇洒不得。可是，她没有等到我发福。母亲走后，在痛苦的反思中，我终于明白：并非母亲审美眼光不行，她是胖子，胖得很富态，所以喜欢穿宽松的衣服，可能感同身受，所以不希望我被衣服束缚。她笃信佛教，深知一切均身外之物。既然为身外之物，又何必拘泥于形式？但是，我执念太深了。

很多女性看我穿旗袍，会蠢蠢欲动：我也去买几件旗袍试一试如何？然后低头一看，无比遗憾、惋惜地加上一句：可是我这身材！看着对方满是哀怨的神情，我总是鼓励甚至怂恿：可以呀，旗袍最挑身材，也最不挑身材。胖一点的，买大号的、加大码的，总之可以桶装吧？对方终于释怀一笑。

可有时在街上看到别人穿旗袍，我会赶紧跑去照镜子，左右顾盼，心想：穿旗袍真的可以这么难看吗？倘若那人皮肤黝黑、肚子滚圆，穿旗袍就像七八个月的孕妇，我只好在心里暗暗为那人总结分析经验：她应该买大一码或大两码的，不要穿厚袜子或黑丝袜，不要穿厚跟鞋、缝带鞋。可我又不能随便就上去和人家说。我不敢放肆，旗袍又不是我发明的，我哪敢指手画脚？

后来，有记者对我进行采访，文章题目是"只穿旗袍的女人"。按我个人想法，我很想把"只"去掉，因为我也不是24小时套在旗袍里的女人。

四

五六年前，神州大地兴起旗袍秀，一些家庭妇女走出厨房，走向T台，在舞台上大扭腰身，展现旗袍的魅力。她们给旗袍加上中华、传统、文化、爱国等词汇，仿佛旗袍一穿，这些内涵就演绎出来了。看到那些中老年妇女扔下锅碗瓢盆就穿起旗袍，身壮如牛还裹着旗袍搔首弄姿，我真的比谁都难堪。我实在不愿意穿着旗袍走秀。我穿旗袍，是生活，不是表演。我时常为生活步履匆匆，无法用猫步独步天下。我穿旗袍很简单，找到适合自己、自己又喜欢的着衣款式，如此而已。

有一年，有个培训班在厦门召开，设在华侨酒店，出门拐个弯，就是繁华的中山街。我在中山街找到三家专门卖旗袍的店铺，这是最大收获。从此，我知道到哪里买旗袍了，我的旗袍终于有了着落。有很多女性，向我打听到哪里买旗袍，过去我总是支支吾吾，如今我可以很快速、明确地告知：厦门中山街。

还有一年，去参加采风。坐在车上等人集合时，《福建文学》的编辑杨静南老师，特意走到车子的最后面、我的跟前，问我几个很稚气、温暖的问题：你在家做家务吗？做家务穿旗袍吗？你穿旗袍的工龄有多长？总的有几件旗袍？我哈哈大笑，过去我总觉得杨静南老师一副少年老成的样子，硬生生把自己搞得像老学究，所以对他心生敬畏，当他这么天真地问我这些问题时，我觉得他是如此纯粹可爱，生活可以如此生动有趣！

是呀，我穿着旗袍采风。在古田采风时，厦门的女作家蔡伟璇看我穿得这么正式，呢喃了一句：你这身打扮，更适合于非常正式的会务。我腼腆一笑：其实旗袍在我身上，就像不可分割的一部分，我穿得很自然、很随意，一点都不笨重、拘谨，就如其他人套在身上的便装。是呀，干吗一定认为穿旗袍就是走T台？还好，龙岩的女作家郭鹰帮我解释：宋美龄也是永远穿旗袍，连同爬山。我笑得无比舒心。

有人把旗袍和中国传统文化直接画上等号，我不敢认同，我想那应该是汉服、唐装。旗袍原是由清朝满族人的服饰演变而来的，民国开始流行起来，并不断进行创新、改良。中华人民共和国成立后，流行列宁装、革命装、便服，旗袍自然而然销声匿迹。20世纪90年代，旗袍悄然复活，由极少数人穿着走向街头。旗袍真正流行，应该是得益于《花样年华》吧，张曼玉把旗袍的优美、神韵、气质演绎到了极致，把一个女人穿上旗袍后的玲珑剔透、温婉优雅、内敛含蓄表达得淋漓尽致，人们这才惊喜地发现：原来旗袍如此之美、之柔、之和！

旗袍确实可以成为最经典的民族传统服饰、最具女性魅力的服饰。

很多朋友来我家，都会按捺不住好奇，提出参观我的衣橱的小小心愿，其实，让大家失望了，因为没有足够大的储藏空间，我一次又一次、一批又一批扔掉旗袍。很多人听后，深感惋惜，听到她们长长的惋惜声，我也意识到惋惜，心不由自主地揪着疼。有朋友说：你把旗袍都留下来，将来就可以开个小型的旗袍展。我觉得展览不必，这有点把自己的私生活暴露无遗的样子，但拥有一个长长、大大的衣帽间，已经成为我的理想、我的奢望。

春夏秋冬，365天，长长的短短的一年，衣橱里常备旗袍一般不下60件，但让我不厌其烦穿的，可能40多件。短短的人生，有长长的烦恼：那就是我还少几件旗袍，让人怦然心动、爱不释手的旗袍。永远期待着下一件旗袍，也让很多人想着我的旗袍，这平凡的日子，也是摇曳生姿的。

我的心愿是，当我活到很老，还是一袭旗袍，银发满头、烫得翻卷，戴一副金丝眼镜，泡着茶、看着书、听着音乐，在静静的角落里，数着风烛残年。

奔跑的乌力

贾志红 / 文

贾志红，女，笔名楚歌。中国作家协会会员，中国自
然资源作家协会驻会签约作家，中国地质大学（北京）特聘
作家。作品见于《散文》《散文海外版》《草原》《黄河》
《湖南文学》《星火》等文学期刊，入选多版本散文年选。
曾获全国孙犁散文奖、大地文学奖、中华宝石文学奖。

乌力像一支利箭，以惊人的速度，从太阳西沉的方向朝我跑
来，瘦小的身影如一只原野上俯冲的鸟，只见速度，没有声息。他
的身后，是一群和他一般大小的孩子，个个赤脚，以同一个姿势在
奔跑，红土路上腾起一阵灰尘。

这几乎是每个黄昏都会上演的一幕。我在基地院子的大门口站
定，手里举着一瓶可口可乐，它将是奖品，奖给第一个到达者。

在马里尼埃纳原野上一群十几岁的男孩子中，我的邻居乌力
出众的漂亮。他的皮肤是标准的小麦色；鼻子挺拔俊俏；眼睛大而
圆，如湖泊，两汪清澈见底的水；长长的睫毛像湖畔的密草，一眨
一眨，风拂过一般有风情。这样一双眼睛，长在一个放羊娃脸上，
日日盯着羊群，那些羊们大概会得意扬扬吧。

我总能在一群瘦孩子中一眼看到乌力，他比同伴们略高挑，也

更瘦些。除了外形的区别，他还是个腼腆的孩子，很少见他扬起牧鞭抽打羊，他用口哨指挥它们，那灵巧的舌头在他的小嘴巴里上下翻舞，各种口令就齐活了。而他的伙伴们，常常鞭子抖得叭叭响，嘴里还嗷嗷叫着，也控制不住四散的羊群。

乌力并不知道自己漂亮，他从来不珍惜自己的脸，总是满脸灰土，需要撩起盖住屁股的又大又破的短袖T恤的衣角，在脸上擦上一把，五官才能现出本来的模样。

不过，他也有干净的时候，比如某个节日。我搞不清尼埃纳的人都过什么节日，总会有那么几个日子，全村的孩子都干净了，都不去放羊，穿着节日的衣服，在邻村的小广场上聚会，听穿白袍的长者讲经、祷告，而后分食烤羊。

在这样的场合，乌力和他的伙伴们是能站在前几排的，尽管他们小，但他们是男孩子。乌力的大哥阿杜站在第一排，他也像乌力一样帅气，但他眼里的水比乌力深得多，还常常眯起来，难得一笑。或许这是一张家长的面孔，一家之长自有他严肃、忧虑的理由吧。乌力的姐姐阿夏只能站在后面几排。与乌力的姐姐一样，穿得花花绿绿的女人们都得站在后面，无论年长年幼。

三月的某天，乌力带我走了将近一公里的路，去那个小广场。他牵着我的手，走过一块野燕麦地，又穿过一片杜果园。这是一条小路，显然是抄近道来的，若沿着红土路走，怕是会有翻倍的距离。我们中途在一棵杜果树下饱食了一顿杜果，有一枚果子熟透了，掉下来，砸中我的肩膀。多亏没有砸中乌力，否则他淡绿色的新衣服上会留下一团黄色的果浆，那会招致他姐姐阿夏的训斥。乌力小猴子一样噌噌几下就攀上大树，又摘了几个熟透的果子。虽然是噌噌的，但新衣服还是影响了他爬树的速度和高度，好在杧果树低处的枝丫上也有稠密的果子，不用太费劲。

乌力和他的伙伴们在原野放羊，这个季节每天的午餐几乎都是杧果。有两句顺口溜概括西非百姓的生活：穿披一块布，吃靠一棵树。这树就是杧果树。在粮食短缺的西非，杧果树是慈悲的植物，果实里含有蛋白质，据说这个特质在水果中并不多见。但我并不怎么喜食杧果，一直觉得它的甜腻和芳香过于霸道，若是早晨吃了它，整整一天时间，其他任何水果都不会取悦于味蕾。橙子、香蕉、木瓜、菠萝、鳄梨，这些本地的水果都不是杧果的对手，远道进口而来的苹果更是寡淡得毫无竞争力。

当然，尼埃纳的原野上，除了杧果还有别的果树，即使在杧果树空寂的季节，这些小家伙们也不会饿肚子，他们不仅放羊放得好，还是寻找果实的高手。乌力曾扛着一棵小树送给我，他用小刀麻利地割开树皮，把鲜嫩嫩的一截树心递给我，教我吃甘蔗一样嚼食，那树心非常甜美清香，最后我连渣都能吞咽下去。

我们靠在树干上，捧着杧果剥皮，半咬半吮着果肉。一群大蚂蚁在我们脚下，排着队，打算搬运我们扔掉的果肉。我们几乎是吃一半扔一半，守着杧果树吃杧果，而且又那么多，谁还会想到珍惜呢？我想提醒乌力少吃一些杧果，留着肚子去节日的小广场上多吃几块烤羊肉，但是我不会用班巴拉语表达这么复杂的意思。乌力没有上过学，不会说英语，也不会说他们国家法定的语言法语。他的伙伴们也一样，都不能用英语和法语交流。他们日日破衫赤脚地在原野上奔跑，与羊为伴，生活中没有学校、老师、课本，只有无边的旷野和那些依着季节奉献果实的树。

我和这群放羊的孩子都是朋友，每天上午他们赶着各自的羊群经过我们基地的院子时，会隔着铁丝网喊我一声"Madam贾"，喊完以后也不急于离开，期盼着什么似的望着我。傍晚这一幕又会重现，他们放羊归来，个个灰头土脸，也像上午那样喊我一声，然后更加期盼地望着我。而傍晚的这一次，我一般不会让他们失望，我有一瓶可口可乐。我们基地每天下午给员工发一瓶可口可乐，但我并不喜欢这种碳酸饮料，常常随手放在树下的水台上，也不会在意它最后的去向。直到有一天，他们又放羊归来，忽闪忽闪的大眼睛不约而同地盯着这瓶褐色饮料，我才知道他们早就垂涎欲滴了。

此后的情景是这样的，最早归来经过我们基地院子的那个男孩，享有一瓶可口可乐的赠予。在原野里放了一天羊，他们大概是渴极了，更多的是馋极了，一口气喝完一瓶可口可乐，完全不在话下。碳酸饮料令某个男孩打着满足的嗝，小胸脯快乐地一起一伏，羊群荡起一阵灰尘，在夕阳下离开我的视线。

这幅仿佛田园牧歌一样的画面没有维持多久，问题就渐渐出现了，当几个男孩同时暮归而来的时候，一瓶可口可乐该怎么分配呢？我曾经让他们排成一行，像某部战争题材电影中轮流喝一壶水那样，把可口可乐在他们中传递。这种方式起初他们感到新鲜，新鲜中更在意的是游戏的玩法，而不计较能喝到多少饮料，他们小口小口地喝着，很绅士的样子，尝一口便迅速传给同伴。可游戏有玩腻的时候，他们开始不满意这种平均分配了，在不满意中，那褐色的碳酸饮料被某个孩子大口吞咽着，小喉头上下蠕动，不松口不罢手，最终瓶子见了底。没有喝到的孩子，大眼睛里便涌出泪光。

我想，是不是该换个玩法了？那就比赛跑步吧。我是有私心的，我期待乌力赢。在平均分配的游戏中，乌力从来没有贪心过，总是小口小口地抿，他常常是没有喝上饮料的孩子中的一个。不过在这奔跑比赛中，我不用动私心，他也能赢得奖品，除非他故意放弃。

乌力跑得真快啊，他身材细长，腿也细长，虽然瘦了些，但腿部隐约有肌肉的线条，那线条充满韧性和弹力。我知道非洲大地上出现过无数擅于奔跑的人，他们的祖先在黑皮肤下的肌肉和骨骼中，早就种下奔跑的基因，让原野上的孩子们充满跑出乡野、冲入竞技场、改变命运的渴望。

乌力从我手中接过可口可乐的时候，我总是帮他擦掉脸上的灰尘和汗水，我喜欢看他那张俊俏的小脸和一双湖水般的眼睛。他捧着可口可乐瓶子，像一只小动物捧着果实。他很少一口气把饮料喝完，常常喝到一半时舔舔嘴唇，然后拧上盖子，往灌木丛那边他家的院子张望。顺着他抻长的目光，我清楚他要把剩下的半瓶带回去送给姐姐阿夏，那个院子此刻正有炊烟淡淡升起。

乌力家我是经常去的，木瓜、香蕉和杧果熟的时候，我去采摘；乌力的妈妈养了一群珍珠鸡，常常把鸡蛋卖给我们；春节的时候，我还去买过乌力的羊。买羊的那天乌力哭坏了，他舍不得我买走他的羊，眼泪汪汪的，两湖水全乱了，决堤了。但是不卖怎么行呢？他哥哥阿杜看上了我给的价钱，而且我们基地院子里的柴火已经燃起来，宰羊的刀也磨好了，就等着这只羊上架了。最后，阿杜一把扯开乌力，让我牵走了羊。

烤羊肉的香味飘起时，风把焦香的气味吹到灌木丛那边的乌力家，他家的珍珠鸡想必也喜欢烤羊肉的香味，便飞上墙往我们这边张望。乌力眼睛红肿着，从我们基地院子门口经过，头上顶着一只空桶去打水。他的黄狗跟着他，因为太喜欢烤肉的味道，黄狗在我们院子门口不想走了，寻找机会想溜进来。可我的狗胖胖不给它机会，胖胖低吼着，仗着我朝黄狗龇牙。我喊一声乌力，想让他来我们院里打水。往常他都是到我们这里打水的，我们基地院子里有一口水井。但是今天，他赌气不进我们院子，要去村里的井台上打水。他低下头不回应我，小身子像一枚霜打过的树叶般发蔫。

我走过去拉住他，捧起他的脸，看着他的眼睛。他脸上泪痕将干未干，如两条从湖泊起航的小溪流，凝滞在了半路。我想告诉他，羊就是用来吃的，但我又说不出口，只能那么望着他，带着一点点歉意。他在我跟前安静了一会儿，一阵风吹过来，带着烤羊肉的香味，那香味再次提醒他，此刻我是他和他的羊的敌人。他便挣脱我，以每天傍晚获得一瓶可口可乐的奔跑速度，撒开两条细长腿离我而去。他简直如风一样，瞬间就成了一个黑点。

乌力的哥哥阿杜在巴戈埃河上捕鱼，他撑一叶独木舟在河上穿行，就像乌力在原野上奔跑一样娴熟。我在巴戈埃河边见过阿杜捕鱼。小小的巴戈埃河盛产名贵的尼日尔河上尉鱼。阿杜称上尉鱼为Capitaine，他捕鱼时每一次收网，见到背上有三道黑杠，如上尉军官的肩章的乳白色大鱼，就眼睛亮闪闪地发光，嘴里喊着Capitaine、

Capitaine。因为只有上尉鱼才能卖个好价钱，其他的小杂鱼，就像上尉的小跟班一样，不会被人青睐。那会儿正是旱季，巴戈埃河水流瘦弱，这个季节继续当渔夫的人不多了。好在阿杜是捕鱼能手，旱季也能捕到上尉鱼，碰上运气好的话，一条十几公斤的Capitaine的价钱能抵半只羊。

阿杜说他需要钱，他要送他弟弟乌力去见游走于西非各个村庄的体育经纪人，让那些体育探子们看看他弟弟乌力的细长腿，让他们知道他弟弟乌力跑得有多快。

我知道有无数非洲少年把奔跑视为自己的梦想，那当然是因为他们有很多成功的榜样。阿杜能一口气说出一长串名字，而拥有这些名字的人，曾经都是如他弟弟乌力一样的乡村孩子，他们靠奔跑、奔跑、奔跑，最终奔跑出了乡村。奔跑的时候，他们不需要任何体育器械，甚至连鞋子也不需要。此时此刻，那些奔跑榜样们生活在大城市，住着砖房子，还有小轿车……

每每说起这些，阿杜就陷入长久的激动中，久久不能平复情绪。他说只要努力下去，总有一天他弟弟乌力会被看中，会有机会去参加比赛。参加比赛能挣钱，能挣很多很多的钱，他一定要让弟弟乌力去试试。他盼着有一天，村里来几个陌生人，如果他们朝乌力的细长腿看上一眼那该多么好啊，只要瞥那么一眼就够了，那是神的眼，撒下的是天上的光芒。

阿杜沉浸在自己营造的光芒中。他眯着眼睛，或许是那光芒过于明亮而使他无法睁开，也或许是他不愿睁开，以防那光芒倏然消失。而当他睁开眼睛时，他的双眸晶亮晶亮的，脸上闪现着光彩。

弟弟乌力是他改变家庭命运的一块宝，他要把这块宝押好。阿杜的眼睛望向远方，仿佛某个体育探子正朝他走来，而弟弟乌力呢，也正朝着最光明的地方奔跑而去。

第一次出差

明前茶

明前茶，前理科生，从事文学编辑工作28年，重度电影嗜好者，喜烹饪、园艺、城市漫步，出版散文随笔集《无缘长裙》《洞透情感》《封存时间》《幸而还有梅花糕》《与尔同消无尽夏》等。

那是很多年前的盛夏，22岁的我第一次履行出差任务，从南京去哈尔滨——27个小时的长途列车。

得知我将一个人走那么远的路，不仅父母再三嘱托"不可把自己的底细随便交代给人"，连我的部门主任都殷殷嘱托：不可随便相信旅途上认识的人；不可将自己的任务与电话号码告诉对方；离开座位时，要么你带走自己的水杯，要么，等你回来将余下的水倒掉，重新清洗杯子，再续上开水。

末一句话，我在做有机化学实验时，我的教授也嘱咐过。

总之，师长们的交代让我紧张起来，轻松远游的心态一扫而空，出行前更是把随身所带的钱和文件分装在三个包里，像一只微微拱起背的母猫，不知要如何藏匿自己的猫仔。为了安全，我特意买了上铺的票。火车票代售点的出票人奇怪："上铺坐不直的，举手就能摸到车顶，有点像睡在大口径的水泥管道里。你运气好，我这里中铺和下铺都还有。"我谢绝了——上铺就像高踞于顶的鸟巢，朝那里一躲，给我莫名的安全感。

谁知，火车开动后，我遇见了极其自来熟的中铺。他自称姓翟，与对座的上铺是厂销售科的同事，刚上车那会儿他还是下铺，看到买到中铺的长者腿脚不便，就与他换了铺位。姓翟的中铺有着一副译制片演员童自荣一样的男中音，也像童自荣一样带了一点华丽的后鼻音。就这点后鼻音像上海人，而他其余部分的表现，与我头脑里的上海人实在太不相像了：他的裤缝没有熨烫得笔挺，没有带着书和老大昌的点心上车；相反，他安顿完行李，就将一只烧鸡与两瓶啤酒放在了小茶几上。

我冷眼旁观，中铺麻利撕下鸡肉，用嘴接着欢快喷涌的啤酒泡沫，就像电影里的江湖大佬。除我之外的四位旅客，人人接过了他热情递上的一只鸡腿，或一个鸡翅膀，而他最后以手腕敲击我的床板，要递给我一大块鸡脯肉，我尴尬地摇头谢绝。中铺尤不死心，他说："干净的，你瞧，我戴着一次性手套。"

他们热热闹闹坐在一起，先是喝酒、吃烧鸡，后来又去列车员那里租了车载DVD。在那个没有智能手机的时代，火车上的时间显得格外漫长，两场电影看过，窗外的火烧云竟然还在熊熊燃烧，黄昏迟迟没有落幕。

为了打发临睡前的好几个小时，中铺建议大家来打牌，每一局，输了牌的人要讲一件自己这辈子最懊悔的事，并请大家吃橘子或香蕉。这个建议让浮动在黄昏光线中的疲倦面孔都兴奋起来。

中铺又一次敲了敲我的床板，建议我下去与他们一同打牌，这是他第三次邀请我，他递上来的水蜜桃还端端正正放在我的枕头旁。说实话，我已经躺得腰酸背痛。为了提防有人来问我详尽的行程，我每次下铺去上厕所，都会在远离自己卧铺的靠窗活动座椅上独自坐一会儿。此时，列车已经行进到燕赵大地，近处高大的槐树与杨树朝后退，而远处的民居似乎正在跟着车轮缓缓行走，列车仿佛走在大自然这张开阔无垠的唱片上，很少在南方人心中驻扎的苍凉与忧伤在我心头浮起，好像蒙古族的长调。

与其将自己最懊悔的事说给素不相识的人听，不如我一个人待着。这样当然会无趣，然而不交出底牌，就不会被骗。我装作看书，躲开了中铺的邀请。

他们围绕小茶几慢悠悠打起了牌，各种各样的故事像一颗颗石子投进水面，激起涟漪，与旅伴们的惊叹。"你不说，谁都猜不到你20岁时还有这心思！""你挣脱人家的挽留走了，心里的委屈多过愤怒吧。""说出来轻松多了，要不是碰上我们，你心里这缸老酒，要装到几时？"

我靠在高高的上铺，竖起耳朵听他们的对话，听他们洗牌时刷啦啦的轻响，听他们凝视往日选择时的叹息，听他们突如其来的伤感与互相安慰，那情形，就像是莫泊桑短篇小说的开头一样：打猎人吃完了他们的晚饭，曾经的他们，吼着说话，像野兽嗥着一般地大笑，像蓄水池一般喝酒，现在，他们的嗓子低了下去，说起了他们一生中永不再来的际遇。

突然，我觉得自己的胸口被懊悔顶得生疼——我其实是可以加入他们的。我生长于一个孤僻又清高的知识分子家庭，父母从来都是矜持又刻板，将我和妹妹管得笔管条直。很多青春期的暗恋故事与叛逆情感，还有大学时代选择专业的错误，都淤积在我心里，好像一缸发酵坏了的酒酿，在汨汨冒泡。说给旅途上萍水相逢的陌生人听，其实是无伤大雅的——大家都有卑微、愤慨、不安或忐忑的时候，都有被人误解又百口莫辩的时候，都有炽热地遥望却只能静静走开的时候。我打量旅伴们，从30岁到70岁都有，他们可以鞭挞自己的虚荣与一时昏聩，将人生中的疤痕展露，我为什么不可以？

但是，我显然已经失去机会了，我没有与他们一起喝酒吃烧鸡，没有与他们一起喝茶看电影，也拒绝了打牌。我就像初次出门的唐僧，带着一个"生人勿近"的保命圈出行，那个保命圈可不是孙悟空用金箍棒"嗤啦"一声画出来的，而是我自己用戒备画的，我几次三番谢绝跨出这个圈，现在，突然发现，至少在这趟火车上，我是暂时出不去了。

别提我有多懊悔了，下次与人打牌，我一定要输一局，将它讲出来。

第二天下午四点，列车即将徐徐驶入终点站。我和旅伴们都提着行李在过道等待，列车员已经在更换每一张铺位上的床单与枕套，不知为什么，我不顾此时洗手不方便，当着中铺的面，把那只水蜜桃吃了。中铺默默递过自己的手帕，我一面揩着手上的桃汁一面说："带着这么精致的手帕，像上海人了。"中铺笑道："原来我的身份，一路存疑。"我的脸发烫，忙低头道歉。

中铺下车了，回头微笑挥手："第一次出差都这样。没什么判断能力，就不得不提防所有人。我也是这样过来的。再见！祝你下一段旅程更放松，也平平安安。"

我的锅

阿微木依萝 /文

阿微木依萝，彝族，1982年生。四川省凉山彝族自治州人。巴金文学院签约作家。出版中短篇小说集《羊角口哨》《我的父亲王不死》《书中人》等五部，散文集《檐上的月亮》《月光落在过道上》等。曾获第十二届全国少数民族文学创作骏马奖等奖项。

阿微，你的锅呀！你的锅被猪叼走了呀！

他们这样喊的时候我只当是开玩笑。这群人每一天都会拿我做笑话。有时是这样的，我刚走进教室，坐在第二排的第三张桌子左边，那位新安排给我的同桌（一周换一次座位）就恰好在我落座一瞬间将他的屁股推过来，把我撞到地上去。然后一大群人在我摔哭前一秒对我齐声喊：阿微，你妈来了！

这就是我的小学四年级同班。

他们说我的妈，是那位对我向来关照的女班主任，未婚，个矮。肉嘟嘟的脸，喜欢休闲运动套装，头发扎成马尾。住在山下。汉族。

我妈进来之后，他们才安静下来。

不过我突然看到门口院坝里飞跑着一只小黑猪。它的嘴上套着一只圆嘴铜壶。

那是我的锅。可我不敢认它。

猪嘴边上洒出几颗米饭。看得我心里有点可惜。这些米是昨天和要好的女同学借的，在学校除了我"妈"之外，她对我最好。有时候我坐在旗杆下发呆，望着星空想点事情，她就陪我坐在旗杆下，我们张着大嘴喝风。我还没有将这些米还上，就把猪招来了。我的运气总是很坏。

我想跟他们说，我的运气总是很坏，请他们帮忙拦下那只小黑猪，它看起来很小很容易制服，已经被我的锅套住，它跑不了，这是它自己都没有想到的灾难。只要他们肯帮忙，那就既帮了我也帮了那只猪。可是我没有说话。

不知道猪的主人在哪里。可能没有主人。每天都会有那么多流浪猪在学校里晃来晃去。它们没有主人。要是我真的低声下气，继续低声下气，他们肯帮忙吗？不会。只有大人才会觉得我们这群孩子很天真。他们不懂我们这个年纪的想法。山上没有别的游戏，也没有父母时刻照管，每个孩子都属于放养型，所以每天，几乎是每天，我们之间的各种矛盾会滋生，会传染，会像那只小黑猪，变得丑陋和无能为力。

情况就是这样，这儿没有可爱的孩子，只有痛苦的孩子。我们和大人之间，互不理解。我们生活在完全不相干的两个世界中。而我有时会跳脱出来，在夹缝中生存。

眼下，我的同学投入在事件当中，非常兴奋。前所未有的兴奋。他们挥着手，在这个晴天的午后，跑到教室门口大声喊：

那是阿微的锅！哈哈哈！她晚上没有饭吃啦！

对啊！还吃个屁啊！

哈哈哈，看她那个傻样！

他们在阳光下喊。手在光芒中挥动。

我感到眩晕。每当这样的吼声响起，我就如同溺水。

卓秀率先去追那只小黑猪。她总是在关键的时刻挺身而出。没有人觉得那个满身补丁衣裳的女孩有什么可爱，觉得她的脑门太高又太亮，觉得她发育太早，觉得她跑起来两只脚分得太开，觉得她的头发稀疏扎起来像耗子尾巴。这样一个女孩跑在小黑猪身后更丑了。不过今天他们很高兴，没有说她坏话。注意力全在那只猪身上。他们说，猪嘴上套个铜壶还真是好看呢。

第二个跑出去堵那只猪的人只能是我。再怎么样也不能丢了那只锅。

我和卓秀，以及那只小黑猪，我们三个就在午后的阳光下奔跑。猪一直在叫。它要自己甩掉铜壶。它不知道我们捉它不是为了报仇。

很好，大家的情绪都很好。他们喊起了号子：加油！加油！

我们三个跑出兴趣了。在这样的掌声和号子里，我们受到了关注——小黑猪给的机会。我们跑起来十分卖力。甚至，我已经开始故意放慢脚步。已经不想那么快从猪嘴上夺下我的锅。

就让它挂在那儿吧。我想。父母也许会给我准备另外一只新锅。或者明天一早醒来，情况就变了，我也可以像别的孩子那样，到食堂吃饭，不必自己煮饭吃。

可我要怎么回去交代呢？跟我爹说，你那只祖传的锅被猪叼走了。他肯定不相信。即使相信了又怎么样呢。我会真的获得一只新锅继续煮饭吃。学校食堂不收玉米面粉，而我们家没有大米上交。我们的水田年年歉收，年年稗子多过谷子。玉米饭和土豆，是我们的主粮。

如果我爹在就好了，他会亲眼看见，光天化日下，我的锅在猪嘴上。

不过他完全不必担心。我追这只锅非常起劲，并不像最初以为的那样，如果跑到场坝中央，会成为笑话，会因为羞耻而不知所措，成为悲剧戏的主角。完全不是这么回事。

卓秀在哈哈大笑。我知道，她母亲病死之后，她已经很久没有这样笑过。我也哈哈大笑。只有那只猪是痛苦的。它的嘴无法甩脱，被紧紧箍住。

我们在猪的惨叫声中加快脚步。但是它跑起来更卖力。痛苦促使了它的脚力。有更多号子响起来：加油、加油、加油……

猪有使不完的劲儿。我们也有。

卓秀说，不要受他们影响，他们在看笑话。

我说，你放心吧，我不受影响。

不仅没有受到影响，心情还舒畅。在奔跑的途中，半下午的风从大门那儿灌进来——大门是关着的，但它是网状——在我还没有迈开脚步的时候并不能感受它们，而现在，风里有松香味，有松树尖子上那一小撮嫩叶的味道。它们是从学校门口的山包上，第一排第五棵树上来的。那棵树刚刚长起来不久，是一棵年幼的松树，我曾无数次爬上去，它完全能承受我的重量。现在它的气味就在身边。我对卓秀说，你闭上眼睛跑吧，风很凉快。她就真的闭上了眼睛。然后没跑几步摔倒了。她坐在地上大笑。

我只好停下来坐到她旁边。这时候猪也跑不动了。它站在对面寝室的门边，又喘气又叫唤。

我说，让它自己脱下来吧。

这是最好的办法。猪有猪的办法。如果我们一开始不对它围追堵截，那只锅可能早就落下来了。

卓秀摇摇晃晃起身，梳理被风吹成鸟窝的头发。

我也起来抹脖子上的汗水。

我们共同望着那只锅，在白亮的阳光中，锅的黑灰掉落在场坝上，卓秀和我的脚底已经染黑。在滚烫的地面，我们黑色的脚印和猪的脚印，在狂乱的奔波中印满了场坝的每个角落。

这仿佛是某种人生密码，仿佛在预示我往后的生活就是这样的景象，这样的走向，这样一种不遗余力的追赶。我的锅，黑色的锅，它叼在不过是一只小黑猪的嘴上，而我却要花费大量的力气和朋友的帮助，才能重新获得。这预示着往后的日子，在漫长的一生中，我会进行的这种无聊和可笑的奔波。当然这种感觉在我这个年纪还不明显，它直接深刻显示在我脑海的道理并不能完全被我领悟。我仅仅模糊地察觉到什么，所以卓秀摔倒的那一刻，我也顺势坐下来，顺势看懂一点情况，所以我对她说，算了吧，让它自己脱下来吧。

我的意思就是这样，猪的麻烦让猪自己解决。顺应猪的想法。

难道不是吗？你想获得的正是猪想摆脱的。这样一来事情不就解决了吗？让观众们也休息一下，他们喊号子也怪累的。

他们也的确看够了。有的人已经回到教室。

我和卓秀席地而坐，为刚才那场奔波，我，她，还有猪，我们三个精疲力尽。在众目睽睽中，我想跟卓秀说，来吧，我们聊点儿什么。但是嗓子干哑。

猪休息够了，其实不是休息而是它终于叫不动，闭上了嘴巴。就在它放弃拼命要甩脱黑锅而闭上嘴巴的同时，锅从嘴上掉了下来。一些弄脏了的黑色米饭沾在被勒出圆圈的猪嘴上。剩余的小半碗米饭从锅嘴里洒落出来。也是黑的。猪跑走之后，锅在原地转了好几圈才停下。

我捡起来看看，锅还是锅，只是锅嘴没有之前那么圆了。

我的青春从那个房间启程

许静 / 文

许静，笔名水滴。中国散文学会会员、江苏省作家协会会员，江苏省南京市美术家协会会员。小说、散文、诗歌等作品发表于《青年文学》《青年文摘》《青春》《中国副刊》《新华日报》等报刊，多篇作品入编近年《江苏散文》。

这些年，我住过那么多的房间，对我来说，那一个个房间是我的一个个渡口，我不断地居留、离开，短暂地停顿，又起身出发，去往下一段旅程。

最早属于我的房间在老家二楼，那时我刚上初中。记得那个房间非常大，像个空旷的仓库，只放了一张单人床和一些书。我的房间好像从没出现过女孩子特有的娃娃和花哨的装饰品，在以后经过的每个房间里，书总是其中的主角，一部分的书跟着我辗转过许多房间，和我一样是我的房间的固定主人。

因为这个房间实在是太大了，我花了点心思用零花钱买来花布，用布帘拉出一个适宜的空间，并且配上了同样的窗帘。在那个房间里，我偷偷试穿过一件件让我少女的脸微微发红的内衣。在那个房间里，我翻开了第一本日记本，记下了第一篇日记，并一篇篇陆续记到了现在。在那个房间里，我一次次偷看过后面楼上邻居姐姐的男朋友，那个男孩是个卡车司机，每当他的卡车一停在她们楼下，我就一溜烟地冲到自己房间里，躲在窗帘后紧紧地盯着那个男孩微卷的头发，深深的双眼皮，还有他脸上一缕阳光般的微笑。

直到一个暮夏的细雨霏霏的早晨，我像一只急着要试飞的小鸟，迫不及待地离开了那个房间，离开了家乡，离开了那段色彩鲜明的时光。当时怎么也不能想到，一步踏出那个房间，我的人生就开始启程，我将永无可能再回我洁白如初夏月光般的青春。

我在一幢黑洞洞的砖木结构的三层老楼里开始了我的高中生涯，也开始了漫长的寄宿生活。又是一个大大的房间，一排一排横着竖着摆了十几张双层铁丝床，住了近三十个女生。为了靠近窗户，我从下铺和别人换了最北面的一个上铺。我喜欢上铺，干净，安静，光线充足，只是担心摔下来。确实有同学半夜从上面掉下来，弄伤了腿。我的衣服被子不止一次地凌空而落，掉入下铺同学偷懒没倒掉的满满一盆洗脚水里。

那个时候身体茁壮成长，对生活毫无要求。每当晚自习结束后，穿过教学楼前长长的紫藤架，穿过路灯下操场边的一条坑坑洼洼的水泥路，我们像一群憨乎乎的小猪一样陆续回到那个拥挤的大房间，一下子人声鼎沸，热火朝天。说话声，洗漱声，铺床声，还有吃零食声一齐响起，直到大家全钻进了被窝，仍有几个女生会窃窃地夜谈，高年级的男生，教体育的男教师，语文老师的新发型，有时还会有流行的歌曲小声地哼出来。终于，熄灯的铃声响过，一切才逐渐地安静下来。整个房间一片黑暗，像黑夜里的海洋。我的床像飘浮的小船，托载着一点点饱满起来的青春，常常有点不堪重负，跌跌撞撞。

过去我一直是个成绩优秀的好学生，那段时间退步得一塌糊涂。我一点没有早恋，只是对未来充满了焦虑，我的前面有无数条未知的路，我那么急得想攀到自己设想好的高度，又怕走不过去，跌落到永无出头的深渊里。就这样患得患失，忧愁开始笼罩内心。

我原本文理平衡，甚至理科更胜一些。从那时起作文飞速进步，理科一落千丈。那是最绝望的一段日子，一想起未来心里一片黑暗，甚至觉得自己不会再有未来了。然而晚上一回到那个嘈杂的大房间，我居然夜夜睡眠香甜。就在那个房间，愚人节的前一个夜晚，我为自己的人生做了一个重大的决定，从这所重点中学转到了一所艺术教育还有点特色的普通中学，拾起了我喜爱的画笔。许多年后，我常常回忆起那个几乎是惊心动魄的夜晚，我在那个房间难得的失眠，黑暗中我大睁着眼，忐忑不安又激动万分地为自己选了一条艰难的路。我就从这个房间开始，下意识地握住了自己一片空白的青春，并把她缓缓地放入了无边无际的我自己选择的未来。

我后来再也没有住过那么大的房间。我的高中生涯在我离开那个嘈杂而生机勃勃的大房间后好像突然断裂了。我擅自转校的举动令我的父母震惊不已。他们甚至对我有了一种莫名的恐惧和手足无措的愤怒。我几乎成了问题少女，未来在包括我自己的所有人眼里黯淡无光。

从不赞成我学画的父母开始把所有的希望押在我的画笔上。在那所普通中学颇费周折地挂了一个学籍后，我和几个学画的同学一起到一些美术院校进行专业训练。我的房间开始和我的生活一样呈现出一种动荡不安甚至漂泊的味道。我们借住过那些学院里寒暑假空余而拥挤的学生宿舍，也租住过一些校外的窄小简陋的民房，甚至住过同学亲戚家的阁楼。那时候真是年少，没有感到一点的苦和累，反而有一种振翅欲飞的自由和激动，我甚至有一种破釜沉舟、背水一战的激情时时在振奋着自己。

我在那一个个随时会离开的房间里通宵达旦地画画、学习。这些房间牢牢地托举着我少年的梦，又轻轻地安抚着我幼兽般四处乱撞无处安放的灵魂。它们沉默不语，却是我最坚定不移的知己和战友。一起学画的同学来自全国各地。他们都有自己的故事和理想。我在这些房间里接触到五湖四海的气息，我仿佛一只青蛙从井底跳出，逐渐感觉到世界是那么大，人可以走那么远。我的未来突然变得那么清晰，我仿佛能够看到它就在远方安静地等着我。这一个个的房间就是我一个个的支点，我将在这里一跃而起，纵身抓住梦想的手臂，到达我想要去的一个又一个越来越宽广遥远的地方。

就这样我一步一步迈开了自己的脚步，逐渐远离我最初的起点，走近我向往的宽广遥远的未来。我终于不负众望地住进了大学校园的女生宿舍。我的父母松了口气，对我的期望也到此为止，而我对自己的要求却才开始起步。我仿佛刚刚安静地坐下来，开始审视自己同样刚刚安静下来的生活。

我的房间是一个六人宿舍，六个学美术的女孩把它布置得如同一件艺术品，窗户上挂着自己设计制作的扎染布窗帘，每人床位的墙面上都挂着自己画的画。房间有一个小巧的阳台，外面有一排高大的花树。常常有青春的男孩在树下等待着同样青春的女孩。有月亮的夏日晚上，年轻的大学生们会在阳台上高谈阔论，整个世界如同就握在他们年轻有力的手中。而我已经清晰地知道自己只会在这里作暂时的停留，终有一天我依然会离开。

这个充满青春气息的房间始终与我处在一种若即若离的状态。当我在一个夏日灿烂的阳光下离开这个房间的时候，我突然产生了一种对时光的怀疑和恐惧，难道我真的在这儿度过了我的大学时代吗？白花花的阳光照耀着宿舍窗外那一排高大的花树，树上正怒放着艳丽的花朵，像一簇簇燃烧的火焰，如同我们的青春。我突然感到一种最纯粹的色彩就要在我的生命里无可挽留地消逝了，莫名的忧伤一下抓住了我一直想走的心，我强烈地意识到下一季花开时，在这依然燃烧的火焰中，推窗而出的将是更年轻的少女的脸。

我裹着这种青春的莫名的忧伤来到了另一个城市。在这个城市里，我有了一张体面的办公桌，也陆续住过好几个房间。最有意思的是还曾经借住过一段时间一个老工厂的工人宿舍，一个充满机器的声响和机油的气息的房间。搬进去的第一天，我一反常态地没有想过以后一定会离开这里，反而有一种回家住下的亲切感。其实是我已经适应了住宿舍的感觉，在远离亲人的偌大的城市里，我非常需要一个让自己灵魂安定的栖身之地，夜夜机器的轰鸣充塞了我内心的孤独，让我每天清晨行走的步伐不至于太过踉跄。

然而有一天，跟着我辗转过多个房间的一批书在一场水灾中面目全非，这个工人老大哥式粗犷的房间还是让我崩溃了。没过多久，我在家人的帮助下买了一所小房子，很快地搬离了那个工厂宿舍，终于实现了内心长期以来对自己房间的梦想。我有了一张书桌，也有了一面书橱，我的书全部登橱入架，本本扬眉吐气。我花了当时的自己的巨款，把我喜爱的窗帘挂上了一整面墙，使整个房间如同一个梦。我的台灯依然是暖色的，在深夜里和我的书一起陪伴我。这个房间成了我的双脚，让我安静而平稳地站在了这个城市的森林里。

一个春日的夜晚，空气中弥漫着芒草淡淡的清香，他来到了我的房间。我终于落了翅膀，真正停留在他的怀抱，这个怀抱无法阻挡地成了我的又一个房间。

生活永远在前进，后来我又开始拥有各种房间。我一反常态地在后来的房间里放弃了对窗帘的迷恋，渐渐地开始喜欢选择有一排高大的花树站在窗外的房间。阳光充足的早晨，树丛里小鸟的歌声能像小鸟一样飞进房间，这种感觉会让人甘愿在时光里停留。很长一段时间，我似乎把自己和房间一起植入了窗外的树丛，根越扎越深，一天天枝繁叶茂。这种感觉渐渐让我意识到我一点点陷入温暖舒适的洞穴，又如一张甜蜜的网把我牢牢地粘住。这真是一件令人困惑而伤感的事。我知道我的肉身和我的灵魂还将彼此交缠，希冀获得一种永恒的妥协和交付。

也许那一刻，我才能真正清晰地告诉自己——这是我的房间，这也不只是我的房间。

青春也可以是一条少有人走的路

程则尔 / 文

程则尔，本名程宇瀚，业余撰稿人，在《读者》《青年
文摘》《知识窗》等发表文章五十余万字。

闲暇时刻，我喜欢重温多年前的毕业典礼视频：万人体育场内，慈祥的校长送上祝福，为我们的大学生涯画上句号，一个个毕业生从人群中站起身，举着话筒娓娓歌唱。《爱的代价》《同桌的你》《祝你平安》……悠扬轻盈的旋律流淌开来，就连一贯不苟言笑的辅导员，都难得地露出了温情面容。

遗憾的是，我缺席了这场盛大的毕业典礼，青春留下遗憾的叹息。

看过一幅让人印象深刻的漫画：分岔路口前，一群人前赴后继地向右走，唯独有一人执着地向左走，漫画的寓意是"这并非孤独，而是一种选择"。恍惚之间，我觉得那年的自己就是向左走的人，一个人踽踽独行，一个人寻找光明。

大学毕业前夕，得知我怀揣重点大学本科学历却选择入伍时，家人和朋友们都很震惊。以最普世的价值观来衡量，寒窗十年拼的就是一场浮世安稳，正确的姿态是穿着西装站在落地窗前，而不是

去走一条看似艰苦、少有人走的冷门路径。

人生忽然就分了岔。季节转春的时候，身边的同学要么在为考研复试做准备，要么奔波在实习、求职的路上，而此种成长经历似乎与我毫不相关，我像异类一样逆行其中。

接到入伍通知书时，我才知道自己服役的地方坐落在深山。此时，同学们大多已找到工作并离校，被腾空的宿舍楼就连穿堂风也比之前猛烈许多。没有想象中胸戴红花相送的场景，我去食堂吃了最喜欢的炸酱面，与熟识的图书馆大妈郑重告别，将所有痕迹一点点擦拭干净，尔后，两手空空、莽撞无畏地走入军营。

真正开始了军营内的生活，却和想象中的风起云涌有很大差别。

少了几分挥斥方遒，多了几分枯燥难耐。不能随便外出，不能使用手机，去服务社买瓶饮料也要打报告，日夜辗转间都是被严苛制度框就好的生活。这一切的一切，让我少了几分少年豪情，多了几分自我怀疑。

这个过程，也是抛下天之骄子的光环，重新审视自己的过程。如果辛苦是日日炙烤的艰难，心理上的落差，则是随时要压垮骆驼的最后一根稻草。每当在军营内想到曾经的同学们纷纷退出自己的人生，以多彩姿态奋斗在大千世界时，总会经历自我怀疑又重新选择的挣扎过程——倘若当初选择了毕业求职这一条大多数人都会走的道路，是否今日会有不一样的人生？

晓战随金鼓，宵眠抱玉鞍。容不得丝毫后悔，伤筋动骨的一百天已然过去，新兵生活进入尾声。终于可以使用手机了，以为未读消息会铺天盖地传来，但除了家人的惦念和三两好友的问候外，微信基本一片寂静——一个人在人群中的忽然消失，不会引起过多的注意，成长就是承接失落、拥抱孤独的过程。镜子中的自己黑了、瘦了，但比从前挺拔许多，像是有蓬勃力量蕴锋刃于无形，在肌肤上狠狠雕琢。

与学校里的毕业典礼有些不同，新兵下连仪式是全副武装翻越歌乐山。

重庆的冬天寒风刺骨，云遮雾绕，上百里的湿滑山路愈发陡峭。队伍时而奔跑，时而疾走，每踩出一步，都有几丝力量从身体中流失，腿脚变得更加沉重。有人划破了手掌，有人跪在路边干呕，前方的山坡仍旧很高，如同一场艰苦的万里朝圣路等待跪拜。

教官忽然吼出"一个人都不能掉队"，将我们从萎靡的士气中震出来。一个人、两个人、三个人……大家自发牵起手，通过手心互相传递鼓励的温度，散漫的队伍被凝成一条斩不断的长龙。途经歌乐山镇时，我们得到了一场来自群众的最高礼遇：无论是挎着菜篮的家庭妇女，还是匆匆赶路的村民，都停下脚步目送我们，喧闹的街市忽然就安静了下来。有一脸纯真的小孩跑上前来，调皮地向我们举手敬礼。

泪水姗姗来迟，终于冲破眼眶。生在和平年代的我们，被推着去理解使命、责任、荣誉这样的字眼，但当面对感谢的话语、温柔的眼神及鼓励的点头时，又会心甘情愿地想去燃尽这青春。

傍晚时分，终点映入视线，季节也解风情，以微雨初霁迎接我们冲向胜利。一群稚气未脱的青年卸下背囊横七竖八地躺在地上休息，笑着笑着又哭了。如果18岁只是法理上的成人，那么经此一役，我们就真正跨入了成人世界的大门。

大学的那场毕业典礼，我遗憾错过，却又在一百天后，伴随着疼痛中的重生，重新弥补了这一场意义非凡的心理成人仪式。

今天的我，依旧穿着一身军装，守着艰苦的战位与群山，虽然听不见车马喧嚣，望不见灯火繁华，面对层出不穷的新鲜事物和网络热点甚至会一头雾水，似乎都没怎么好好年轻过就已经告别了青春，但最初的感动没有变，家国情怀没有变。

不可否认，热闹熙攘的道路，也许是一条性价比高、绝对错不了的道路，但拒绝相似的青春，也可以是一条少有人走的路。当我看见这一片岁月静好中有自己的一份力量时，仍旧会有热泪盈眶般的律动。更庆幸的是，大学生士兵，已经从冷门职业逐渐成为热门选择，越来越多眼神坚定的年轻人加入我们这支钢铁阵列——这是值得托付的一代。

请从绝处读侠气，但求一骨梗十年，这不是孤独的铠甲，而是骑士的勋章。

世人生活日月堆积，胸中五蕴不空，欲恨欲悲欲苦欲叹欲骂欲哭，索性一笑，在山水古迹文意里寻一份自适与清凉。游滕王阁者，多为古意而来为王勃而来为娴雅而来为文章而来。文章知己，隔世比邻。

叁

飞鸿雪泥，
烟雨平生

未竟之旅

李晓君 /文

李晓君，本名李小军，1972年6月生，江西省作家协会主席，中国作家协会会员。著有散文集《时光镜像》《江南未雪——1990年代一个南方乡镇的日常生活》《梅花南北路》《后革命年代的童年》《暮色春秋》《暂居漫记》等。

那片黄金中有如许的孤独。

众多的夜晚，那月亮不是先人亚当

望见的月亮。在漫长的岁月里

守夜的人们已用古老的悲哀

将她填满。看她，她是你的明镜。

——博尔赫斯《给玛丽亚·儿玉》

月　色

如果找一位能够与月色相匹配的人，我会当仁不让地选我自己。说出这话时，我一点儿也不脸红。事实上，当我想到这句话时，我因辗转难眠，恰逢其时地看到月色如白色粉末撒到床前，便披衣站起，来到户外。

此刻的月亮，如一张略有残缺的脸，映在澄净的夜空，秋凉如水，河汉无声，让人无限感慨。夜晚像一方巨大的墨池，又如浩荡的江河，足以洗濯一切，浸染一切。如此漆黑混沌的夜，又如此明亮清透如白昼，月亮，仿佛仅次于造物的存在，其神秘和美丽足以让人窥见而无从描绘。承天寺的钟声如乌鸦的翅膀无声无息，我的老友张怀明此刻也心满意足地入睡了。我突然明白，我不是在户外，而是在灯下，挥笔写下这则短文《记承天寺夜游》：……何夜无月，何处无竹柏，但少闲人如吾两人者耳……

　　月亮在我朝，是一种法则、一种精神、一种审美，更是一种语言。《史记·天官》说："月者，天地之阴，金之神也。"汉人拜月、祭月的习俗由来已久。《诗经》最早写到男女在月下幽期密会，痴情而直率地倾吐对月下美人的思慕。《陈风·月出》曰："月出皎兮，佼人僚兮。舒窈纠兮，劳心悄兮。"诚如《史记》所言，月亮的阴性品质，总会让人不期然地联想到女性、思念、忧伤等词汇。

　　我在《记承天寺夜游》中表达的这种"闲"，或许是一种无我、放逐、归寂、隐匿的情绪，这种情绪，如月亮的背面，浮现出无端的凄然的美丽。差不多同时，我在另一篇文章《赤壁赋》中，因夜游赤壁，仰对明月，情不自禁放歌："桂棹兮兰桨，击空明兮溯流光。渺渺兮予怀，望美人兮天一方。"我对明月的凝望，仿佛思慕远方的美人，在这清朗、惬意的明月之夜，大家都为月亮饮酒歌舞，仿佛是明月的真正爱好者，只有我知道，我才是月亮唯一的知己。我的伤怀就像明月的伤怀，我的沉醉就像明月的沉醉，我的抑郁就像明月的抑郁。

在霜露既降、木叶尽脱的秋天，我和友人从雪堂漫步回临皋，月色将树林和我们的身影铺泄在小径上。我和友人走着、说笑着，长江在身边如半醒半寐的猛兽，漆黑的丛林如未知的人生旅途，我在人群中会突然沉默下来，甚至在漫无边际的夜空中神游。灵魂出窍大抵如此吧。"挟飞仙以遨游，抱明月而长终"，我在幻想中与月亮合二为一。

对于别人来说，月亮是装饰在窗户上不可企及的神秘事物，对于我来说，月亮，也许是一张温暖的床。多少年以后，我的同道，一位美丽的法国女作家弗朗索瓦丝·萨冈，在她的短文《床》中，如此写道："'床'是一个被不体面地蔑视的词语：一切时代的国王、皇帝、贵族们的肖像都被陈列在他们的府邸里，肖像中，他们的妻子站在活动穿衣镜前，他们的父母坐在扶手椅里，法律人员在他们的记事簿前，仆人们在他们的橱柜前……床，我的床，我有一天会离你而去，被人抬走，正是那一天，我会感觉到自己在死亡的悠缓而阴暗的洪流中，被其他的日子所推动，正是那一天，我离开最后的床，像河流汇入大海时一样。"

月亮，是我的故乡，我的眉山，是我母亲的手掌，儿时的梦幻，是另一个我在空中将我凝视——那在夜空中端庄、皎洁的是我本身，而在地上，在黄州的这位屈辱的仰望者，只是一个没有灵魂的幻影。

"月亮里住着梦幻，不可企及者。"（博尔赫斯语）或许，我是李太白的转世，而博尔赫斯是我的转世。据说，他流传下来的三百多首诗歌中，写月亮的有五十多首。至于我的诗文中，写月亮的有多少首（篇），留给有心的读者去统计吧。盲眼的博尔赫斯老人有望不见月亮的痛苦，我则在漂泊不定的一生中始终有月亮这兄弟的慰藉。月亮是个实体，它的出现，使天空不显得那么空洞。反言之，在密实的天空里，月亮其实也是个缺口，是个陷阱，是我们沉重、饱满的人生中轻盈、虚无的部分。试想一下，如果没有月亮，宇宙——这时间与空间的统一体，这浩瀚和伟大的存在，将会变得多么无边和黑暗啊。

江　海

"小舟从此逝，江海寄余生。"当年我在黄州写下这句子时，未曾想到一语成谶。

建中靖国元年四月二十八日（我去世前三个月），与故友杜孟坚邂逅于江上，时隔八年，江上重逢，"怀仰世契，感怅不已"。在我不长的一生中，月亮始终像一条小舟、一张床——渡我、眠我。时间之海里，我阅尽人间春色——"问汝平生功业，黄州惠州儋州"，漂泊成为我一生的主题词。我并不因此怨恨皇帝和政治上的敌人，正是他们对我肉体的放逐，使我获得了精神上的逍遥。这比在紫阁金殿里草拟文稿，听着滴漏感受无聊之夜的漫长与孤寂，显得有意思多了（虽然这多少有些自我安慰的成分在里面）。

重逢杜孟坚的刹那，我的梦幻之感如此强烈。神宗元丰二年，我自徐州调任湖州，三过平山堂——距离上次见到恩师欧阳文忠公已时隔八年，当我故地重游，先生已经去世八年——我产生的人生似梦之感与此次相仿佛。我能体会吾友黄鲁直夜宿武昌松风阁，写下"东坡道人已沉泉"的心情。

"休言万事转头空，未转头时皆梦。"佛家言"前阴已谢，后阴未至，中阴现前"，意指寿命已尽，魂魄尚未投胎（所谓"中阴身"）。我自感生命的期限将至，而对于来世我未曾有任何的假想——就让我断气时游离这衰亡之躯的"中阴身"漂浮于江海，永不再投胎。

"平山栏槛倚晴空，山色有无中。"醉翁的词句还在，而他的音容笑貌已成幻影。联想他的身世和我自身的际遇——作为同样衰残的老翁，我不禁悲从中来。

后人说我是宋朝尚意书风的始作俑者。"我书意造本无法，点画信手烦推求。"这是我对自己书法的评语。江海气质，是我书风的自然流露。我的一生便行走在大山大水之间，如果说我是个出色的诗人、词家、散文家、书法家、画家、音律家——虽无法自谦到不能接受的地步，但我更愿意说我是个旅行家——在大宋，唯有天上的明月和候鸟，比我的足迹更广阔地丈量过华夏大地。我是个将字写在大地上的书法家。因而我的书法如同我的散文一样，纯粹出于一种浪漫、天真、灵妙的天性，如月照空山，如惊涛拍岸。

后人形容王右军的字：龙跳天门，虎卧凤阙，是很形象和贴切的。

而江海无形，它以大地的凹陷处为形，我的字因而不能用形象去比拟。

季 常

陈季常。

当我想起你的言辞举止，我的心中铺满三月的樱花或盛夏夜阑人静烛火温馨照耀的画面。他是那种我想成为的人。仿佛一面镜子，通过他映现出我自身。

我在黄州四年，曾三次去找季常，而他也曾七次前来见我。后人整理《东坡集》，见有我写给季常的信札十六封——"俱在黄州时作"。黄州是我仕宦生涯的一个低谷，却是我进入不惑之年后精神勃然焕发和收获友情的阶段。比我之前与之后任何一个阶段，都更令人回味。

季常最为流传的故事——河东狮吼（见于南宋洪迈《容斋随笔》）。"惧内"成了他最著名的标签。我曾为他写过一篇《方山子传》。他在光州、黄州一带做隐士的时候，喜欢戴一顶高且方的帽子，那是古代乐师常戴的一种帽子，故称他"方山子"。此公在洛阳有雄伟富丽的园林宅舍，在河北有每年收入上千匹丝帛的良田，而他视之如粪土，一概莫取，甘愿窝在这偏僻之地遁世。此公甚可爱也。

后人见我写给季常的书札中，较有名的三帖是《一夜帖》《新岁展庆帖》《人来得书帖》，分别是：请季常转达王君所索取的黄居寀画龙已暂借给曹光州事、相约季常上元时在黄州相会、慰问季常之兄伯诚逝世。此三帖与《黄州寒食诗帖》，都是我贬谪黄州时的经意之作。所谓经意，并非刻意书写，而是率意趋笔书之，只是状态轻松，"散怀山水，萧然忘羁"（东晋王徽之）。此书札，遒劲茂丽，肥不露肉，劲媚秀逸，后世称为天才之作。在《一夜帖》第五行"却寄团茶一饼与之，旌其好事也"，字形体态摇曳多姿全赖书写时心手相忘，亦是兴之所至，笔毫贴着可爱的季常先生的精神行为而去，将我的笔墨情趣与书写对象高度融合、化为鬼神之功。第七行"季常"两字字势巨大，占据半行间距。此两字如一笔书之，连贯、醒目，仿佛是对季常本人浓墨重彩的画像——就让此公如危石悬顶，以其可爱、怪诞时时压迫我，提醒我苍白的人生之途中也有那让人会心一笑的片刻。

子 由

你们比我更熟悉和喜欢子由。

我写给子由的诗词，见于选集的不下两百首。其中《和子由渑池怀旧》《和子由论书》《初别子由》《水调歌头·明月几时有》等数篇，已成为传颂千年的经典。"岂独为吾弟，要是贤友生。"子由仿佛为我而生。他是我寂寞生涯的参照与标高。造物使然，让我在人生途旅中有这样一位知己、精神同游人、拈花一笑的映照者。

子由是人间美好的证明。有人说我与子由好比弓与箭，唯其弓的坚毅、隐忍，才有箭的迅疾、锋利。我们的父亲颇有先见之明。他给我取名"轼"，是希望我像马车上的横木，懂得稳重和保护自己，仿佛他一眼望穿了我这个呱呱小儿未来势必掀起惊涛骇浪而无所畏惧；他给子由取名"辙"，也像欣慰地看到我弟老成持重如地上的车辙，即使马车掀翻他也无恙。

我少知子由，天资和且清；而子由说，"抚我则兄，诲我则师"。子由是我漫长的羁旅生涯无限思念的那个人，是我精神的出口，欢欣或寂寥时刻的共情者，无弦琴上的音符，寂寞的星星（无限深情的注视），流淌的江河，唤醒我的早晨的光线，我的侧面或背影……子由构成我个人的完整性。没有子由，我是半个人——诚如后来欧洲小说家卡尔维诺笔下"分成两半的子爵"。子由的存在，让人们相信，世间存在一种超越父爱母爱及爱情的情感——兄弟情，因其在结构上的并置而非垂直或者雌雄相吸；这情感不像爱情、父子（母子）情的封闭内卷，而是"外拓"为对自然、宇宙、时间、空间、草木禽兽、风雷雨电、艺术宗教生活——无所不包的一切事物上的共同分享、激发和鸣唱，是完全奉献自我而不占有对方的一种精神上的牺牲和建构。是相互的形成和支撑。是隐秘的成长和塑造。

某种程度上，是子由而不是我写下了这些吟唱给子由的诗篇。

美　人

美人。十年生死两茫茫。

王弗、王闰之、王朝云，她们都姓王。与季常、子由不同，她们是我身体内室的参与者与共建者。是欲望、激情、潮汐、孕育、分娩——这个人隐秘部分的收藏者和承担者。如果说季常、子由是我的精神之叶，王弗、王闰之、王朝云则是我的身体之花。是我的生命本身——是土壤，也是烟花。我的充盈和虚无。我的存在与消逝。

或许我吟唱美人的诗句，不及我给我弟和友人的诗篇动人。因为我注定是个朝外的人：美人为我安守，我则将生命投放于洪流与骇浪——在与激流的共舞中书写诗章。我注定不是个安分的人。我的外向型性格总是会将自己推入舆论的焦点、事件的中心。

王弗——谨肃，敏而静，有识，这是我在亡妻墓志铭中写的三个关键词。彩云易散，王弗十六岁与我结为夫妻，二十七岁去世，她与我有着灵犀一点的默契，是我的夜来幽梦，我的相顾无言明月当窗，我的千里孤坟无处话凄凉。

王闰之，亡妻的堂妹，死的托付。二十七娘。她二十一岁嫁于我，四十六岁病逝，与我携手二十五年。我弟赞她："贫富戚忻，观者尽惊。嫂居其间，不改色声。"她是妥帖和恰当的代名词。她谨守天道人伦的法则。与我的动辄非人之举不同，她是安静的、消隐的、藏拙的，她是我灿烂人生的灰烬，是我的月圆天心。

不消说，王朝云是我的灵魂伴侣。后人对于才子美人的佳话总不免添油加醋，于是朝云的形象在后人的描述中愈益离奇。她十二岁成为我的侍女，二十三年陪伴我一起升沉荣辱。她是人世间一支清新的乐曲，是我冗长、沉重生命中的一道彩虹。

惠州栖禅寺大圣塔下松林中，墓边六如亭楹联云：

不合时宜，唯有朝云能识我。

独弹古调，每逢暮雨倍思卿。

书　家

笔墨之迹托于有形。虽然我崇尚自然、平淡，但我的书法还是以强烈的风格影响着后世。在我之前，将字体写得这么丰茂、肥厚、扁平的，还没有过——这里产生了一种奇妙的视觉上的反差，看似呆板的字却产生了一种无以言传的韵味，这涉及一个艺术创作的核心命题：格调。人们常将我的书法与同时代的米芾做比较。他们公认，米芾在技巧上可以说是当朝第一。但将我的字与他的字挂在一起时会发现，我的字更耐看，更有韵致。而米癫的字略显狂放而含蓄不足。此正如我所言：

永禅师书，骨气深稳，体并众妙，精能之至，反造疏淡。如观陶彭泽诗，初若散缓不收，反覆不已，乃识其奇趣。

意思是王羲之七世孙智永和尚的书法极精妙反而看起来很平淡，没有个性，正如陶令的诗歌貌似松散，反复阅读则会发现妙趣横生。我的书法很有个性吗？是的，你从一堆字中，一眼就能看出谁在学我；我的字又是如此恬淡，出于自然，从不造作刻意。我曾经说过，"书初无意于佳，乃佳尔"。无意于佳乃佳，不仅是我的书法追求，也是我的哲学观。我从未将成为书法家设为自己的人生目标，这正是我成为书法家的原因，也是我与唐以及之前崇尚"法度森严"的书法家的根本区别。道理正如"功夫在诗外"。因之，后世称我为"文人书画第一人"，正基于此。

然而，明白的人还是会认同我的字从王羲之出。我学王羲之，写得又不像王羲之，唯此，我的字才有个人的生命力。我认同好的字——神、气、骨、血、肉，五者缺一不可。神采是美人区别于花瓶的所在；气韵生动，譬如树叶之于算珠，其美在于摇曳多姿，譬如江河之于塘水，其势在于流淌不止；书法、文章有骨才能立，反之如肉泥；墨分五色，字的浓淡燥润正如人的血色，善书的人善于使用墨色；无肉正如骷髅，丰腴或瘦削各成其美。

当笔毫摩擦纸张，画下线条，一种"游戏"的欢愉充盈心间。写字具有一种游戏的性质，我从来不认为"笔成冢墨成池"是成为书家的必然条件——可能会成为一个书匠；没有欢愉的书写只有枯燥的训练，不能成为真正的书法家。书法应是对宇宙自然的生动反映（取象），是浇块垒吐胸次的方式〔抒情），是经营空间位置的行为（布局）。

书法之道：大字难于结密而无间，小字难于宽绰而有余。

你细细体会。

古人说"作草如真""作真如草"。草书因为书写速度快，每一点画瞬间完成，往往造成点线的"起、行、收"单薄、浮草、苍白，只有像写楷书一样把每一个点画写到位、写扎实，确保每一笔的质量，才算佳作；写正书，容易陷入每一点画的刻意书写，弊病在于显得僵滞、呆板，因而要带有行草的意味去书写，使每一断开的笔画之间形成内在的映带、呼应，作品才有神采。书法之道，往往在书法之外。我们每个人的困境，在于我们入戏太深，因而如井底之蛙，不能看到更广阔的天地。

奔波、放逐的生涯，促使我在无聊、漫长的旅途中，想一些与荣耀、名望、仕途，甚至入圣无关的事。我在与贩夫走卒、引车卖浆者之流的聊天中，在与蹇驴、峰岭、春江、湖光、落日、荒寺、桃花、山楼、东风、暮鸦、白鹭、银汉、赤壁、满月、竹林、沙洲、縠纹、岭梅……的对话中，形成了我对书写的认知。

我的字就是我的自画像，我生命的长度不为我所掌控，但我的书法使我超越其上而达到永恒。

与古为徒

胡竹峰 / 文

胡竹峰，安徽省作家协会副主席。出版有五卷本"胡竹峰作品"、《击缶歌》《雪下了一夜》《惜字亭下》等文集三十种。曾获孙犁散文奖双年奖、人民文学奖、刘勰散文奖、丰子恺散文奖、林语堂散文奖、滇池文学奖、三毛散文奖大奖、红豆文学奖，《中国文章》获第七届鲁迅文学奖提名。部分作品译介为多种文字。

滕王阁序

滕王阁在南昌。南昌是山世界，是水世界，多飞鸟，多古刹，多老宅，多黑白色，多青绿色，多好颜色，多古旧风味，多人间烟火，果然昌大昌盛。

庚子疫患未绝，暮春雨夜莫名仓皇，雨点打在伞上像断帛裂锦，又仿佛刀铤交接，不忍细听不堪细听。旧事泛起如皮影晃动，灯火迷离，风雨中一箭之遥的滕王阁辉映光亮。王勃还在，逼仄的街巷深处恍恍惚惚走过他失意潦倒的身影。夜里雨下得大了，扑窗铿锵，人似醒又睡，迷迷糊糊仿佛身在唐朝。滕王阁上宴饮未散，笙歌不绝，雅乐在耳，众人大杯饮酒以助王勃文兴。

滕王阁构建甚大，近看巍峨，不如遥望意思精巧。晴正天气，远远看来盈盈一捧有丽日的爽然。上得阁来，依栏四顾，一个人的心思一个人的天地。眼见舟帆来往，得了大水浩荡之势，江上隐隐有声，心头横无际涯一阵遐想。春潮湍急拍堤簇浪，忽然惆怅，羡慕起江水无恙无欲无虞无心自流，不舍昼夜。

楼阁下草木无数，天长日久，多了欣欣况味。推开门，夕阳涌入阁中，人影在楼头，楼影斜斜躺在新绿里荡漾，胸襟一清。春草萋萋，晴川历历，落霞依旧，孤鹜早飞，秋水远逝，长天仍在。江风吹乱水草，几只鸟结伴缘水而行，渐飞渐远，凝成一线，消散在江的上空。

千百年过去，江山风月面目全非。滕王阁兴衰二十九次，自有沧桑。阁起楼塌，人世总是多事。这一方水土来客无数，而今景色非是当年，更无当年人面，换了凡间无数。好在滕王阁上辽阔之状还在，风物辽阔，文气辽阔，思绪从初唐至今日，怀古之心也辽阔。

滕王阁以滕王得名，因王勃传世，这是文学的精神，也是文学的伟大。人生何其短，而好文章命运昌盛。古人说立德立功立言三不朽，王勃之言，千古不废，真是大不朽。王勃诗文在一日，滕王阁也就在一日。一代代后人不忘建文章之阁立此存照，雅好如此，是文章的幸事，也是人间的幸事。

《滕王阁序》仿类大赋，王勃下笔强健直追汉风，文章深沉悲凉，灌入郁积之气力脱窠臼。初唐文章有黄钟大吕声，悠扬明艳是开国的气象，盛世之音自伤自叹也来得宏盛。"落霞与孤鹜齐飞，秋水共长天一色"语近绝句，有极高的审美，为人传诵遂名传千古。世人生活日月堆积，胸中五蕴不空，欲恨欲悲欲苦欲叹欲骂欲哭，索性一笑，在山水古迹文意里寻一份自适与清凉。游滕王阁者，多为古意而来为王勃而来为娴雅而来为文章而来。文章知己，隔世比邻。

滕王阁并无咄咄奇处，尘世烟火颇重，多了家常。凭栏远眺俯瞰，屋舍俨然，灵秀中的烟火俨若东坡肉，人间朝朝暮暮的光阴无非坛坛罐罐花花草草吃吃喝喝，好文章也不过是坛坛罐罐花花草草吃吃喝喝。

暮色四合，游人纷纷入了街巷，遁身尘世，游弋众生。王勃的文气给浮世以慰藉，各自冷暖各自悲欢。几个老妇人在巷口手剥青豆，满地青壳，彼此家常。豆粒颗颗饱满，落在瓷盘里叮当有声，一股新嫩的生青气四散开来。

夜宿南昌，楚楚晓月，一天星斗，照得江岸霜华盈地，心头大静。静里精神凝聚，从而聚精会神，与神相会，是天神是地神是日神是月神是文神是江神，是山水之神是草木之神，还有人之心神。顿时正大光明，无忧无喜。遥想唐朝的月光下，滕王阁定然如宝玉般锦绣，诗上说："滕王高阁临江渚，佩玉鸣鸾罢歌舞。"玉华锦绣，鸾有五音，一如世间的好文章。

华灯下，滕王阁像撒了一层金沙，头面锦绣。白日在阁底过道见花絮松粉颜色深黄也像金沙，越发锦绣。肉身沉重，锦绣可喜，虽则我的日常与锦绣相隔甚远。旧小说上某户人家金玉满堂，罗列锦绣，每每心生愉悦。

夜色深沉，窗前闲眺，楼下市井应答喧哗。做了三日南昌人，临别之际，山茶与蔷薇颜色半凋，花谢如隔世，一年春景又快过去了。想起在故乡惜字亭边村居岁月初读《滕王阁序》，俯仰之际，繁星满天，山花遮地，得了四句诗：

滕王阁上千秋月，惜字亭旁遍地花。

竹简文章贪墨戏，空杯击缶饮闲茶。

小石潭记

两侧峰峦束拢出一河，水自山石间淙淙而下，倾在潭内，像一条白练。左边片石经山水千百年冲击，磨洗得平整明润如玉。

壁后有桃树，虬枝似苍龙悬空。桃花正开，灿若云霞。一阵风过，惊得桃枝一颤，几片花瓣脱枝悠悠飘飞，轻悄悄落至水面，随波旋流，荡浮而去，引来几尾小虾尾随。

水明莹泛绿，目力可达潭底，小石黑白灰麻，累累如卵似珠，游鱼自适。以水洁面，轻呷一口，水线滑过，但觉身体清凉透明。山中无他音，唯风声水声鸟声。静坐岸边，一时松涛水流鸟鸣交相入耳。

岳阳楼记

岳阳古称巴陵，巴陵有洞庭，更有一方胜景一篇美文，是灵秀地也是斯文地。吴人范仲淹最好的文章却和楚地有关，果然惟楚有才，一篇《岳阳楼记》让人心旷神怡。

来岳阳为岳阳楼而来，来岳阳楼为范仲淹而来。人安一心，不能塞满贪嗔痴烦恼；人生双眼，不只看名看利；人有两足，也不应该终日奔走衣食前途。

在洞庭湖边游荡，景象是气吞山河，不愧衔远山、吞长江。夏日午后半空青蓝，显得天低云白，心情有些喜悦。人贪荫，靠树而行。两旁遮天蔽日的大树，路径幽凉。到得岳阳楼，才知道沿湖堤岸即是城墙，洞庭水悠悠起浪。此时，方悟出"气蒸云梦泽，波撼岳阳城"的气魄。

岳阳楼并不高，三层四角，说是楼，也近乎亭，淳朴宽厚，红黄两色相宜，令人思绪肃然。身在楼头，放眼四顾，眼前有景道不得，只是无言，前人说过了。依旧是水天一色，风月无边。依旧是吴楚东南坼，乾坤日夜浮。乾坤日夜颠倒反复，倏忽过了千年，杜甫的身影仿佛刚刚远走，李白的孤舟遁水光而去，一时怅然。

放眼四顾，古物的旧味与草木湖水的颜色入了虚静，静专神自归。忽然觉得此地有神，有天神有地神有水神，更有文神。左右楼台丛林颇深，绿竹漪漪，几个游人在其间走动，如豆芽如草芥。

倚栏闲看，波浪层叠，湖水像一段灰绿色的绸缎鼓荡欲飞。阳光照下，又仿佛撒了层金粉。洪波涌起，水面旋涡无数，如酒盅般转来转去，俨若天地对饮。山河神态有人世滋味，隐然有些醉意了。

游客三三五五出入进退，我一时却目中无人只有意思，有的是诗词意思，文章意思，布衣意思，锦绣意思，纶巾意思，纱帽意思，古旧意思。古旧里，三两个女子出入，一两个小儿出入，又多了清凌凌的新气，文气，兵气，剑气，豪气，神气，傲气，寒气、颓气、闷气……顿时气象万千。

站在楼上，临风远眺，寂然孤舟往还，天地之间倏地只剩下一人，恨不得李杜复生，范仲淹再世，彼此把酒诗文，邻湖而立，与天共语，与地共语。几只水鸟掠水飞过，洞庭水连成一片，青山携阳，渔人逐日，一痕远山，孤岛影影绰绰。旧时景象大抵如此，而身后的岳阳城人来人往不知换了多少容颜了。

孔子登东山而小鲁，登泰山而小天下。岳阳楼高不过数丈，登此楼却小肉身，深感人如微尘。好在人心之大，可以装进楼台，装进湖水，甚至穿梭古今，神游宇宙，足见心力之大没有穷尽。所以古人才说人活在世上，要养性修心，所谓独坐防心，群居守口。

岳阳楼是文章景色也是土木景色，风雨无恙，这一座楼废立多次，这是楼在人间的可贵，也是文章天下流转使然。以楼存照，照见俗世的千年岁月，也照见了文章的诗酒风流。光阴之箭破空而来，没羽石中。诗酒源流远，文章日月长。

范仲淹有诗说得好："相期养心气，弥天浩无疆。"古人还说文章也是心气，贤人之心气。心气乐则文章正，心气非则文章不正。这些我信。年轻时候惊诧怪力乱神，如今只好正大只求正大。

上了一回岳阳楼，离地很近，离天很近，离尘世很近，离文章很近。虽然未能忘谗忧己，未能宠辱偕忘，却知道忧乐不过清风。清风吹来，恍恍惚惚觉得一行人成了洞庭湖边的几片云，悠悠荡荡，一时懵懂，不知今夕何夕，不知此地何地，不知此身何世，不知此世何人。这一天是二〇二〇年六月十五日。

醉翁亭记

琅琊山地势平缓，人的心情也平缓。午后进山，徐徐步行，路旁植被无数，触目皆绿。人在树下，映得面目也是绿的，不亦绿乎，不亦乐乎。墨分五色，绿何止五种？肥绿浓绿深绿苍绿淡绿嫩绿青绿翠绿薄绿，眼前还有种无名绿，姑且称为琅琊绿。太阳照下来，满山绿里现出白来，白光闪闪，又新鲜又阔达。古木深秀，水石森然，旧痕陈影斑斑驳驳，不知与当年欧阳修所见有几分相似。

到得醉翁亭，在靠椅上坐下，饮清茶一杯。山水之乐，得之心寓之酒。山水之乐，得之心亦可寓之茶。心里默默背诵醉翁的诗文，似乎撷得三五分山水亭台的意气，天地辞章之性灵陶陶然而来。

茶渐渐浅了，杯空无水，亭中八面来风，忽然忘我，觉得茶也多余。几个人候到黄昏，日头慢慢落下，夕阳光影斑驳，游人如壁画照影。丛林幽深，幽深有神，像是文字之神，树叶飘荡里又像有古人的风神。诸神纷至，吉祥止止。

醉翁亭北宋年间始建，叶落山黄，数番兴衰，游人更不知几回回来来往往。风从山岚树林里出来，移步徘徊，枫枝抹红，片叶可知岁序。人被风吹着，拂面有秋气。翛然有破壳声，一青蝉跌落足边，怀疑它是被秋气所伤。山青水绿连绵不尽，肉身短暂。蝉如此，人也如此，真是世间的长恨。

坡竹甚美，一丛丛满地满眼，近前看，竹叶松软，像踩在地毯上。偶见竹竿上刻有字，笔画嶙峋，无非世间男女情誓山盟。游人踵踵，多闲话，多怀古，亦娱目，亦狎欢。亭边逸梅一株，说是欧阳修当年手植，苍苍亭亭，章法隐隐有宋人草书笔意。树比人活得长久，文章又比树活得长久。心摹碑刻墨迹，以手书空，哑然若失。人生三不朽，大如意却是诸事不立，无咎无疾。

辞别琅琊山，醉翁亭内一片清幽忽上心头，通体沁凉，是文气，是醉意，是山色，是水纹，是风声，是树叶之色，是泉亭之旧，似古似今，非古非今。

沧浪亭记

姑苏，秋雨，半日不绝。枯坐近午时，偶忆沧浪亭，心起游兴，约友人同行。出门见石刻古服老人冒雨端坐，耳眼鼻尖水滴如小儿涕泗交颐，一时哂然。

沧浪亭是江南名园。江山风月并无二致，名之隐显各得造化各尽人意，自有天机。进得园内，太湖石森森然，草木亦森森然。几只鸟磔磔竹云外，几只鸟悠悠屋檐下，黑鸟仪态倨傲，白鸟自怡自适，花鸟只是高低跳跃，面无颜色。三两棵梧桐耸立墙外，树叶黄了几片，到底秋景。

忽忽雨大，落在伞面树枝竹叶上，零落有秋声。侧身亭内避雨，水天相接，绿叶满眼。沧浪亭上看雨，自是春夏天雨景生姿。

我最喜欢的却是冬日看雨，消瘦如针，穿过唐宋元明清的时间之线。秋雨打湿了芭蕉梅兰，鱼鳞瓦水光透亮如包浆如墨玉。风吹过，雨丝斜斜飘飞，一时怅然，若有所得若有所失。

沧浪亭来过多次，一次有一次况味。移步看山楼头歇坐张望，远近人家安恬。前人遗址杳不可寻，常常怅然，幸有文章存下零星旧事。文章在人在，文章是人的精气神。肉身百岁，精气神千年万年不朽。

古人登高远望，叹息熙熙攘攘皆为利来。园林是闲情偶寄处，我在沧浪亭上见衣衫步影，觉得人人皆为闲来。得闲便是获利，有暇即成神仙。

游园以自适第一，欲行则行，想坐就坐，行止由心，栩栩然无人之境，若无肉身若无魂魄，俄而忘我。

看竹不问主人，游园也不问主人。沧浪亭主人该是苏舜钦、韩世忠、文瑛和尚诸位。江山代有才人，江山代有主人。沧浪亭消磨半日，又做了一回沧浪亭主人。良辰美景风月，得闲是主啊。

游褒禅山记

褒禅山无足观，妙处在王安石《游褒禅山记》。己亥年三月二十二日，赴含山看含弓戏，再游褒禅山。天空黛色，云低而晦暗。山下新绿点染，油菜花金黄，王安石所见亦如此，心下粲然。

须臾，至华阳洞，但见清流徐徐。人乘铁舟向前，局促不易转身，一水透亮，船夫拽绳而行，茫茫晃晃，潜入古事，又仿佛坐忘于传奇中，入了聊斋笔意。

洞愈深，几步一景，步步深入，不知身在何处，不见是非，更无尘世，只有曲直在前。低头侧身弯腰，路险石怒，可喜可畏，惊奇良久。

愈进愈曲，如草书草绳。两旁岩石深深浅浅平平凹凹，形态迥异，夹以黄白青红紫各色，奇怀在焉。有石像龙盘山顶，有石若鳌游，有石似蛙鸣，有石宛然梦笔生花，也有石如笋如柱如莲如兽如佛。

山泉在石间无声静流，安详恬然，软腻清凉如春衫。踩水而行，湿而不滑。水至善至柔，不较长短，所谓上善若水。石为山河之骨，虽无语，却有神，其神在坚，坚如君子，不可夺其志，不可毁其性，不可损其行。

走高爬上，如入鬼市又似仙境。鬼仙不过一念之间，存善则成仙，作恶即沦为鬼矣。

前方透出天光，趋亮慢行，出得洞口。四野春意尚浅，无鸟语无虫声无花香，但有同游者潘昱竹、凌晓星共七人，彼此怀古叹息而去。

湖心亭看雪

连日大雪，四野一白，叶落树空，积雪肥硕压在枝头。忽起游兴，乘舟独往湖心小亭。湖上看雪最好，雪景堪赏处，往往寂寞相随。草木被雪染白，大地隐在一片茫茫中，天空红黄铅白各色错杂。有鸟觅食，低空盘旋几回，一无所获，怏怏而走，翅膀扇动浓雾，扑棱的声音就在左右。

　　坐在船头，如处云端，白茫茫流烟散散淡淡。风冷冷刮在脸颊上，寒意侵人。以手抄水，<u>丝丝凉意自手指猛蹿臂间，忍不住打个寒噤。船行破冰声不绝，冷风相随。湖中只有双桨划水的声音，寂然凛冽。人在看雪，不知雪也在看人。岸边有人影，仿佛丈二宣上一点墨。湖心风渐大，雪簌簌飘落，冷飕飕寒意逼人。进得茶食，方回暖意。解缆归舟，桨音寂然，行向茫茫烟雾，混混沌沌如游天际，如痴如醉亦如梦如幻。人生至此，与万物一，与天地合，不复有我。

大宋的雪

董改正 / 文

董改正，70后作家，安徽省作家协会会员，主要从事散文写作，崇尚冲淡平远的风格，有作品散见于国内报刊。

大宋的雪落在大宋的版图上。落在汴河的桥上，落在冻滞的酒幌上，落在东京鳞次栉比的瓦片上，落在宫殿的飞檐上。那匹驮着麦子走过熙熙攘攘长街的骡子，也驮着一身白雪和一团移动的热气。街角卖烧饼的大伞旁，一对久违的老友已经聊了很久的家常，雪落满了他们的双肩。

又是好大的一场雪！雪如杨花，他们的面庞在雪中隐现。他们似乎言尽了，眼望着远方，透过朦胧的雪幕，仿佛看到了一千多年后的我，就像一场梦。三百多年，足够慢慢地做一场长长的梦。如果让我选择，我愿意活在中国的宋朝。

一场接一场的雪落在《宋史·五行志》里。第一场雪飘在建隆元年（960年），也许用"显德七年"更为恰当。虽然"禅让"之后，雪或许还在下，但历史已经翻篇，雪已经不是后周的雪。

建隆元年（960年）的正月初一，天气肃寒，浓浓的雪意和浓浓的年味一起弥漫在汴梁城里。这样的天气无论是对于后周，还是对于北汉和契丹，都不是用兵的好时候。但一则事先张扬开来的战争消息，让符太后和七岁的周恭帝柴宗训以及一帮臣子们手忙脚乱，殿前都点检赵匡胤和他的弟兄们却笑了。迅速集结的三军在正月初三出发，当晚到达汴梁城外二十公里处的陈桥驿。雪下得很大，落在兵士们的征衣上，落在他们抬头望天的面庞上，落在他们驻扎的营帐上。

怎么停了？不是说前方战事吃紧吗？一定会有人这样问。这不是你我能管的事，让停就停，让开拔就开拔，让杀谁就杀谁。"或者是因为雪吧？"一定有人眯缝着眼睛看着雪，漫不经心地答道。

次日黎明，将军严令他们要以气壮山河的气势，对黄袍加身者呼"万岁"。他们做得很好，相信他们的呼声一定可以穿过厚厚的雪幕，到达帘幕无重数的皇城内。一定是这样的。第二天就改元"建隆"了。禅让大典是在纷纷扬扬的大雪中完成的，真应了那句"落了片白茫茫大地真干净"。街上各扫门前雪的商铺小二，也许并不知道已换了人间，他们的清晨问候语依然是："好大的雪啊！"

这是中国历史上最后一次通过禅让改朝换代，禅让书都是事先准备好的。两位顾命大臣也很知趣，他们很配合，典礼圆满结束，江山就易主了。

一场接一场雪频频光顾大宋的疆域，"雪盈尺""民多冻死""断流""伤麦""冻馁"，这样的表述充斥着大宋的史书和奏折。

大宋的骨子里，有消散不去的悲凉雪意。大宋的白雪中，有人夜过汴梁桥，有人风雪山神庙，有人在汴梁的巷子深处，喝一碗热气腾腾的羊肉汤，还有人白衣胜雪，一曲新词酒一杯。

大宋的雪是宿命的雪，寒冷是大宋的宿命。大宋处于"第三寒冷期"，有宋以来，天气极寒，福州的荔枝树绝种两次，太湖冰冻三尺可以跑马，华北的居民看不到本地的梅花。幸运的西汉、唐，则分处第二、第三"温暖期"。

大宋的雪，也下在同时期的辽、金、西夏、吐蕃、蒙古和大理的国土上，雪里的大宋版图，看上去像一阕小小的《如梦令》。雪里的大宋，大街上依然熙熙攘攘，百业兴盛。高鼻深目的异邦人，坐在雕镂精美的听雪轩内，手指敲着檀香木的桌面，轻哼柳词。

大雪弥漫的大宋，国土面积最大时，只有汉的二分之一、清的四分之一，而人口远迈汉、唐，经济、科技和文化也卓立于世界。这是历史的奇迹。经济史学家贡德·弗兰克和汉学家谢和耐，称宋代的中国在工业化、商业化、货币化、城市化、社会生活、艺术、娱乐、制度等方面远超世界任何其他地方，它有理由把其他地方看作蛮夷之邦。风雅富庶的宋是地上的天国。

戴笠披蓑，走进飞雪连天的大宋，看看在那些年的雪里，都发生了哪些故事。淳化四年（993年）冬，大雪，太宗赵光义赐京城"孤老贫穷人千钱、米炭"。这可能是"雪中送炭"的出处。除此之外，每到严冬，官府必将储备的柴炭减价出售，以惠贫民，以致京师炭价涨不上去。

在大雪极寒之时，朝廷诏令收养乞丐和老幼，将他们养在福田院、居养院、养济院和慈幼局内，务必使路上没有冻死的乞丐，没有啼饥喊饿的孩子。在这些慈善机构中，成年人每日施与粳米或粟米一升、铜钱十文。在十一月到正月这最冷的三个月里，每人加柴炭、五文钱，小儿减半。孤贫孩子中若有伶俐的，令其入学就读，并供应衣食。

大宋的雪是温暖的雪。祥兴二年（1279年）二月六日，崖山已经春暖，宋战败，陆秀夫背着少帝赵昺投海，随行的十多万军民，再无留恋，相继跳海。民无罪，他们本可不死，可他们甘愿赴死，因为天气虽暖，而大宋不在。

朔雪纷飞，江山如铁般寒硬。看不见的冷，塑造了不一样的大宋。"忍把浮名，换了浅斟低唱"，这是大宋；"大江东去，浪淘尽，千古风流人物"，这是大宋；"寻寻觅觅，冷冷清清，凄凄惨惨戚戚"，这是大宋；"想当年金戈铁马，气吞万里如虎"，这也是大宋。

大宋有热血，但更多的是冷静；大宋有豪情，但更多的是淡定。雪是冷的，冷让人安静、冥思、智慧、成熟、务实。它像一个历尽沧桑的中年男子，不事浮华，不重名利，只要真实的幸福安宁和有审美感的精致生活。无论他怎样伤春悲秋，怎样浪漫多情，他总会及时冷却。

大宋的雪，冰冷了大宋的热血，照亮了大宋的眼睛，磨炼了大宋的智慧。他知道自己要什么，能不能要到。学者蒋复璁说，澶渊之盟影响了中国思想界及以后的历史。事实上，它换来了宋辽之间百余年的和平，并且通过互市，大宋不仅拥有远超岁币的贸易顺差，更输出了文化和货币。辽其实是大宋的辽。

雪后的大宋如何？大宋的风雪图有很多。北宋李成有《寒林骑驴图》，骑驴郊野，苍松白雪，气象萧瑟。北宋巨然有《雪图》，奇峰积雪，河流凝滞，行人迟迟。南宋马远有《晓雪山行图》，老梅零落，行人曲背弓腰，两驴驮炭，行道缓缓。南宋夏圭有《雪堂客话图》，白雪映堂，人物潇洒。南宋李东有《雪江卖鱼图》，江天暮雪，茫茫一片，远山戴雪，一棹停驻，披蓑戴笠的渔夫煮出千年的鱼香。

大宋多雪，多文人，多画家。南宋的林洪，游武夷六曲，遇大雪，得兔一只，不会烹调。有人告诉他，将兔子杀好，片薄了，用酒、酱、椒料腌制一下，再放在沸腾的汤里"摆熟"。林洪一试，肉色如云霞，称之为"拨霞供"。

这年依然雪大如席。芥隐僵卧草庐，忽听敲门声甚急："先生在吗？先生好吗？""吱呀"开门，风雪涌入，却见一个小童负炭一筐，殷勤笑道："先生，给您送炭来了。"小童进屋将炭放下，递书一封，便出门踏雪而去。

这年也是大雪，杨时和游酢为解惑释疑，正踏雪向程门而来。程府寂寂，梅香缕缕，鸟雀稀疏。门边炭炉微红，程颐释卷几上，正倚炉酣睡。杨时侍立不去，程颐醒来时，门外大雪已深一尺矣。

雪中的汴梁城，更较平日热闹。早点铺子冒着热气，熟食铺子的"灌肺""炒肺"更为热卖。粥铺里坐不下了，有人站着喝粥。卖洗脸水的铺子前，更是排起长长的队伍。雪后的酒店里，行菜唱名，煨糟温酒，精致的宋瓷盛着大宋的油光。瓦舍勾栏里，一个个用栏杆、绳索、幕幛隔出的小场地中，相扑、傀儡、影戏、杂剧、商谜、学乡谈各自上演，气氛热烈。

雪落山村，雪落水村，雪落山川，雪落平湖大泽。有脚印，有车辙，有船，有踽踽独行的人。有船顺江而下，顺河而行，雪一路随行。有侠客走进十字坡，大声说道："小二，五斤熟肉，八角酒先打来！"有好汉走进密林……大宋的雪里故事很多，他们至今依然活灵活现地存在于诗词书画里，活在数不清的宋人笔记里，活在我们的血液和想象里。我们想起他们，他们就活起来。我们替他们活在时间里，我们是他们的藤蔓。兜兜转转一圈后，苏轼写道："人生到处知何似，应似飞鸿踏雪泥。"

大宋的雪，提供了这样的雪泥。大宋飞过，印迹永存。

唐诗里的雪下得大，雪下到宋词，就小了很多，也妩媚了很多。大宋的雪，美到让人不敢呼吸。大宋的雪，是自然的雪，也是人文的雪、抒情的雪。诗词中的大宋之雪，纷扬着大宋的气韵。曼声吟诵，真是销魂。

还有悲凉的雪。豪放派中，我爱稼轩胜过东坡，只因东坡更似唐人，而稼轩必属宋人。豪放加忧伤而为悲凉，书剑辛弃疾，能骑马突入敌营，擒敌而回；能献言《美芹十论》《九议》，陈述带兵方略；有"溪头卧剥莲蓬"的稚拙，有"众里寻他千百度，蓦然回首，那人却在，灯火阑珊处"的痴情，有"醉里挑灯看剑"的英武，却终于时也命也，在"落日楼头，断鸿声里"，"把吴钩看了，栏杆拍遍"，却终是"无人会，登临意"，落得个"可怜白发生"。

如果将大宋比作男子，那就是辛弃疾；比作女子，那便是李易安。

唐的音节响亮，宋却是风流蕴藉。这个决定以宋为国号的粗豪汉子，他的内心是否与曹孟德一样，有着风花雪月和对酒当歌相互缠绕的铁血柔情？大宋的气质，是否来自这个叫赵匡胤的人？《明史·太祖本纪》里，没有关于朱元璋擅长艺术的记载，而赵氏兄弟的子孙中，有赵佶、赵构和赵孟頫这样的天才。是基因的自然书写，还是崇文抑武国策的结果？而崇文抑武，是时势下的必然选择，还是他的独创？

建隆三年（962年）的一个夜晚，大雪，赵普早早休息了。雪落无声，一片阒寂中，骤然响起敲门声。赵普亟出，只见太祖立在风雪中，他连忙迎拜，太祖微笑着扶起，说他已约好晋王了。不久，赵光义就到了。三人坐在堂中垫褥上，炽炭烧肉。赵普的妻子亲自行酒，太祖呼之以嫂。那天晚上，赵匡胤问的是取太原之计。赵普陈述削平诸国，再图太原的建议。太祖大笑，说："吾意正如此，特试卿尔。"

早在建隆元年（960年）年末，太祖就见过赵普。是时，李重进叛乱始平。太祖召见赵普，问长治久安之策，赵普提出"稍夺其权，制其钱谷，收其精兵"的十二字方略。建隆二年（961年），太祖"杯酒释兵权"。

一代代的人，都会活成大数据，供后人研究，就像大宋的君臣子民，就像我们。挣扎，斗争，龌龊，即使在最美好的大宋，也少不了。一部大戏，没有矛盾便无法展开；一部历史，没有冲突便无法进行。历史既然是存在，既然要书写，那么，人就是它的文字，必须要动起来，悲壮惨烈，然后人来人往。

人间仙曲

奚学瑶 / 文

奚学瑶，1946年1月生于浙江天台，长于上海虹口，1964—1970年就读于北京大学中文系。毕业后在秦皇岛"插队"与工作。写史修志，从事散文创作与散文理论研究。中国作家协会会员，一级作家。

梁思成先生的第二任夫人林洙女士，曾经撰写文章披露梁思成、林徽因夫妇与金岳霖之间高尚而动人的情感故事。他们之间的关系在我国知识界已广为人知。作为后辈，我们由这么一个已经打开的小小窗口，得以窥见"五四"一代中国优秀学人的思想情怀。他们不仅吸纳了西方先进的科技知识，同时亦融汇了中西方高雅的道德情操，从而令后人"景行行止，高山仰止，虽不能至，然心向往之"。

无独有偶。类似的事例，在他们这一代学人中绝不止一个，经济学家陈岱孙先生等人的个人生活同样教人叹为观止。

时光回流到二十世纪三十年代初期。清华大学聘任了一批风华正茂、学有所成的归国留学生到校任教。他们都深受中国传统文化的熏陶，并且从欧美采撷了现代科学民主之火，从而成为兼具中西文化精华的一代新人。

陈岱孙，系福建世家子弟，获哈佛博士学位，时任清华经济系教授。他长身鹤立，风度翩翩，与金岳霖等三名留洋归来的青年教授，被称为清华园中的"三剑客"。他们的学识与风度，为清华人所称道。"三剑客"中的另一员是位理论物理学家。他在同学夫人的介绍下，认识了女师大众多佳丽中被称作"头美"的一个女学生。这个青年物理学家不但英俊潇洒，且幽默风趣，经常去女师大看望这位女大学生。有时，他还带着自己的同事和朋友——"三剑客"之一的陈岱孙，以及年轻的数学家许宝骕前往。女学生美丽机敏，善解人意，使得他们的朋友聚会，常常充满了欢趣。青春年华，谁个不善钟情？这样富有青春魅力的女士，又怎能不让陈岱孙、许宝骕产生爱慕之情？"发乎情，止乎礼"，作为一个有道德有教养的知识分子，他们懂得该如何相处，如何珍惜朋友间这份情谊。

　　真诚而纯洁的朋友交往，使这位物理学家与陈岱孙、许宝骕之间的友情愈加深厚，尤其与陈岱孙之间的关系至为亲密。他们一起在清华教工"饭团"用餐，一起练习射击，一起去郊外或山西打猎。物理学家与女师大那位学生成婚之后，陈岱孙是他们家的常客，常与金岳霖、张奚若、梁思成、林徽因、吴有训等人到他们家谈天叙旧，或鉴赏字画，或设牌局。

　　抗日战争爆发后，他们在昆明患难与共，风雨同舟，在国家危难、人生颠沛之际相濡以沫。陈岱孙不但深爱自己的朋友，也深爱他们的女儿们，女儿们则称他为"陈爸"。他喜爱他们的女儿，尤其宠爱端庄而聪慧并极具个性的大女儿，对她偏袒有加。他看透了旧社会政府官场的腐败和黑暗，对"胁肩谄笑，病于夏畦"的官场恶习甚为反感，发誓终生不仕，一生认认真真，老老实实地致力于学问。但是，他遵从传统之道"己所不欲，勿施于人"，充分理解物理学家朋友"为促进祖国现代化""为此牺牲一部分教研时间"，而从事国际科研交流和国内的社会活动。

陈岱孙终生未娶。当有人向他问及个人问题时，他说："情感是可遇而不可求的。"

许宝騄也终生未婚。他后来以数理统计上的创新性成就而享誉数学世界。

时光流逝至二十世纪九十年代中后期，一代风流，百年人生，已近曲尽人散，数学家、物理学家已先后谢世。当年那个风华明丽的女师大学生也患了痴呆，记忆大多已从她的头脑中消失。有几天，她突然多次向小女儿念叨："陈岱孙怎么不来看我？"小女儿安慰她说："他比你岁数大，你应该去看他才是。"数天之后，陈岱孙便告别了人世。物理学家夫人躺在病床上，不知人世沧桑，奇怪的是，她从此再也没有提起陈岱孙。天上仙曲，人间友谊，顿成绝响。

早年，笔者曾亲耳听见这位物理学家夫人对陈岱孙赞美不已，称他是"绝顶聪明"。

1991年暮春，笔者曾在母校进修，陪同同室伙伴——研究林徽因的学长陈学勇，一起前往拜访陈岱老，向他请教有关林徽因的一些问题。陈岱老家居燕南园，与物理学家旧居相比邻。这里，是我们十分熟悉的地方，当年的喧闹已了无痕迹，剩下的只是树影摇曳灯光空明的静寂。室内空旷洁净，陈岱老蔼然端坐，如仙似佛，平静而慈祥地回答了学勇兄一个又一个问题。时间长了，我担心陈岱老不胜重负，不住暗示学勇兄尽快结束提问，而陈岱老依然不烦不躁，有问必答。他的妹妹——当年我们求学时的图书管理员，已故语言学家高名凯先生的遗孀，亦含笑坐在他的身旁，无言地陪伴着兄长，直至谈话终了。

北大百年校庆之后，我亦曾与物理学家的小女儿及其闺密，同去燕南园采访学者作家宗璞先生。从她家出来，映入眼帘的便是当年物理学家的旧居，以及与之毗邻的陈家。往事如水，物是人非，陈岱老已然作古，只是，在陈家的庭院里，却矗立着一尊雕像。尽管雕像未能充分显示陈岱老的气质，但表示了人们对他一份深深的怀念，并告知后来的北大莘莘学子，这里曾经住过一个高贵的长者。我恭敬地肃立在他的雕像旁，在他身旁留了影。尽管傻瓜相机的能源未能驱走暮黑的微茫，但似乎正是如此这般，才恰当地表现了我对他深沉博大人生的一种茫远的认知。

岁月如歌。伟大的"五四"时代，造就了伟大的一代民族精英。他们以其高尚的人文情怀与顶尖的科学知识，引领着时代的风骚。"此曲只应天上有，人间能得几回闻"？泱泱大师，给后人留下了丰厚的遗产，即便是个人情怀，也让我们引领仰望。凝神蓝天白云，当知何为人之高贵，何为无愧人生。

美丽宛如一场多重的相遇

绿窗 / 文

绿窗，满族，承德护理职业学院教授。中国作家协会
会员，鲁迅文学院少数民族班学员，曾获首届丰子恺散文奖，
首届中国少数民族文学之星。出版散文集《绿窗人静》《击壤
书》《被群鸟诱惑的春天》，其中《击壤书》入围骏马奖、三
毛散文奖。《读者》签约作家，郭小川研究会副会长。

一

年少时喜欢红，一条红围巾，一件红绸衣，就打发了长长的
青春。之后饱受烟熏火燎的红，阻于重重青蓝之后，难再得。指间
樱桃，心上芭蕉，俱躲在书柜里暗自窈窕。至额上柳絮无风亦起的
光景，也只有书里遥想华年。那个红衣，正穿过庭院，留个梨花背
影，扁扁的在书页间，一唤便出来了。

二

书是旧日红。书里的都是旧事，隔了千年，颜色不褪，光亮不
减。人也是旧人，青春，美丽，深红，莺啭乔木，挥挥手，就是满

城春色。

自然是文字的魔力，远胜其他。其他只能看，比如绸衣、发带、红棉袄，甚或一沓照片，刻意留下的也终究走了形，不能看。又比如三十年代录的音影，美人直像峭壁上尖叫的寒号鸟，要打冷战的。文字却可以想。想是多奇妙的事儿，大把的太阳大块的月亮大段的对白大壶的酒色，都可以任性拘来，做思想者的瓜田李下。

这一点唯音乐可比。多年之后，《十面埋伏》还是杀气萧萧，英雄苦短，霸王还在叹啊：虞姬虞姬奈若何。因为懂得的人需要，便流传，与我们相遇。

三

越剧《追鱼》。好红的一条鱼儿，翻滚，脱鳞，成人。撕裂的痛，然而决绝。只因有个书生在岸上等。鱼向往凡间的惊艳，不知世上也是七灾八难的，失了变幻的红鳞，多憋手。

又或者，每一只蝴蝶的蜕变都飞向一个书生吗？一只虫努力在风中攒劲，挣脱，沉重喘息，可是没有力气了。一半翅膀惊艳，一半老皮嶙峋，就那样，在风中停住了。大概世上一些人终生孤单，是他们的蝴蝶夭折在路上了。

做条虫子低头吃草，不问苍天，也是好的吧。虫子只想变成蝶，人也想化蝶，但蝴蝶从未想过变成人。它们只想勾引人。所以化作鬼狐仙妖，暗地把小像夹在《聊斋》里，伺机而动。书里当然就有乾坤了。抱一本书是有情调，若换成抡大锤的，不知鱼仙子还愿意撕鳞不？

没有红鳞艳翅成仙得道，也只有读书一条路了。薰薰俗根也罢。日子久了，对着镜中审视：到底我不会被当作平常的女人看了。

四

坐看苍苔色，欲上人衣来。最是寂而娴雅。冷月破云来，白屋坐幽女。则寂得可怖。所以读书要静，也须得有暖意。一款月色，一畦落满槐花的胡同，可以不断邂逅新欢，新人笑，旧人亦抿嘴而居，都十分地好。只要别拿着书端着架说事儿，恐鬼贻笑。

纪晓岚《阅微草堂笔记》录着一件事儿。

一鬼路过一破屋，说此文士庐也，"凡人白昼营营，性灵汩没。惟睡时一念不生，元神朗澈，胸中所读之书，字字皆吐光芒，自百窍而出，其状缥缈缤纷，烂如锦绣"。一学究问其读书一生，睡中光芒几许？鬼嗫嚅良久曰："昨过君塾，君方昼寝。见君胸中高头讲章一部，墨卷五六百篇，经文七八十篇，策略三四十篇，字字化为黑烟，笼罩屋上。"学究怒叱之。鬼大笑而去。

五

年少时读过的书便一生不再读，是傻，年少怎么能明白书里的千种叮咛。好书不是衣，能禁得一读再读的。那些照耀过你青春的光亮依然会温暖你沧桑的手指，从前看不到的荒凉会流出指缝来。

苔丝那么傻，新婚之夜非与新郎说破被污辱的事儿，不是自己掘墓吗？安娜如果遇到作家兼女权运动家伍尔芙诊诊脉，或许能有新生。思嘉丽何苦死皮赖脸求着艾希礼，瑞特只好远远地走开。

读了纪伯伦的《先知》，一切明了：世间所有事都是双刃剑。你的欢乐就是你的忧愁；你的夜晚便是你的黎明；你采摘园中的葡萄，你的果实也将被采摘。所以无失无得，无得无失。依着自己的天性，她们根本无可选择，只有宁静地饮下药剂。

重遇经典，不只是鸳梦重温，是你在长大：梳着羊角辫路过樱花树下，午后蝉声如浪，在图书馆文学廊里穿行。以为钻进偌大的树洞，再出来，已成坚定的妇人。

六

落了一年的灰尘，总要拂一下的。拂一下，生日便亮了。像说书人的惊堂木，啪地一拍，总能惊醒对面人的眼睛。

鲜花珠宝衣裳都可，不如买一套书送自己，亮在内里。那些书，从当当、亚马逊、孔夫子网，从江南、京都、港台，顶风冒雪推门而入。

像昆虫百鸟像白桦树像海浪，像动物渴望爱情、植物渴望水，那些书来到我身旁，点起了香。它们沉睡，或者沉思，都是愉悦的，是为爱来。是为这新鲜的世界凿一个出口，打上火把。为不得已走掉的一些情感、人事，能寻到回家的路。也为着迎接陆续走来的一些钻石。在黄昏时分，它们意外地出现，闪光，怒放。

冷漠而温柔的夜晚

玄武 / 文

玄武，晋人。1972年生。1989年开始写作。作品见当代多刊。著有《种花去》《物书》《更多事物沉默》等书十余种。

一

坐待日落，昼光收而天地冥。就仿佛是我赶着那枚红丸，关入群山之圈中。说赶，其实一前一后，彼此有默契和惯常的步速。尾随而已。一个知道该往哪里跑，在哪里停下，等待着，但不催促。一个相应跟着多少年下来的节奏。

我想起少时，村里一个几岁的小孩。他只有一只羊，拴在自己左胳膊上。他没有母亲，饿了就趴到羊身下，咂巴羊奶头。我见过这样的场景。后来他害羞了，吃羊奶避开人，但是我还是能够见到。他因此恨我。

许多次黄昏，他和他的羊，在天光里的轮廓从小到大，从远到近，从模糊到清晰，缓缓靠近了村口。

现在我是那个小孩。日头是我唯一的羊。

二

夜游看到一对夫妻鸟，在树杈间交颈而眠。我总是担心鸟儿睡梦中掉下去，我小时候在柿子树上睡觉，发生过这样的事。睡前我还有意用双脚勾住树枝又交叉呢。但不管用，人这种种类，入睡是四肢舒展开来的。不能像鸟儿。

鸟儿怎会掉落。它的小爪子扣得很紧，翅膀也挨住旁边的枝叶。树是它的软床，怎么睡也不会滚下床去。

这对夫妻鸟梦见了我的灯光，但是看不到我这个人。我隐在暗里，灯光是我的隐身衣。有一只鸟不安地扭动头，却没有飞的意思。

现在鸟儿梦见灯光隐去。我离开，万物如常。鸟的梦断续不连贯，明天醒来，曾经的梦更加模糊，像是前世事了。

这个人闯入鸟梦，究竟意义何在，于鸟，于他，于树，于他冲荡开的那片暗？

三

无月，无一颗星，夜晚的旷野，不知何故是微亮的，像天擦黑时的天光。万物依稀都在，站着的站着，晃动的晃动，藏猫猫的藏猫猫，比如那只成精一般狡猾的兔子。

路上如此，旷野如此，在山间也是如此，仿佛黑暗被弄丢了。

夜晚被调包，成了一个弄虚作假的黑夜。

前几日极寒时还不是这样，即便有月，弯月或者半月，也基本十米外不可见物，大物唯显轮廓。

我还没有弄明白原因，似乎不大有人关心，也不大有人见到。人们忙着赚钱，算计职位升迁，或者此时做着艳梦。他们会发出尖厉的讥笑声，说吃饱了撑的关心这样的事，说关心这个有用吗？他们玩着抖音转着段子嘴里塞着东西口齿不清地说，这个人好无聊啊。他瞎转无聊，他读书也好无聊啊。

夜晚如此，目前能想到的是雾霾所致。雾霾像一个锅盖扣在上空，霾粒反射了城市光线，而且似乎还起了保暖作用。

想不到霾的影响有这么大，夜晚的黑都被它强暴篡改。但真的是这样吗？

四

夜晚不属于人类，他们为睡眠、恐惧所控制，在睡梦里躲避黑暗和寒冷。夜晚的旷野，仿佛另一星球。一只兔子在树林里独自玩耍，不见别的，就它一个。它看不到我，在一棵松树下蹲着，可能正吃松子，两只耳朵耷拉下去，半晌不动。很长时间，大约一刻钟维持那样的姿态，以致我怀疑看走眼了，以为是一个动物蹲状的石头。这时它惬意地伸了个懒腰，蹦跶了一下，又退回去继续吃。它甚至还打了个滚。它孤独而自在，就像造物之初的一个小神灵。它追逐我打过去的一豆点红光，玩得开心。手电亮起的时候，它的眼睛亮了红光。它向下一矬，一动不动，仿佛瞬间石化。忽然一跃，就在一跃之间消失了。

对它，对我，这偶遇都是不真实的事。我和它原本毫无干系，也不可能有干系。彼此的距离，比人群中相识却永不交往的两个人之间更为遥远。

我可能跨过了谁的坟头。出声念了句抱歉打扰，黑暗里打个躬。前面又是坟头，再后来也懒得说了。人类是敬畏与死亡相关的事物的，这传统几乎成为基因遗传。我一样，过此，心中多少起瘆意，后来就没有了。

坟旁边是垃圾，城市不断运来的垃圾就要把一个山谷填满了，我猜也有些无主之坟深压在垃圾之下。新开的道路旁随处都是坟，逼仄地挤在行道树之间，像随时想逃开，却又受拘，逃不掉的样子。

一只什么动物，发出一种人类的惨叫声，一声又一声，在山谷里回荡。我知道发情野兔的叫声很吓人，是肾上腺憋到大脑沟回里一般的痛苦大喊，是的，是大喊，很大声，接近于婴儿不舒服憋足吃奶气力的哭喊。你简直不能相信，那是一只胆怯得几乎躲开万物的小小的兔子发出的声音。但这个惨叫声我听了很久，后来确定不是兔子。也不是猫狗，不是鸟类。应该出自我不知道其声的某种动物，那一种像被囚禁虐待的女人大声哭泣一般的声音啊，仿佛带了身体的伤痛。

起了风，树林开始摇晃，像一座黑魆魆的船。是黑暗使地上万物有了整体感。拨开树枝，一只很小的鹌鹑，躲在枝叶深处。我头钻进去，它在灯光里几乎透明，茫然地抓着树枝，不知发生什么。它睡得正熟，好像梦中见到了一个恶魔似的人类。我伸手就可以轻轻捏住它。我和它脸对脸，对着端详了一会儿。它几乎没脸，脸上只有一只尖喙。我离开，它没有动。我只是丰富了它的梦。但是一只鸟的记忆留不住一个梦。

黑暗淹没时间，让人对时间失去概念。天快亮了。

草丛窸窸窣窣，隔了冷硬而茫然的风声，也辨得出来。强光手电照着，枯草连片不见头，高过膝盖。深一脚浅一脚过去，忽然有物扑棱棱飞起，骇我一跳。自拍动翅膀的声音可知，它的肉很大，是肥壮丰满如唐朝女人一般的鸟。

它咯咯叫着，原来是野鸡。只瞬间，不知落向哪里，声音停息，不见了。抬头见漫天星辰，刚才羽毛似的细细的月亮，沉得不见了。

打着灯光再向前走，拔脚吃力，有的草窝子近大腿深。灯光边缘觉得有物——是直觉，并未见到动。手电聚了光照过去，没有东西。想往前走，不甘心，再照，哇，是一只雄雉！离我只两三米远，它埋了头在草深处，一动不动，以为能骗过我，却暴露出漂亮的羽毛和尾巴。

捡了块石头扔过去。雄雉吃了痛，一言不发飞起来。它飞得好高！不像以前见过的野鸡斜飞，而是一飞冲天。灯光照见它在苍蓝的天空下飞翔的姿态，像一朵暗红的大花盛开。赞叹！

五

午夜零时的短松林，苍黄的半月低悬，微微有光，但树影里是黑暗的。一棵稍高的树杈间，宛若有一只大鸟——很少有大型鸟。偶有一次，一只大鸟还是两只，从我头顶霍然起飞。我没有看见，没有预料到，浑身都抖了一下。那声音像把黑暗和其他什么东西撕裂了一般。从拍击翅膀的声音判断，是非常有气力的鸟，大而机警，体型使得它不能钻入枝叶，停留在树巅。它应当只是过路鸟，歇一晚上再赶路，像古代风尘仆仆的旅人。它要去哪里，是一对夫妻吗？应该没有带孩子。很抱歉打扰了它们。在它们，也许带了惊惧而去，以为误投了一家十字坡或者龙门那样的黑店。

现在我走近了那只大鸟，绕树三匝，仰头细细寻找。有些角度完全望不到，以为眼花看错，再转又出现了。打开头灯，鸟微微动一下，鸟头很小。它跳出来在一边枝上，我看到它仰起的尾巴。

是黄雀，小小的黄雀。原来是一大群黄雀，因为寒冷，钻枝枞里抱在一起，依靠彼此身体的温度取暖，抵御寒夜。至少有二十只，拢作一团，如同圆球一般，以致昏暗里看去，竟成一体。

我没有再打扰它们，举步离开。眼睛适应了黑，月光仿佛明亮起来。一棵小松树与我视线平行处，似乎也有东西。我已经站在树边了，就像路遇熟人，站着寒暄时那样的距离。树上有鸟，在我眼边，而且感觉到有两只。

我犹豫着，但还是好奇占上风，开了头灯。天呐，又是黄雀！眼前一尺远！

静静端详它，小东西很小，羽毛几乎透明。应是当年的新雀，涉世不深的样子，茫然不动。灯光晃着，它什么也看不到。罩在灯光里，它像被关进嵌入黑夜的一只光笼。

　　据说黄雀很好养。我忽然有念想捉一只回去，给小臭玩一下。就一下，教小臭认识一下老谋深算的鸟，让僵硬的成语成活。但是不放它，明天晚上再带它回来林子放飞，免得在家里放飞，它不能识得回来的路、找不到种群。它一个人，夹在大群的麻雀、乌鸦、喜鹊里，是无法生存的。它们都欺生。连斑鸠也不会放过它。更何况还有污秽的夜鸟，比如杀人夺命的强盗一般的枭。

　　我摘下一只手套，有窸窸窣窣的声音，担心惊动它，又急，不能摘另一只了，在黄雀两边双手做捂合状。鸟不动。我听到自己的心跳在动。手捂过去。

　　动作还是慢了。我害怕用力过猛弄坏了它，这么纤弱的鸟儿啊。也不敢捂太紧，它从我指头缝里扑棱着飞走了。

　　不止它一只。整棵小树在尖叫，在扑棱。原来竟有这么多黄雀在同一棵树上！刹那间全部飞起来。就仿佛一棵树在起风时用力一甩，飞出了自己所有的小果子。有几只鸟在光里不知何往，拍动翅膀原地空中维持平衡，忽然俯身，朝光源——我的头顶飞了下来。

　　这是一群不知所措的黄雀，和一个不知所措的人的相遇。它们撞了我一下，然后不见。明明是我冒犯了它们，结果却像是它们欺负了我。许多年后，我会想起半月昏暗悬在头顶，头灯微亮，一群黄雀四面八方劈头盖脸落在我身上的情景。这真是一场奇妙到有些诡异的邂逅。

这只是家附近一个园林公司的几千亩地的荒野。仅仅是荒野，不用人管，它就复活了，并且能够复活你身上死去很久、以为此生不再能重生的东西。

人人需要一片荒野，自然，放纵，甚至野蛮。在荒野中，你能够成为一颗种子。但也唯有少数人是种子，许多假的东西与荒野排斥，甚至像塑料一般，是荒野的敌人。

只一月时间，我扭曲的颈椎，感觉不到疼痛了。

年轻的四滴眼泪

朱成玉 / 文

朱成玉，男，1974年生人。中国作家协会会员，教育部十一五语文课题组专家，中、高考热点作家，作品被广泛转载，每年均有多篇作品被选作中高考现代文阅读试题。出版有《向美好的旧日时光道歉》等文集数十部。现供职于黑龙江省七台河市新兴区人民检察院。

在我尚且年轻的时候，与一个不再年轻的人，在一节车厢里，有过一番争论。落第一滴泪的时候，他嘲讽，他的笑意之下，我是个傻孩子。落第二滴泪的时候，他沉默，嘴角仍有轻蔑之意，但已浅淡。落第三滴泪的时候，他嫉妒地说："年轻真好，眼泪可以如此肆意横行。"

那是我第一次听见有人这么评说眼泪。的确是肆意横行的呢！不然，怎么就轻易地落下了。

不过是一节火车厢，不过是放了一曲忧伤的萨克斯曲《天堂里的另一天》，不过是想起了渐行渐远的她，不过是秋意甚浓，而我衣衫薄寡……

我可以用一百种比喻说出我的忧伤，可他只是笑笑，他说："形容词被你用得天花乱坠，也不过是一场应景的雪。"在他眼里，我的一切，他都了然于心。经历，是多么奇幻的魔法师，它可以让一个人高高在上，指鹿为马。

讲真话的时候，心里会落满冬雪，踩上去吱吱嘎嘎作响。那个人接着就说起了他在世界各地留下的足迹，他奉劝我，那么多的地方可以走，何必固守一隅。

我说，某一段残墙上，刻着我和她死生契阔的誓言。"让风去腐蚀和吹干它们吧。那是不负责任的信口胡诌。"我怎么可以容忍，一个人如此亵渎我对爱的承诺。在我的愤怒之下，他不再争辩，短暂的静默。然后缓缓地说，"走一走吧，离开一段时间，然后再听从灵魂的安排。"

我问："流浪的人也是要回家的吗？"他说："没有人可以不回家的。"我突然用自己也不能相信的尖得走调的嗓音说："你带给了我人生最大的失望，你告诉我流浪是要回家的，那么死亡可不可以算作是家？你告诉我流浪的人也要回家，那么，你还鼓动我出去走一走？"

"是的，让你沉重地走，是为了让你轻盈地回。"我的第四滴眼泪，浑圆硕大，滴到空盘子里，发出"叮"的一声响。我躲到窗帘后面，顺便用窗帘布擦着眼睛，看到了窗外的黑，以及不停跳跃着的活着的人们点亮的灯。多少人都如蚂蚁一样，在大地上活着，头上顶着一粒米，就是他们为之欢呼的光辉岁月。而我头顶的米呢？眼里的灯呢？

他说，每个年龄段都有每个年龄段的魅力所在，5岁以前，任性、调皮没人指责你，相反会认为那是你可爱的地方，可是5岁以后再任性就不该了。上学后的魅力是你勤奋好学，工作后的魅力是你积极上进。成家后的魅力是你有了担当，有了为人父为人母的责任。

"那么，现在的你的魅力呢？不是滴下你的眼泪，而是绽开你的笑意。不是熄灭，而是点亮。"

我终于没有大声恸哭。只是落了那四滴眼泪，那是一个有些疼痛的夜晚，他下了车，我说我要接着再坐几站地，我对自己说，什么时候眼里的光亮起，就什么时候下车。

那个人很快发来短信，措辞优美，读来颇有韵味，仿佛一首无韵脚的诗——

"孩子，你像一只找不到归巢的小鸟，需要有人把你捧在手里。可是你自己先要把脚放回地面上来。

"还好，你的眼泪是年轻的，所以清澈，一点都不浑浊。滴到我的手背上，也砸不疼我。年轻人的眼泪啊，总是来去自如，多好，像任性的小顽童，前一秒嚷嚷着离家出走，后一秒将妈咪拦腰抱紧。年轻的眼泪多好，可以肆意横行，没必要节省，任意挥霍。

"你们有任性的资本，你们有悔过的甬道。不像我们，肆意地落一次泪，都是一种奢侈。我老了，你的眼泪甚至让我嫉妒，你看，它多么年轻，多么澄澈，多么像天刚刚亮的时候，那一滴挂在花瓣上的露珠儿……"

很多年以后的今天，我仍旧在读着这个短信。父亲，你的记忆力严重衰退，当然不会记得很多年前与我在一节车厢里的对话，不记得我流下的那四滴眼泪，更不会记得你亲手写下的这么动人的

"诗句"，可是我记着，我会替你珍藏。你说，我年轻的眼泪落于你渐渐衰老的微笑之上。可是父亲，我也正在老去，此刻，家是唯一可以抓住我的根。而年轻和衰老的标志，一个是对远方翘首以盼，一个是对故土念念不忘。

乘风凉

张佳玮 / 文

张佳玮，自由撰稿人。著有《爱情故事》《无非求碗热汤喝》《迈克尔·乔丹与他的时代》等。

以前的夏天，吃完了饭——也许是凉面，也许是稀饭搭配咸鸭蛋、拌藕丝和蟹粉蛋——收碗筷到厨下洗了，我外婆便喝一声：

"去乘风凉！"

——无锡话，似乎说不好"乘凉"二字，一定得"乘风凉"三个字，出口才顺。

于是全家提了竹凳，拿了蒲扇，扶老携幼，出了门去，一路过邻居门前——夏天，大家都开着门吃晚饭——顺便呼朋引伴：

"乘风凉！乘风凉！"

"好！等一歇，我们就吃好了！"

有乘凉的经历，我很懂得为什么孟浩然要"绿树村边合""开轩面场圃"。开轩才宽敞，有树才阴凉。

居民楼密集处，无风发闷；到得空旷地上，才开爽明亮，还看得见天空：夏夜天色幽蓝，看着，都比家里的暖黄色灯光凉快。

各家提了竹凳出来，各分一片坐了。坐得不拥挤，怕热；却也不太开，因为得聊天。

小孩子总是先嚷热：毕竟家里还有电风扇，乍离了风，出来一坐，觉出闷热来，立刻不高兴了。

我那会儿还跟外婆抗议过：什么乘凉，明明是乘热！

我外婆便道：心静自然凉……

我：不懂不懂！

外婆：你数星星吧！数到一百颗，就凉了。

我那会儿数星星有个笨法子：先找到最熟悉的几颗星，以其为圆心，数周围的；左边几颗，数齐了；右边几颗，数齐了；掰着手指扒拉着，数着数着，好，一百颗了。

果然有效。数到一百颗星星时，果然凉下来了。

——现在想来，是因为心静了，是看久了幽蓝夜空，体感舒服了，是因为时候慢慢过去了，夏夜如凉水，慢慢浸下来了。

当然还有手上，轻慢摇摆的蒲扇。

于是乘上凉了。

蒲扇，竹椅，绿树，薄衫。

大人聊天小孩吵。大人聊物价，聊吃喝，聊乡下来卖西瓜的那辆车今天来过了；聊球赛，聊八卦，聊隔壁厂子的谁新买了个录音机。

小孩吵闹，说二郎神和孙悟空谁厉害，猪八戒打不打得过哪吒，蛇精的如意显灵够不够厉害是不是打得过姜子牙，为什么蛇精的老公是蝎子精，西梁女国那个要抢唐僧的女妖怪也是蝎子精……

忽而大家都安静下来，是一缕风来了。众人各自屏息凝神，如饮仙露。等风慢慢地酝酿，从一小缕，变一片，呼地从身旁过，刮一遍脖颈手臂脸，遍体生凉。大家停了扇子，伸展肢体，一致赞誉：

"好风！好风！"

飘飘欲仙，大口呼吸，觉得树叶都有青翠香气了。

到夜凉得心沉了，星星也数过一遍了，诸天神佛都讨论过一遭了，便有哪家开了西瓜，切了片，放在脸盆里端来，远远闻得见新开西瓜的清香味。甜熟的西瓜适合在家吃，没那么熟却清爽多汁的西瓜，乘凉时吃最好。大人们客气地让，孩子们争先恐后。吃得上了脸，湿了手，兴致高昂，又绕着闹。大人们连哄带劝，让孩子去一旁水龙头，洗了手脸再来。孩子们一走，空地上静一刻，便听得见呼噜声——是隔壁楼的胖大叔，安安静静倚在自家靠背椅上，先还用蒲扇轻轻拍着蚊子，慢慢手沉了，眼皮下来，睡着了。

呼噜噜。

忽然雷霆一声响，轰隆隆。胖大叔便醒了，睁眼看时，天上阴云密布。这时惯于乘凉的诸位，个个面露喜色。大雨滂沱之前，会有阵阵急风，吹得薄衫贴身，精神爽朗。大家站起来，一边拾掇凳子，一边舒展胳膊，吹这珍贵的风。

平时用半导体听评书的老爷子，还要手持蒲扇朝云指点，"山人诸葛亮自有妙计，这就借得清风化雨！"引得大家笑。

风劲厉，雨点啪啪打将下来；大家各自道一声"明天再见，快点转去"，提了凳子，扇子遮头，一路跑回家。偶尔雷隐隐中，夹杂一两道闪电，小孩子看得脸色煞白，且喜且惧；几步跑回了家，衣服也没打湿，外婆吩咐了：

"脱了衣裳，洗澡去吧！"

我打趣外婆，说我出门去，让雨淋一场再擦干了睡，不也很好？

外婆正色训诫我道，不能贪凉。雨水是凉的，对身体不好。你现在吹到了好风，这就是乘到凉了：快点睡吧。身子凉了，入夜不睡，就要伤风了！

——就是抱着这点心思，后来我家买了空调，夏夜在家开起来了，外婆依然老大不耐烦。她觉得，乘凉乘来的，才是好的凉、自然的凉、舒适的凉。而空调里的风，来路不正，是歪凉邪凉，不靠谱的凉。空调开一会儿还行，睡觉必须关掉。

我那时相信了她这套。

至于知道外婆这么做是为了省电钱，那是后来的事了。

好些年过去了，外婆过世也十几年了。乘凉的时代，树叶簌簌，雷声隐隐，清风吹衫，西瓜满盆，现在变成了空调间里的冰饮：也挺好，更舒适，只比当年少了些风致。

就像我们曾经珍惜过的，每一缕飘飘欲仙，恨不得吸入身体里的，夏日的风。星移斗转，四季交错。

现在的夏日，人自觉躲在房间里太久，逐渐不辨曦月了。偶尔出门，抬头一看，星星数了十来颗，便数忘了。大概再要如当初那样，静静数到一百颗星星，等候星光与夜露让身体凉下来的能力，得重新培养起来了吧。

有年夏天回家，真沉下心来，阳台上数了一遭。找到那几颗星，掰着手指算着，这里几颗，那里几颗……数着数着，记忆慢慢回来了；数着数着，最后那一片也算上了，还多出来一颗。

数重了？还是说，那颗星是外婆的眼睛，正看着我呢？

活着让我惊讶

浇洁 / 文

浇洁，本名吕丽珍，中国作家协会会员，抚州市作协副主席。出版散文集《被风吹过》《草尖上的漫步》等，作品入选多种选本及教辅教材。曾获江西省谷雨文学奖、井冈山文学奖、鲁藜诗歌奖一等奖，多次入围老舍散文奖。

一

尽管我眼里是汪洋的缤纷，尽管我手中是无声的壮阔，尽管我在远处眺望和回家之间找到了最合适的位置。

但有两样东西，是我现在真正所需：初始的安眠和远方的光荣。

二

进入了人群，我便不再是自己。

我按大众的喜好开始重新塑造：适度的天真，得体的言谈，无烟火沾染的欢笑。

在众目睽睽的光亮下，我是尘世那朵适时开放、博人眼球的玫瑰，没有香气的玫瑰。

唯有在一截甘蔗前，我溃不成军，我贪婪无相，把日子从甜吃到淡，从淡嚼到无味。我制造垃圾，把落日放在衣袖的左侧，把黄昏糅入黎明的光线，把自己陷入甜美的深渊。

三

在这座山前，我是故事，我是秘密，我是一滴落不下的雨。

我想在正午保留蛛网上闪亮的露珠，我想做鹰隼在黎明衔住山巅的第一束光。

我是溪涧，停留梦想的云雾、现实的郊狼、寻欢的鱼群和阴谋的苔藓。

我把自己的双腿，变成山的东峰和西峰……

我醒来，我只是一只平庸的蚂蚁，背着巨大的饭粒，爬向几厘米的土坡。

四

一丛丛高楼森林在周边矗立。基建工程中，挖掘机、打桩机巨大的轰鸣，令大地颤抖，使人头痛烦躁。这一张张欲望的巨口，吞噬着生活中平和、自然的秩序，让心灵像暮色在一家家窗口流浪。

我的眼，在隆隆的轰鸣声中，变得模糊；我的耳，在隆隆的轰鸣声中，变得纷杂；我的手，在隆隆的轰鸣声中，变得迟缓；我的脚，在隆隆的轰鸣声中，变得慌乱……

我于是走向厨房，欲用五颜六色的食物陶醉自己，但食物在轰鸣声中失去味道，丢失色泽。

我于是走向孩童，欲用天真无邪的童心浸染自己，但童心在轰鸣声中失去活泼，丢失天然。

……

挖掘机，打桩机，一天天在我心上轰鸣，我没有了自己，我在世界与欲望的交汇处日夜徘徊。

我成了一根水泥柱，失去了灵魂的呼吸，但我还奇异地站立在这轰鸣喧闹的人间。

五

喜欢一个人原来是这样的：一直看一直看，总能在他身上发现新的东西，例如，哪里有点像自己，哪里是自己爱慕的所在。即便什么都依旧，也百看不厌，像欣赏春天的风拂过荡漾的花海，像凝望秋天的果实在山间枝头红艳……

你会随着他，跟着他一起成长，你会很长一段时间被他所控。你的灵魂附在他身上飞翔，以致毫无所觉。

六

我的寂静是甜中带苦的，当我独自一人，踮起脚摘取山雀子——杨桐果，品尝的时候。

我的寂静是甜中含酸的，当我采下禾花子——山葡萄，送入嘴中，光还在葡萄藤上雀跃。

我的寂静是甜中裹香的，当我面对一大丛馨香的白花葛藤，想着用它泡水喝可千杯不醉，想着"葛藤开花，蚊虫长牙"，想着端午挂在门楣上的艾叶、菖蒲和葛藤……

我的寂静是甜中飞翔的，山路上突然飞过一只彩蝶，草丛中惊起一只白鹭，树枝间窸窣爬行过蛇虫，绿叶里鸣欢着鸟蝉。

我的寂静，总有一条羞怯的小路，让我像万物一样朴素地活着，欣赏自然的生机，享受天地的恩宠，在昏暗的前方，亮起博爱的灯盏。

七

一定有什么隔在我们中间，惯常的侃侃而谈，惯常的自在融洽，一浪又一浪高潮迭起的心灵碰撞，此时皆化为陌生的沉默、僵持的陌生。

每个人的热情都有限，或者说，我们都是暮天下的旅人，走向哪儿，能说什么，能和谁同行，都是未知的。我们皆被暮色所笼罩，只剩下落寞的思绪、异乡的港口。

我们是一轮不断变换的月亮，有着连自己都无法知晓、秘不示人的一面。我们是天地间孤独的镜片。

八

美食是最令人欣喜的，当我面对一盘带壳炒田螺，饮着啤酒的时候。

脑子里纷呈的意念，全被我自动屏蔽。

只让鲜美在舌尖回转，让快感像车轮在心头滚动，我看不见围绕自己的金色霞光，看不见自己的落日余晖。

我脱离了自己的存在，只让味蕾承受生活所有的伪装。我怀抱酣畅淋漓的感觉，放纵在自我消失的愉悦里。

九

习以为常，包括头上长出了枯黄，包括鸟声跌落在菊瓣上。

所有的人都对我友善，赞美我枯萎过程中的缓慢。我小心守护着远山后面的夕阳与未来。我关闭心灵的大门，只露出得当的优雅和37摄氏度的微笑。

我只在家中谈论，诸如新鲜芋圆的做法，如果拌点蛋清，加些肉末，起锅时撒几片川芎叶，秋实的味道就浓香诱人了。

秋分后，一夜凉一夜。人世间万般礼遇，我只倾心于你舀起芋圆送入嘴中，满意欢畅的时刻。我四季耕耘的向往之物，便在这一刻金黄坠枝。

十

名望是街市一位时髦的女郎，可以品头论足，可以远近观赏，可以膜拜匍匐。它像一个形容词，性感妖冶。

你把热情裹入，会有群体的回应；你把妒恨投掷，有荆轲同道而行。

你不会寂寞，你是一个精彩的道具，你是一个词缀，一个备受抚慰的白日梦。

为它，你可以戒骄戒躁戒狰狞，你是它整齐的追逐中，一个不断确定的赞美。

十一

每次看你的照片，都是一脸的苦相。请保持微笑，我的朋友，哪怕你正在经受苦难，哪怕你正在心生邪念。微笑，不仅是富有意味的最美形式，也是一种正义与担当。

试看世间微笑的人，哪个不是手捧梦想的花篮，走在阳光的大道上？微笑，就是善良，就是美德，就是成就，就是博大的爱。一个人只要学会假装微笑，就会微笑；假装爱，就会爱。

愿为你假装就是诚意，我们都是假装的土壤上盛开的真诚花朵。

请为我假装，我的朋友，在任何时候任何地点，假装微笑，假装成长，假装幸福！人，要么在假装中美丽，要么在真实中悲喜。

十二

那裸露无垠的黄，正是我深秋成熟的火焰。我不要青春常在虚假的"无龄感"，不要一团光芒宠爱的青涩。

我的体内会慢慢长出一圈锐利的黄，一只猫头鹰眼中明亮的黄，眼珠中心是波澜的黑，我能嗅出死亡临近的气息，却在暗中默默地飞翔。

是的，我已知天命。如果我独立群山，就是巫师手中舞蹈的花；如果我匍匐大地，就是芜杂的萧条上饱满的齐整；如果我混迹俗世，就是一碗滋养安稳的老鸡汤。

我是越来越短的时钟，能够准确地找到自己的小宇宙旋转的方向。

十三

言语是没有生命的面具，我才知道。当你慌忙找我，叫着我名字，那种行动的急切与明朗，一切言语的河流都已回归，回归于沉默的山头，回归于偶然的黑夜。

行动才是明证，才是心灵的开发与创新。微风轻轻拂过山头与黑夜，才是无感言语的归宿与复活的琴弦。

十四

你是我的情人，我的田野！你沉睡的灵魂，在每一朵花间苏醒。

你的名字在活跃的溪水里，在霞光的霓裳上，在鸟的啁啾中，在我每次看不厌给我惊喜的脚下。

木芙蓉花开了，叫我脱去雨的衣衫，露出丰腴的粉红。

野牵牛花开了，叫我洗尽黑暗的惆怅，吹奏纯白的欢乐。

大片大片的稻子金黄，叫我把阴影的雁群赶向远处的山头。

……

我什么也不做，在烂漫到不谙世事的野荞麦花前，在小阳春小心绽开的杜鹃花前。

我只把内心的歌唱，当一枚戒指，戴在你静默的欢喜，和蝴蝶飞翔的私语里。

十五

成功就是一遍遍津津有味地读自己：复活的镜子，交运的时间，十字路口毫不犹豫的转身，分娩的耐心和童贞的康健。

就是把纯粹从命途的荫处，一次次过滤出来，让自己成为一只蜗牛，一只向上的蜗牛。

这只蜗牛获得了上苍的慈悲：拥有专注的敏感触角，和足以咬断恐高的齿舌，摄食腐败和行走刀刃的果敢，背负各种形相的沉重，以及昼伏夜出不断分泌消耗生命的唾液，直至肉体在黑夜消耗殆尽，只剩一副精神闪亮的壳。

十六

让我们把酵母粉当着白云，悬在面粉和南瓜糊的极乐花园上，再经太阳和时间的天梯走近它们。

让我们把白糖当着灵魂，在身体内按压和揉，渐渐撕出翅膀，再用火蒸制出敞亮的天庭。

这样，我们便脱离了现实冰冷的所在，拥有了另一个世界，一个和美向上的世界。

是的，齐心协力，在首次自制的额外香甜的南瓜馒头面前，我们一家老小亲密地欢笑，大快朵颐。我们心心相印，共同吟唱出生活的赞美诗。

十七

如今，我眺望这剪刀尖每次只能推进的半厘米，如同年轻时，我站在山巅眺望遥远的未来。

我已经抵达这里，戴上我的眼镜，带上被秋风吹凉的远大理想，来到一张小小的红纸前。

我跟着老师，有老师多好，左手转纸，右手正确地拿剪刀，把袭击的目标，定在前进半厘米，依循自己的本能想象。

就这样，一点一点地顺从、推进，在红纸上剪出了葫芦，剪出了葫芦蒂，剪出了葫芦身上的菊花，剪出了我们所要的福禄圆满。

这半厘米，足够辽阔与陡峭；足够渺小的我，舍弃高傲的悬浮，慢慢地挺进攀爬，直到自己成为自己的一个非遗传承人。

十八

如果时间像水蛭，分切几段，每段都可以重生。而人生如戏，能分折上场。

那么，你愿意搁浅你的童年、少年、青年，还是老年？

我想大部分人都会截去老年，给青春年少的辽阔之门插上门闩。

尽管我们知道，死亡是人类所凝结的最宁静的果实，老年便是果实的攀折者。

可我们还是想训练自己的愿望：被爱，任性，生长，瞭望，忍受苦痛，掏出统治的小镜子照一照花朵的心。

我们想举起自己光芒四射的王国，就像青山托起太阳和它所有的霞光。

十九

我是树梢上的风，不要相信自己的眼睛，也不能相信当下的感受，一片流云飘过，足以令我烦躁不安。

我想当自己的囚徒，长出钢铁的支架与刀锋，在树梢的额头雕刻出曲折回荡的歌声、恒常不变的心海。

我想扛着自己的过去和未来，冲出阴暗的重围，望见灵魂窗口处的日月星辰！

二十

温暖，就是融化为无，就是消弭所有的昨天和今天，就是清晨臂弯里波光粼粼的一片汪洋。

而复活的鸟，正在窗外歌唱。

二十一

我不想看见后院，不想听见他人熟悉后院后，说出那里面的阴暗与潮湿。

我只想自私地看见外在的状貌，体验直觉带来的美好想象。

此种有意的障蔽，是为了擦亮事物表面的灰尘，呈现滋养所需的高尚与洁净。

我诚服于这种矛盾，以便窥见真理的狡黠。

人啊，请带着你细碎的光亮在前面行走，帮助我驱赶黑夜，跨越一道道的沟壑。

月亮上的桂花香，能让我乘坐思想的幻境，走在童年的大道上。

二十二

在这黎明的时刻，请为自己停留一分钟。

不管欲望升出被霞光映红的海洋，无视爱与恨的麻雀在窗外惺忪中唧啾。

让无所谓的形而上占据我的房间和后花园，让无知成为我即将出门的着装，让无为化为小曲在我的人生路上哼唱。

我要让自己的感觉迟钝，以示高贵和安详。我要披着时间的白发，行走在希望的刀尖上。

二十三

我现在的写作有意义吗？

在词语的末梢装上塑料花，绽开他人的陈词滥调；掏空词语的心脏，塞进巧妙抄袭的思想花哨；甚至蹂躏它追杀它，只为让它发出自己想要的声音。

为了排遣人世的混浊、生命的懊恼，为了驱赶身体的苦痛、心中的魔影，我让词语重新排列，彼此倾听。

我把生活中不可多得的细节渗入词语的血液，把灵魂守护的脆弱光芒照进词语的肺腑。

是的，我写作是为了求取所需，治疗伤病，是为了卧在词语的床榻，等待它把美梦讲给我听。

二十四

"我的存在，对我是一个永久的神奇，这就是生活。"

我想以我文学的初恋——泰戈尔《飞鸟集》中的此诗作结。

生活中的每一天每一刻，都会发生一些细微而伟大的事，尝试着记录它，似乎成了我一段时间以来的职责，也想借此自观我的情感，烛照我的心灵。

因为所有美的文字，都是开在爱之轮回道路上的秘密花朵，令人惊奇，召引我在，永不凋谢。

你是我的犹疑不定，是我挥刀也斩不掉的优柔寡断。你是我的胆怯，是我的张扬，是我正直的部分，你是我那部分多余的爱。你是我摇摆不定的现实，是我对世界蓬勃的想象，你是我与生俱来的矛盾。你是我根深蒂固的人间欲望，又是俗世上那片不肯落入凡间的云彩。父亲，你借我的命继续活着，我是你一次一次的重生。

肆

阅尽人间，
落笔是你

祖父丰子恺和父亲丰华瞻

丰南颖　丰意青 / 文

丰南颖，丰子恺先生的长子丰华瞻先生之长女，自幼在
祖父膝下长大。毕业于复旦大学，留学美国获费城天普大学
硕士学位。业余与妹妹丰意青合作发掘和整理史料，共同撰
写了多篇回忆祖父丰子恺先生的文章。

丰意青，丰华瞻先生之次女，曾与祖父共同生活多年。
复旦大学毕业后，通过李政道教授主持的中美联合研究生项
目前往美国深造，获美国费城宾夕法尼亚大学博士学位。业
余与姐姐丰南颖共同撰写回忆祖父的文章。

一

我们的公公（浙江石门方言称祖父为公公，祖母为婆婆）丰子
恺先生爱孩子是众所周知的，他不但对自己的孩子倍加关心爱护，
而且早年的漫画与文章经常取材于他的孩子们，他那很多脍炙人口
的著名画作中充满着童真无邪，童趣盎然，洋溢着天伦之乐。1926
年他在《给我的孩子们》一文中表示了对孩子的崇拜："我在世
间，永没有逢到像你们这样出肺肝相示的人。世间的人群结合，永
没有像你们这样的彻底地真实而纯洁。"

与此同时，公公以敏锐的洞察力预料到孩子成年以后，他们
的关系会发生变化。1928年公公在《儿女》中写道："他们成人以

后我对他们怎样？现在自己也不能晓得，但可推知其一定与现在不同。""世人以膝下有儿女为幸福，希望以儿女永续其自我，我实在不解他们的心理。我以为世间人与人的关系，最自然最合理的莫如朋友。"这是个非同寻常的观点，即使在二十一世纪今天的中国社会里，父母与成年儿女之间如朋友一般平等相处的关系恐怕还是不多见的。可见公公有多么独树一帜的见解啊！

我们小时候常常听公公给我们讲爸爸从前的故事，也目睹了爸爸为公公晚年提供生活上和精神上的慰藉。如今回忆公公与爸爸的父子之情，我们深深体会到公公对爸爸的舐犊之情，他们的关系随着时间推移的变化，以及公公晚年与爸爸之间亲情以外如同朋友似的平等交流关系。

二

爸爸在公公婆婆的子女中排行老四，前面都是女孩，爸爸的外祖父欣喜之下为爸爸取名为"华瞻"。公公告诉我们，爸爸的外祖父特意说明"瞻"是丰足的意思，显然是提醒他要用心挣钱养家，这使那时默默无名、生活窘迫的公公感到了很大的压力。然而，公公依然追求对艺术的爱好，淡泊荣华富贵，因此爸爸的出生并没有立刻改善家中的经济情况，公公戏言此归罪于"华瞻"经常被人写错，以讹传讹，演变成了"华瞻"的缘故。其实天如人愿，爸爸出生后不久，公公第一次公开发表了他的一幅漫画《人散后，一钩新月天如水》，这是他事业上的一个转折点，一代大师的艺术生涯就此发轫，家境从此渐渐好转起来。公公开玩笑说，毕竟外祖父取名有方，爸爸果然给全家带来了财运。

爸爸幼年跟随公公奔波谋生于上海、嘉兴、桐乡等地之间，在家庭的温情中养成忠厚老实、与世无争的性格，更为公公所赏识，他的天真烂漫、富有想象力的童年成为公公绘画撰文常用的题材。《瞻瞻底车（一）黄包车》《瞻瞻底车（二）脚踏车》《爸爸不在家的时候》等画，与《华瞻的日记》和《给我的孩子们》等散文，都成为公公热爱儿童的代表作品，展现了公公为他的孩子们所提供的以玩耍和游戏为主的成长环境。

公公告诉我们，在他的儿女中爸爸小时候对各种事物的兴趣最浓厚，感受最强烈，求知欲最强，做事也最认真，研读《王云五大辞典》或玩起游戏来都废寝忘食，言谈之间流露出舐犊情深，给我们留下了难忘的印象。据爸爸告诉我们，抗战前在石门湾生活时，公公不但鼓励他从小读书识字，甚至还"贿赂"他识字，爸爸开始学看学生字典时，每查出一个字的部首，公公便给他一角钱，可见爸爸对学习的热情从小受到公公的称赞和勉励。爸爸对他热衷的事情如此的致力和投入，后来我们在他对复旦大学的教学和研究工作中还能看到，爸爸这样认真、热情、刻苦的求知态度无疑是公公教育和培养的结果，真可谓"有其父必有其子"啊。

爸爸学龄期间正值抗日战火纷飞，一家老小辗转逃难，他无法继续上学完成正规的教育，全靠公公的家庭教育才没有荒废学业。公公不但教爸爸《论语》和《孟子》等经典著作，读唐诗宋词，还教他英文、几何和代数等课程，因此爸爸的启蒙和青少年时期的教育大多来自公公。公公曾得意地告诉我们，爸爸得以考入当时大师云集，不但在亚洲，在全球也名列前茅的中央大学，是由于他教子有方，爸爸可是公公亲自教育出来的"学霸"啊。

爸爸当时虽然主攻英文，中文也非常出色，他曾参加全国大学生学业竞赛得了中文冠军。《中央日报》误报"丰子恺令嫒获冠军"成为笑柄，公公为这件事专门写过一首诗，字里行间，他由衷的高兴劲儿跃然纸上：

斯文日下逐江潮，拾芥原同夺锦标。

万木凋时新竹秀，群山低处小丘高。

鸳鸯扑朔随春水，翡翠迷离傍紫巢。

宋玉容颜多逸丽，教人错认作班昭。

早在1943年公公便意识到爸爸对文学的热爱和萌芽中的文学才华，预感到爸爸今后在文学上会有所作为，写下《寄长子华瞻》一诗以志勉励如下：

忆汝初龄日，兼承两代怜。

昼衔牛奶嬉，夜抱马车眠。

渐免流离苦，欣逢弱冠年。

童心但勿失，乐土即文坛。

　　自幼承公公庭训并不断受公公鼓励的爸爸，果然没有辜负慈父的期望，后来在文坛上尤其在翻译和比较文学领域颇有建树。我们可以看到，在公公与青少年时期的爸爸之间，父子之情上又增添了一份师生之情，公公不仅将爸爸培养成为一个"学霸"，并为爸爸打开了通往绚丽的文学世界的大门。

四

　　当年公公逃难到重庆后找不到房子住，在沙坪坝的荒凉之处建造了一幢"抗建式"平房。我们听公公说过那所房子十分简陋，墙壁是便宜的竹片上涂白土，远不及家乡的缘缘堂宽敞舒适，然而那是他们八年逃难流亡生活中最稳定的一段日子，他每天自由自在地读书作画，并以晚酌来慰劳白天的笔耕。在重庆上大学的爸爸每逢周末和节假日都回家，继续向公公学习古典诗词，并一起探讨诗词与学习作诗词。中国古典诗词从来是他们共同的爱好，也是他们父子之间多年来特殊的联结。

　　在公公多年的熏陶之下，也凭他自己对文学的天赋和爱好，爸爸熟谙诗词韵律，记住了大量的诗词，成为公公家庭猜诗游戏中的好伙伴。据说这类游戏是过去家里的传统，典型的玩法是先让爸爸离开房间，其他人商量出一句诗词，比如"九里山前作战场"，然后让爸爸进来猜。由爸爸点人回答问题，第一个问题的答案必须包含"九"字，第二个问题的答案必须包含"里"字，所有的回答都必须顺理成章，不能答非所问。一般三次问答之后，爸爸就能准确地推断出整句诗。这可是个常人望尘莫及的游戏，需要有多少诗词修养啊！正如公公所预料，随着爸爸年龄的增长，他们的关系继续变化，爸爸逐渐成了一个各方面独立而与公公兴趣相投的伙伴。

<h2 style="text-align:center">五</h2>

进入中老年后的公公，对于父母与成年儿女关系的看法一如既往。早在1948年公公便与诸子女约法，写明成年子女"并无供养父母之义务，父母亦更无供给子女之义务""子女独立之后，生活有余而供养父母，或父母生活有余而供给子女，皆属友谊性质，绝非义务"。

早在"文革"之前，爸爸凭他自己的辛勤努力，早已在事业上和经济上独立于公公。然而"文革"中在公公婆婆最困难的时期，爸爸来到了他们的身边陪伴他们、提供物质经济上以及精神上的大力支持，为他们遮风挡雨。为了保护公公，他承受了言论上和体力上的屈辱，好让公公少担惊受怕，尽可能度过平静的晚年生活。爸爸这么做出于他的一颗"连一层纱布都不包"的赤子之心，以及他对父母纯真的爱。

爸爸也成为公公晚年讨论中国古典诗词、文学和外语问题的对象。我们除了看到他们常在一起谈论和欣赏诗词、填词作诗，或者用家乡石门话唱和诗词之外，还常看到他们在一起探讨日语翻译上的问题。爸爸虽以英语为专业，他与公公一样通晓几种外语包括日语，那时公公正在翻译《落洼物语》《竹取物语》和《伊势物语》，因而他们切磋琢磨日文较多。他们在磋商如何精确地翻译某一句话或是某一个词语时，各抒己见，认真斟酌，直到想出最为恰当的表达方式。他们父子俩做事认真，精益求精，对于已译好了的句子或词汇，事后还会不约而同地继续思考"这一句应该怎样翻译才能更好地忠于原著的意思？"有时我们看到数日之后，他们又重新回过来切磋之前的同一个问题。晚上爸爸下班回来，公公总是与爸爸分享他日间想到的日文翻译问题，或是商讨新的日文词汇等。

公公严谨认真的治学态度无疑对爸爸有巨大的影响，爸爸对工作一丝不苟的态度在复旦是众所周知的。复旦大学外文系1979年出版集体翻译的《1942—1946年的远东》一书，共五十五万字，特别指定爸爸一人为此书做最后的校订定稿工作。共同的爱好和治学态度使公公当年与爸爸如同朋友般地平等交流，他们父子的关系升华到了一个更高的层次。

除了学术探讨之外，爸爸也常将在复旦听到的各种信息讲给公公听，帮助公公准备应付新情况。比如有一次爸爸听了上级报告后回家告诉公公，政策将有所改变，老年知识分子将作为内部问题处理，归还抄家物资，照发工资等。他们两人分析下来感觉到形势在往好的方向转变，公公听了精神振奋，告诉我们他觉得解放之日快到了。爸爸也从复旦给公公带来公公的老朋友的消息，比如赵景深教授、陈望道教授和苏步青教授，有时爸爸下班回到家会告诉公公"今天恰好碰到了某某人……"常年蛰居在家的公公，关心老友近况，也十分渴望听到外面的种种消息，这类交流也成为他们父子俩谈话的一个重要部分。

几十年下来，公公与爸爸的父子之情随着时间发生了演变和升华。爸爸幼年是公公呵护钟爱的对象，青少年时期承公公庭训，在亲情上加上了师生之情，成年后他们的亲情上又加上了亲密友谊，反映了公公的"我以为世间人与人的关系，最自然最合理的莫如朋友"这个想法。

公公晚年和爸爸如同朋友一般平等相处，在日月楼共同探讨问题的情景，仍时常浮现在我们眼前，是我们终生难忘的记忆。如今公公和爸爸都已作古，一起安息在上海福寿园，公公有他心爱的瞻瞻，像在有生之年一样陪伴着他，和他同游艺苑，体验诗情词味，继续切磋研讨学业，想必这对公公是个极大的安慰。亲情是生来具有的，可以融洽和谐，也可以成为扔不了、甩不脱的束缚，而友谊是自己选择的，不能强加，也无约束，因而更为难能可贵。公公早年对于父母与成年儿女关系之论具有深刻的洞察力，穿越时空仍在提醒我们深思如何看待和处理家庭和子女的关系。

本文选自《新民晚报》"夜光杯"副刊

只要月亮还在天上

张炜 / 文

张炜，山东省栖霞市人。当代著名作家，中国作家协会副主席。1975年开始发表作品，著有长篇小说《古船》《九月寓言》《你在高原》等21部，诗学专著《也说李白与杜甫》《陶渊明的遗产》《楚辞笔记》等多部。2020年出版《张炜文集》50卷。作品译为英、日、法等数十种文字。作品获茅盾文学奖、中国出版政府奖、中国好书奖等。

人这一辈子需要不时地被犒赏，为了多些欢乐，就得好好过节。

我家没有比外祖母更懂这个道理的人了，所以她最重视节日，只要是节日就不肯放过，一定要把它过得像模像样。

好东西吃也吃不完。外祖母说："吃不完就是一年不挨饿，日子再苦，中秋节也要好好过。"她对这一天的重视，似乎超过了任何一天，到了晚上，大家都要高兴，都不能讲生气的话。

这天晚上不能提爸爸。

我一直忍住，尽管特别想念。我相信她们也是一样。如果提到爸爸，大家就没法高兴了。

他们那一伙工友要不停地凿山，再好的月亮也顾不得看一眼。

可怜的爸爸。

一年中秋节，已经到了半夜，大月亮看着我们，还不打算离开。我们更舍不得离开这么好的月亮、这么好的夜晚。但不管怎样，最后还是要睡觉。我们躺在炕上，透过窗户看着月亮，一直到瞌睡上来。看着月亮想心事，想啊，想啊，就睡着了。

正睡着，梦到有人来敲我们的门，"咚咚、咚咚"，越敲越响。外祖母"呼"地一下坐起。

我终于听清了，这不是做梦，而是真的有人敲门。我和外祖母从炕上跳下来时，妈妈已经起来了，先一步打开了屋门。一个细高个儿进来了。我一眼认出是爸爸。

"啊，爸爸！"我跳起来，两脚还没有落地，他就把我接住了。

爸爸的头发上落满了月光，白灿灿的。我忍不住伸出手摸了一下，又用力搓了两下，那月光还是留在他的头发上。

爸爸来得太突然了，出乎所有人的意料，所以大家都高兴坏了，都惊住了。妈妈和外祖母过了三四分钟才醒过神，齐声问："你怎么回来了？"爸爸语气十分平静地回答："回家过节。"我看到妈妈脸上流下了两道泪水。外祖母没说什么，转身到黑暗里忙起了什么。

我心里一阵难过：我们如果早一点知道爸爸会赶回来多好。可怜的爸爸，没能和我们一起过节。太可惜了，今晚的事会让我们难过一辈子。

正这样想着，外祖母已经点亮了灯，走过来说："来，咱们重新过节。"妈妈一下醒悟过来，赶紧和外祖母一起忙活：大圆木桌被再次抬到院子里，一个个碟子、钵子全端出来了，特别是酒瓶和杯子，它们一样不少地全摆在了桌上。

现在已经过了半夜，月亮已经歪到西边。不过月色还是很亮，空中没有一丝云彩。一只小鸟在不远处叫了一声，有什么动物在附近的树上跳跃。

啊，我们要接着过节。

我会永远记住这个中秋之夜，记住爸爸讲的事情。

在我们这里，除了春节，就数中秋节最隆重了，一般出远门的人都要在这两个节日赶回来，与家人团聚。可是爸爸一年里只有两个假期，每次不超过三天。

他是一路跑回来的，只用了一天多一点的时间，就走完了两天的路程。他一路上叮嘱自己的只有一句话："只要月亮还在天上，就不算晚！"

外祖母背过身去。妈妈也在抹眼睛。我抬头看着天空：啊，月亮还在，爸爸真的追上了它。

在台风来临的日子，写一封信

胡晓明 / 文

胡晓明，四川成都人。华东师范大学终身教授、图书馆馆长。著有《中国诗学之精神》《万川之月：中国山水诗的心灵境界》《诗与文化心灵》《江南文化诗学》《重建中国文学的思想世界》等多种。主编《江南女性别集》（一至五册）、《江南文化丛书》等多种。

你再过不到一个月，就要出远门了。这次是一下子就离开很久，一个人独自去异国他乡生活。爸爸妈妈都答应要给你写一封信，你也答应要给我们写一封信。明天，爸爸就要到贵阳去了。台风正在来临，楼下的柳树都已经吹得歪倒，朝着一个方向乱舞，云朵也大团大团的，从东到西，快速飘移。天气变得凉爽多了。在台风来临的日子里面，思想会变得比平时清澈，比较适合写一封信。

我这么随手写来，那就从台风讲起吧。还记得2006年的那个夏天，那时候你还很小，我们刚刚搬到这个新房子来，也是过暑假的日子里，我印象很深的一个场景，就是台风快要来的时候，我们把所有的门窗都打开，让凉爽的风在房间里悠悠地穿过。一个单人沙发，摆在客厅的过道中——我们家的那个巨大皮沙发（以后你一定会怀念它，因为全世界都没有这么舒服的沙发了呵）——而我上身光着，只穿了一条短裤，身体的肌肤跟那个皮沙发接触在一起，因为有很凉快的风，吹着身体和干爽沙发，感觉凉悠悠的。

那个时候你大概也就是3岁多，你也光着身子，躺在我的肚皮上，我们一起看足球，好像是世界杯。我记得我们都喜欢英格兰队一个大头的球员，叫鲁尼。我躺在大沙发的一个皮手掌里，你躺在我的肚皮上，光光的滑滑的，我们都深深陷进一个大沙发中，夏天也陷进足球赛中。我跟你小小的、暖暖的身体肌肤相亲，至今都有难忘的感觉。

一晃十多年过去，你长得这么大了，18岁，什么时候真的成了一个男人，帅气，自信，有自己的喜好，自己的朋友，话不多，但逻辑还算清楚，有时候对事对物，也有精准的判断，除了足球，也有一些知识兴趣。懵懂的小孩子已经长大，要走向外面的世界，走向更广阔的天地。

即将离开父母远行，但是在台风的日子里想到这件事情，依然忘不了当年的情景，而且越是回不到过去，越是教人留恋。我们都会想念你的。索性，我这封信就写几个我们都熟悉的生活场景。

我脑子里的第二个场景，就是我们在美国斯塔克威尔的时候。还记得吗？一家便宜货的大卖场，我发现很便宜的一个足球门网，才5美元。我们把它买回来，再加上一个也不是正规的足球，我们每天都会有一段时间，一两个小时在家门口的草地上踢足球，经常是我当守门员，你一次又一次顽强地进攻。有时候足球会飞得很远，到别人家的草坪上，但是从来就不会担心球会踢飞。那真是属于我们的美妙世界，而且想来很可能就是因为那段时间的坚持踢足球，你后来越来越多地爱上了这项运动，心智与身体，与世界上最快乐的运动伴随着长大。

因而发现你会非常执着地去热爱一件事情，而且是认认真真地去把它做好。我记得有一次散步回家，经过杨柳青路上一家农工商超市门口的时候，你对我说：

"爸爸，我能不能去读少年足球学校？"

"就不要读这个浦外了吧。"

当时我非常震惊，而且也心痛，你的身体素质，并不适合于做一个职业的足球运动员，这是爸爸妈妈给你的基因不够，不能怪你，但是你的灵魂，竟然超越了你的身体的局限，突破了形体的管束，自由放飞。你如此地热爱足球这个运动而不能专业从事，这是爸爸妈妈有愧于你。如果你具备这样的素质，爸爸妈妈是肯定愿意让你去完成你的这份心愿的。但是你从中所表现出的执着，而且坚持了这么久，从这个爱好当中找到了属于自己的精彩，这是我们一直看好的，觉得你有这样一种精神，足球的真精神，一定会做好所有的事情。

人生中的很多事情，其实大多是不能尽如人意的。但是我们要记得尊重、保护那天真的想象力。你可能会在将来的人生中不止一次遇到"有限性"这个问题，我相信你能葆有你少年的那一份执拗与狂想。

第三个场景，是我们这次到山西，看大草原。我觉得在大草原上，你走向远方的时候，特别地有一种象征的意义，因为你即将要离开我们，走向一个更广阔的天地，眼前的风景让人感觉到一个美的启示，给我们未来的生活也带来一个美的向往。我后来在朋友圈写了一段很文艺的话：

> 马仑草原三百六十度大幅的缓坡，正是向我显示了如此一种奇妙的景观，恍然无边的翠绿朝我铺展开来，而我就在这个大缓坡的中心，一步步向前，好像可以一直向天边走去，却又一直梦一般地走不到真正的尽头；坡上草深没足，微风里摇曳着的无数雏菊、桔梗花、独活、南星，自由而醉舞，也似梦非梦，而我居然就在它们中间。忽然一只奔马、又一只奔马，从天边渐渐由小而大，又由近而远，巨大的白云如仙山降临。那一群无人放牧的牛或卧或立，在一个低凹无草的平地集合，安静地等待着雨水的到来，它们知道每天都会有礼物。而我的礼物是听到了心中如达达的马蹄声的幸福叩响，有一个少年，过几天正是他的十八岁生日，嘴里含着一支蓝色的小花，正在往远方走去。我看着他远去天边的背影，以及拥抱他的无边鲜美翠绿的草坡，心中感动，难以言宣……

然后，那天晚上，我们就在悬空村的半山看星星。看星星的这种体验也是非常的独特，在你即将离开上海，走向大学生的生活当中，很有象征意义。我们从那深深浅浅的银河、无限辽远的星星当中，体味到宇宙的庄严浩瀚；当我们仰头久久地凝视星星的时候，现实世界有很多的烦恼，其实都可以抛弃。

那个天上的星空，有一种纯净的美，也有一种高贵的神秘，正如人类浩瀚的知识世界，未知世界，等待着你去探索其中无穷无尽的奥秘。你可能当时没有这种感觉，一直在忙着用手机去照相；也许此刻你看到这一段文字，会在心里嘲笑是中文系教授的作文罢了——但是，你先珍藏一下吧，等你将来看多了现实人生的烦恼、褊狭、猥琐，无聊的计较，你也许会找回来这个美妙的记忆。手机里留存的图像，只是图像，不如文字更能留在记忆的深处。

第四个场景：我们在北欧的时候，邮轮抵达一个小镇，我跟你一块骑车，拐到周边的一条小路。骑在路上的时候，我们会觉得骑行这件事情本身充满了一种不确定性，如探向未知的世界，各种新鲜好奇，到底我们一路上会看见什么样的风景？这个小镇是否有东西值得去付出这样的体力？然后，就像上帝的安排一样——不是导游的安排——我们拐入一条幽静小径，磕磕碰碰地。从丛林当中钻出来的时候，我们的眼前一亮，好大的一片峡湾，远方有一条红色的船，停着不动，风景如画。一个大人带着一个小孩和一条狗在那里戏水，我们跟他打了招呼，就去海边照相。这真是十分令人兴奋的风景。曾经跟你说到过，我们不知道将来的生活当中会碰见什么，人生本无固定的剧本，没有背后的导游，就有点像偶然而随意的骑行，在不确定性当中，命运会带着我们去发现一片陌生的、新鲜的、辽阔的风景，给我们一些意外的惊喜。但是确定的是，要我们去付出，要走下去，让我们勇敢地向着远方。

第五个场景是两个画面的叠加。一个是夏天的孔学堂，你从大成精舍的那个很高的山坡上骑行冲下来，很陡的坡，大幅的弯道，很高的车速。另一个就是冬天的北海道，我跟妈妈都吓死了，天黑，山高，林深，雪厚，你第一次拿起雪橇呵，我们怎么这样放心呀！好久好久你都没有在滑道上出现，但是后来你终于来了，居然像一只轻快的小鸟一样从山上滑下来。我跟妈妈的心都放下来了，我们内心里除了庆幸，更为你感到骄傲：其实你是很有潜力的，学东西也厉害，我们的担心可能都是多余的。特别是妈妈，她不能担心这样那样，把很多很多的焦虑投射在你的生活当中。其实犯点错误，是正常的，人总是会透过错误成长起来，自己教育自己，从错误当中学习是年轻人根本的成长方式，每个人都不可能包办成功，保证不误。相信你将来一定会走得更好，走得更稳，会从更大的天地得到更多的能量，变得更强大，更自信，同时也更开心地生活在未来的世界上。

我最后想到的一个场景是你去当"爱飞翔乡村教师夏令营"的小老师。你的英语能力虽强，但从来没有面对大人上过课，尤其是面对来自云南的七十多位乡村教师，用英语讲课。你紧张得不行。然而终于以流畅饱满的语调，内容丰富的PPT，从印度讲到西班牙，又从欧洲讲回云南。那回做小志愿者，你付出了很多，也听到了很多农村的故事，初步体味了帮助别人其实也是获得自己的一份心灵享受与人格成长。这两天郑州大水、奥运大赛，我们在电视机前，弃奥运而看郑州，洪水无情人有情。永远不要忘记一片汪洋之中，那些先人后己的普通人，那些千里救灾的热心人，那些义无反顾的军人，那些患难与共的陌生人，那些素不相识的献花人。永远不要丢掉恻隐之心、赤子之心、诚正之心，永远不要做一个冷漠精致的利己主义者。

我想到的主要就是这几个场景，当然，还有一个是在香港中文大学的山上、桥上，放飞纸飞机。那白色的小飞机，弱小、轻盈、宛妙，但是毫不退缩，一头扎向黑色的夜与无边的草坡。这个说起来太诗意了，但是有点神秘的是，当时我就预感到你会走得很远。我的心里其实有一点希望，你能来中大读书，我们常来香港看你，你也常回家里，台风的日子里喝着啤酒，看着世界杯……当然，过去的终将过去，迎接你的是一个新的未来。该变的，总是会变。不变的，譬如，执着地追求，勇敢地想象，热爱人生，关爱他人迎向阔大，始终是不会变的。

永远爱你的

爸爸

万物带来你的消息

徐海蛟 / 文

徐海蛟，中国作家协会会员，浙江省作协散文委员会委员。曾获第四届人民文学新人奖、第三届三毛散文奖大奖、浙江省五个一工程奖、浙江省青年文学之星优秀作品奖等奖项。在《人民文学》《十月》《作家》《山花》《青年文学》《散文选刊》等期刊发表作品两百多万字。著有《山河都记得》《故人在纸一方》等13部书。

如果我们足够幸运，得以避开1992年那个夏天的早晨。

如果那一天，三轮小客车的司机因为前一晚宿醉未醒拒绝载客；或者我突发一场急性病，由深夜腹痛辗转至天明；或者你走出家门时，被路旁一截树桩绊倒，正好伤及足部；或者三轮小客车急速行进中，突然爆了胎；或者天降大雨，车速就比平常慢出些许；或者你要坐的那个座位，偏偏被别人占了，你就挤到了逼仄窄小的车厢另一侧；也或者你没在走到村口时停住脚步，没有指给母亲看那片即将在明年变成宅基地的农田——你告诉母亲，明年将在此地建屋，我们就要有新房了。

父亲，以上这些命题，只要成立一个，你乘坐的简易三轮小客车只要快一秒，抑或慢一秒经过那个黑灯瞎火的十字路口，你将仍然留在人间。

二十六年过去了，我常常在脑海里回放1992年夏天的情形。那个早晨，我明明七点多醒来，热好你和母亲留下的早餐，于一种莫名的空落里望着夏日白晃晃的阳光倾泻到门前田野。我看见稻子正在结沉甸甸的穗，田野由绿转黄。可在反复回想里，事实似乎变了一个样，仿佛有另一个我，正跟随着你和母亲往前走去，零碎的回忆拼接成了另外一种场景。我非常痛恨，在整个事件中，在死神向你发出召唤的早晨，我竟然没有作一丁点的抵抗。我无数次想，如果时光倒回，父亲，那个早晨我一定要更改这人世间最不公平的事实，我要和死神谈谈，不管你是否阳寿已尽，不管死神多么冷酷，只要他听得懂人话，只要他知晓世间的天伦之爱……父亲，我都要和死神谈谈，他没有权利在那个十字路口粗暴地将你带走。

但死亡一锤定音，从来不容置辩，不许说情和讲理。

父亲，你猝然离开后的二十六年里，另一个你却在我心里疯狂生长，像夏天野地里的藤本植物，枝蔓横生，根系探伸至每一个时间的角落。

十三岁，你离开后第一年，我需要一个父亲。

在小学毕业的各种履历表中，我偷偷摸摸将你的名字仍然填在那些栏目里，我故作平静地想让别人知道，我的父亲还在。但字写得要比其他表格的小，落笔很轻，我知道那是因为不自信。一个已不存在世间的人，原本不用再填写他的名字，但我不允许他们在一张表格里忽视你。那一年，我和班上一个又笨又傻又壮实的男同学打了一架，后被班主任老师拉到办公室。打架理由简单，我去收他迟迟不交的作业本，叫了他父亲的外号，他反过来顺口叫了我父亲的外号。本来是一场还算公平的口角，我却认定自己父亲的名字不容亵渎，于是就有了身体的厮打。

十四岁，你离开后第二年，我需要一个父亲。

幽暗的青春期像一个漫长的雨季，庭院深锁。少年的身体在成长中历险，我感觉到胸口的隐痛。我担心嗓音变粗，我厌恶粗糙刺耳的声音。我担心某个早晨醒来脸上会蛮不讲理地支棱起胡子，从而出落得像邻居的儿子那般丑——他白净的脸，一入青春期就长满胡子，有如进入春天的荒地疯长着野草。我更害怕青春痘侵袭，于平整和白净的面颊上布满粉刺和脓包。一个夜晚连着一个白天，一场水雾连着一片细雨，我在雨季的巷道里穿行。白天，我被觉醒的身体弄得坐立不安，夜晚，身体里的荷尔蒙又像拱动的小兽，一刻不能消停。这样的季节，我需要一个父亲，需要被一个男性的声音告知，男孩的身体在哪个时节醒来，又将完成怎样的蜕变，我需要弄清楚不安和悸动皆因生长所致。

十七岁，你离开后第五年，我第一次离家远行，我需要一个父亲。

你应该走在我前面，帮我拎着那个人造革的黄色皮箱，我像你一样以右手的手指梳理头发，以左脚迈出门去。一个即将成年的人，第一次走向更开阔的世界，他要自己购买第一张客车票，他坐上嘈杂的客车，这时候父亲应该在身旁，以最少的话语叮嘱他到了外地如何与人相处，叮嘱他隔一个月往家里写封信。一个男人的远行要始于父亲，而归于母亲。

二十三岁，你离开后第十一年，一场痛彻肺腑的失恋击中我。

我在自己的执念里难以自拔，以为只要借助爱情，就能留住世间任何一个想留住的人。这件事固然没有任何地方可以求医问药，只有父亲能告诉儿子爱的真相何在。我想会有那样一个时刻，我们静默地坐于灯下，在彼此面前倒上一盅老白干，就着一盘水煮花生，一碗青豆炒肉。我们是不善饮的父子，但有些时候必须有一盅酒，必须有呛人的白干，必须让它在经过喉咙时引发热辣辣的滋味，我们才能谈论从来避之不谈的事。依然不是促膝长谈，只在昏黄的灯下，说一句或两句话，但每一句话都是有响声的，像酒杯磕到桌面一般。父亲会说："往后长着，爱情不独一份，要走很远的路，才能遇到共度一辈子的人。"

二十五岁，你离开后第十三年，妹妹遭遇一场凶险的感情危机。

公司里一个男人追求她，两人恋爱不成，分手也不成。对方死缠烂打，不肯罢休。我们让妹妹全身而退，迅速离开了那家公司。对方气急败坏，不断电话骚扰，扬言若分手，就得留下一条胳臂一条腿，妹妹吓得瑟瑟发抖。这几近扭曲的人，时不时出没在我家附近，后于每天下班后等在公交车站。我第一次感觉到了野兽出没的威胁，我需要一个父亲，那时候危机的第一片阴影将落在你的额头上，而我只是那个站在你身旁的儿子，我只需和你一道注视着那片阴影，来分析明天我们如何应对。我需要父亲由阅历带来的智慧和勇气。

二十九岁，你离开后第十七年，结婚前夜，我需要一个父亲。

新屋里敬神，红烛燃着，香烟缭绕，世界蒙上夜色。那一刻，我需要一个父亲。我们一道站在窗前，父亲会说出一盏灯火的意义，那也是世俗之于一个男人的意义。他曾经在深山里走过无数夜路，像风浪里沉浮的一叶孤舟，每一盏灯的出现都令他感动得想要呼喊。因了对灯火的渴望，因了远路的漂泊与游荡，我们才殷切地守护一个家国的梦想，就像守护寒夜里最后一团火光。

三十岁，你离开后第十八年，我守在产房门口，女儿于夏日的一个中午降临人世，在阳光最盛的时刻，生命完成了一个分支。

父亲，或许你对女孩颇有微词，你向来格外看重传宗接代这类事。但我仍然期望，你能和我同在，我们一道迎接这个夏天里最奇妙的一朵蓓蕾。我渴望看到你抱起小婴儿的样子，那就是你自褓褓里抱起我的样子，也就是我抱起女儿的样子，这是生命的交接，由你的臂弯到我的臂弯，由你的寄望到我的寄望。

三十三岁，你离开后第二十一年，我躺在手术台上，等待麻醉。

医生摆弄器械时的金属撞击声敲击着我的耳膜，那一刻，手术室里的冷几乎一下子夺走了我积攒三十三年的热量。我闭紧双眼，我需要一个父亲。我的父亲恐惧各种事物，唯独面对疾病，他有最大的胆量，我需要一个不说话的父亲，需要他坚定的眼神，需要他和我一起走到手术室门口时毫不犹豫的步履。

父亲，更多时候只剩下寂然。无数黄昏和夜晚，我独坐在橘红的霞光里，暮色像大提琴的曲调一般哀婉，有时候我伫立于窗前，细雨织出绵长的回忆，你的脚步再没有自窗外响起。这往后长及一生的时光里，你只以无尽的沉默示人。我以为，每一天都在远离你，越来越远，远到再也望不见你的一星半点。

直到我成为父亲，我才明白，一个人的生命可以在大地上展开，在地理和时间里展开。

一个人的生命同样也可以在人心里展开，在记忆和想念里展开，在口耳相传的故事里展开。

这样看来，一切还没有我们想象的那么悲观。

父亲，当人的肉身消失，顺带除去了身体的局限和挂碍，也除去了来自时间和空间的阻隔。在这人间，我们从此以另一种形式相逢。而你，活在轻盈的欲望以外的世界里，你以无所挂碍的方式丝丝入扣地拥抱我们。我开始相信，无限事皆出于你的意旨。

你埋藏在我身体里，像一粒恒久的种子埋藏于无垠的土地，你借助我的血肉之躯生长为人间的一棵小树。你的血液成为我血管里的一股潜流，成为我骨骼里硬朗的钙质。你的味觉赋予我对食物的选择，我喜欢食肉，喜欢麦饼、年糕、面条……父亲，这些都是你的喜欢。每一回吃麦饼，我都要留下一截外围的厚圈，据说这也是你的一贯吃法。而现在，在一个餐桌上，女儿仍然和我不约而同将手伸向一盘包子，我们神奇地重复了曾经我和你同时将手伸向一盘馒头的动作。你的听觉，赋予我对是非的选择。那些藏在街巷里的困苦，那些日光即能照见的不公，那些发轫于远古的英雄故事，在进入我的耳膜后，都能激荡起与你心里相似的波澜。

你又俯身于万物，将自己分为我的千万分之一，让我在更宏阔的世界里逢着无处不在的你。

秋风乍起，寒雨和落叶带来大地的消息。那是你曾经劳作的大地，你在那里种植小麦和水稻，种植红薯和玉米，并以此养育年幼的我。那是你长眠的大地，是你的故事依然生生不息的大地。父亲，我将收到你的来信。你的生命消融在秋光里，消融在晚风和薄暮里。古老的九月像神秘的蓝色雏菊打开好奇的眸子，当秋凉平复我灵魂里每一处的褶皱，躁动与不安变得宁和服帖。父亲，我与你在秋天的黄昏相逢，你附着在一片边缘通红、中间如金的叶片上。那是你自小就有的魔法，你那样轻灵，在经过一棵大树的时刻，自我的目光里坠落。你知道我是爱树的，你拂过我的脸颊，轻拍我的左肩，这是深秋的召唤，也是父亲的问候。我们远隔着一个辽远的人间，远隔着生的全部愿望，远隔着一杯热酒，一碗白米饭，一件贴身棉衣，一声小婴儿的啼哭。父亲，我们又如此切近，近得我仿佛可以触到你沉思的目光。此刻，你就是我掌心的一片叶；你又是带着叶轻扬的这阵秋风；你还是满山在夕阳里闪闪发亮的茅草的穗子。

我在深冬的老屋里醒来，檐上的冰凌闪现晨光里第一道晶莹。父亲，那是你在童年时为我折下的一根冰凌折射出的光线，依然有着三十年前的剔透。多年后，你一定在一个冬夜想起我们早年的事来了。那些隆冬的清晨，下过一夜大雪，寒意吐着冷冷的舌头，你并不畏惧第一个钻出被窝，将一块瓦片搁到灶膛内昨夜藏起的余火上，再将红薯置于瓦片上。红薯慢慢熟透，香味穿过厨房，穿过干冷干冷的空气，钻进板壁，进入我们的鼻子，寒气被挤走了，一个新的日子就在这暖融融的香里开始了。

你光顾了这座故乡的老屋，你在木格子窗外凝视我们平静的睡眠，你听过我们梦里均匀的呼吸，留下这看似不着痕迹的礼物。

我相信更多的事物与你有关。

在漫天而至的雪花里，那第一片和最后一片一定出自你的魔法，只是你不想那么快让我们觉察。否则，这两片雪花不会恰好落在女儿睫毛上。我相信北风的歌声也与你有关，你只是不想吓到我们，以至于总是那么遥远地在野地里吟唱，每当要靠近我们的耳朵了，又随即快速离开。

到了春天，你就有了更多魔法。你有办法让深黑的大地露出一张明朗的脸，你在一条我们必经之路上的水洼里投进一片好比孔雀羽毛般绚丽的彩霞。你在四月的樱花树上安插了一只红嘴的鸟儿，每当我从树下走过，就被那只鸟的鸣叫吸引，等我站定，樱花一片两片三四片，以轻梦和诗句的形式落向衣襟。父亲，这是否就是你的生命课？在一树花前，让我感念生之短暂与珍贵；在一树花前，让我无限接近你此后的轻盈，接近这春光一般绚烂的消亡。

父亲，你在每一段行程里，一程山水，一程云烟。你是我走出月台时，抬头遇见的那一片云。那一刻，出发的汽笛已响过，一片云朝我挥手，在轻缓的动作中，我看见别样的深意，那是父亲临别时才有的表情。你是我返回故园时望见的第一缕炊烟。我小时候，大家都还在，家里的人满满当当，声调各样的脚步声带着蓬蓬勃勃的朝气。每当炊烟升起，祖母便站到家门前喊外出劳作的人吃饭。祖母喊声嘹亮，对面远山传来回音，整个村庄都能听见，随后，家人便自各处汇集而来。父亲，你早就读懂了炊烟写在天空的寓意，你又重新变出了这个我熟知的戏法，让我在多年以后与故乡相视一笑，让我相信故乡是我的故乡，也是你的故乡，这是我们生命的应许之地。

一程山水，一程云烟。父亲，无尽岁月，我们都是长河里的一朵浪花，我们永远地别离，我们又无数次以另外的形态重逢。我坐在秋天的水边，面前一束束湖光逐水而来，父亲，这是你在爽朗地笑，你总是那样笑着逗引孩子们。我走在陌生的城市街头，人群中有一个背影，让我的脚步不由自主停了下来，我喜欢让目光追随一个陌生背影，直至他消失在黄昏街角，我相信那一个熟悉的背影或许就是你。

你是黎明的晨曦，是八月山野里我能望见的最亮的星辰，是大海上风暴来临前，那一只一直在我船前徘徊的白鸟，你像闪电割开被乌云遮挡的航程。

你是我的犹疑不定，是我挥刀也斩不掉的优柔寡断。你是我的胆怯，是我的张扬，是我正直的部分，你是我那部分多余的爱。你是我摇摆不定的现实，是我对世界蓬勃的想象，你是我与生俱来的矛盾。你是我根深蒂固的人间欲望，又是俗世上那片不肯落入凡间的云彩。父亲，你借我的命继续活着，我是你一次一次的重生。在每个清晨，你醒来，在每个夜晚，你仍然不肯睡去，你进入我的梦里，你在我的呼吸里游荡，在我舒展开四肢的时刻绽放。

父亲，你是我另一个部分，既是遍寻不见的上游，又是摆脱不掉的宿命。你消逝于世俗的人间，消逝于柴米油盐酒菜面饭，又皈依于万物。你在我的每一段行程里，在我每一个置身的时空，悄然出现，又悄然离开。

你是我无影无踪的父亲，你是我无处不在的父亲。

妈妈给我买把伞

周纪鸿 / 文

周纪鸿，河北唐山人。文学学士，民俗学研究生。1978年至1981年在廊坊师范专科学校中文系学习。1982年开始发表文学评论，先后出版文学评论集《文苑絮语》、散文集《山海语丝》《海关：我的行走与思考》等。中国文艺评论家协会会员、中国民俗学会会员、天津市作家协会会员。

1978年，25岁的我参加了全国统一高考。8月，"绿色天使"给我送来了录取通知书。作为家中的长子，能够考上一所普通高校的中文系，也算是百里挑一了。爸爸妈妈自然非常高兴。开学临行前，妈妈带我上街，在山海关八条百货公司给我买了两样东西：一只行李箱，还有一把伞。

这是一把上海出产的黑布雨伞。弯曲的伞把手，像高级手杖，外镶着皮套，既华贵，又舒适。伞杆是不锈钢做的，伞尖有10厘米长，铮明瓦亮。伞把上有一个机关，往下一按伞就"砰"的一声自动张开。宽大的伞面，礼服呢的质地，看着就舒坦。一问价钱，令人吃惊的12元。其时，我已经工作6年了，每月工资才36.5元。一把伞的价钱相当于我月收入的三分之一。虽然嘴上说太贵了，但实际上我还是相中了这把伞。妈妈说，轻工业品就属"上青天"（上海、青岛、天津）的好，尤其是上海。咱们这个小地方能有上海产品就不错了。于是，我们娘儿俩买了皮箱和伞，高高兴兴回家了。

皮箱和雨伞陪伴我顺利地度过了难忘的黄金岁月。那时候在大学里，多数学生是从农村考上来的，同学中很少有带伞的，即便有也是那种老式的油纸伞。所以我这把半自动的黑布伞，算得上是全班最高档最时髦的日常用具了。一下雨，同学们就轮着使用。虽然心里有点不舍得借人，但一听同学们夸奖伞的漂亮高级，我的心里别提多美了。同时，更加佩服妈妈的眼光。这把上海伞凭着过硬的质量，几年下来一点毛病都没有。

随着社会发展的加快，各式各样的折叠伞渐渐多了起来。折叠伞色彩鲜亮，小巧轻盈，方便携带。唯一不足的就是一遇上点风雨就相形见绌了。有时候，折叠伞整个被大风吹翻，非但遮挡不住雨水，还可能把人给拐摔了。而我撑着母亲给我买的上海伞，一路前行，风雨无阻，平平安安。

毕业后，我在一家国有特大型企业的职工大学教书。教师们的交际面有限。我在工作中与一位教物理的老师对上了象。她的家在市区，每天跑通勤。有个阴天下雨的，我不是打着伞送她，就是接她。夏天，我们还常常到海边游玩。她不会游泳，更多时候是坐在沙滩上望着我在海水里游泳。烈日下她张着伞，静静地等我上岸。实话实说，伞见证了我俩从恋爱走向婚姻的爱情深化的过程。

1987年11月底，妻子即将临产。那一天风雪交加，我搀着妻子艰难地向医院行走。当时根本没有出租车，我们共同撑着这把黑布伞，顶着鹅毛大雪，很顺利地到了医院。妻子在当天晚上就生下了女儿雪迎。

2002年，我因工作调动离开家乡秦皇岛，来到了天津。新家里买了几件新家具，我始终把皮箱和伞带在身边。2003年底，一场突如其来的车祸把善良慈祥的母亲撞伤，尽管我们千方百计抢救她老人家，母亲也以惊人的意志与伤病相持了一百多天，最终仍然没能好转，80岁的母亲还是走在了近一百岁的外祖母前边。这是多么令人肝肠寸断的巨大不幸！

2005年8月8日，这天下起了大雨。我像往常一样，撑着上海伞上班。放下伞后我觉得不对劲儿，伞里边的结构扭曲，不能合上了。我急忙找来钳子、细铁丝，喊来同事顾科长帮忙。顾科长是江苏人，学工的，手又巧。我们两个修了半个多小时，可是一收伞，伞内仍然扭曲变形，实在是收不起来了。这时顾科长表情凝重地对我说："这伞不能修了，人走了，伞也不行了……"

一瞬间，泪水浸漫了我的眼球，我强忍着不让眼泪流出来。事实上，多少年来，这把伞早已成为我和母亲母子情深的一个活生生的见证。多年来，晴天，她为我展开一块阴凉，防止紫外线的照射；雨天，她为我撑起一片蓝天，抵御雨水的侵袭。这把伞，有着永恒不降的温度，附着太多的关爱和牵挂。伞，立起来，腰杆笔直，不弯不曲；张开来，爱荫一片，庇护亲人。白天走累了，伞就是我的拐杖；黑天赶夜路，伞便是我的护身宝剑。拿着它，胆大气正，步履铿锵。

在大自然的环境里，少不了风风雨雨；但有了父母保护伞一般的护佑，我们会安安稳稳。风雨是自然现象，也是对人的历练和考验。而无论是在自然界，还是在社会层面，人人都需要一把知冷知热、遮风挡雨的伞呵！

我的老妈妈呀，您亲手给我买的伞，27年来为我遮风挡雨，我却没能保护好您晚年的行程。如今您的伞还在为我撑着，您还是我精神上的保护伞，让我永远在您的手臂下稳步前行。

是呵，人生最大的幸福莫过于母爱的支撑。妈妈，您永远活在儿的心中……

海上的父亲

虞燕 / 文

虞燕，中国作家协会会员，作品见于《人民文学》《中华文学选刊》《作品》《散文海外版》《安徽文学》《草原》《山东文学》《文学港》《散文选刊》《人民日报》《延河》等。作品收入多种选本。获宁波文学奖、罗峰奖、师陀小说奖等。著有中短篇小说集《隐形人》《理想塔》。

父亲每每回家，携一身淡淡的海腥味。这个深谙海洋之深广与动荡的人，从来不会在家逗留得久，船才是他漂浮的陆地。以至于在从前的许多年里，在我童年、少年甚至更长的时光里，父亲对于我来讲，更像个客人，来自海上的客人。

那艘木帆船，是父亲海员生涯的起始站。木帆船凭风驶行，靠岸时间难以估算，我无法想象稍有风就晕船的父亲是怎么度过最初的海上岁月的。比起身体遭受的痛苦，精神上的绝望更易令人崩溃——四顾之下，大海茫茫，帆船在浪里翻腾，食物在胃里翻腾，跪在甲板上连黄色的胆汁都吐尽了，停泊却遥遥无期……吐到几乎瘫软也不能不顾着船员们的一日三餐。木帆船的厨房设在船舱底下，封闭、闷热、幽暗，父亲一点一点地挪过去，船颠簸，脚无力，手颤抖，连点煤油灯都成了一件艰难的事。借着煤油灯黄晕的光，他强忍身体的极度不适淘米、洗菜、生火，实在受不住就蹲下来，靠在灶旁缓一缓，或喝下一碗凉水等待新一轮的呕吐。吐完再喝，喝了又吐，如此循环。喝水是为防止身体脱水而昏厥。

边吐边喝边干活是父亲那个时候每天的日常。

父亲跟我聊起这些，一脸的云淡风轻，说这是每个海员的必经之路，晕着晕着就晕出头了，一般熬过一年就不晕了，最多两年。我见过一张老照片，算算时间，正是父亲出海的头一年，虽很清瘦，却那么年轻，眼里有光，不是我以为的委顿模样。我问父亲：晕船那么难受，船上又那么无聊，靠岸后有没有想过不再去了？他听了很诧异：这是工作，怎么能说不去就不去。我知道，其实他完全可以选择其他工作的，岸上的工作，只是工资没有当海员高。父亲当年是揣着希望下船的，家底太薄，爷爷奶奶本打算让他做上门女婿去，但父亲不愿意，他后来真的靠一己之力盖了房子结了婚。当然会有负债，我的父母亲咬紧牙关艰苦度日，没过多久就还清了。

也因为有这样一位海上的父亲，我跟弟弟从小的物质条件算是相对优越的。小岛闭塞，交通不便，父亲从上海、南京、汕头、海南、天津、青岛、大连等地带来的饼干、糖果、玩具、好看的布料，都是那么稀奇，在我家开始以方便面为早餐时，周边人家都还不知道方便面为何物。上小学时我就拥有了电子琴，而后父亲又给买了录音机，这在当时的孩子里头是少见的。

荔枝最不易保存，而我偏最喜爱，那时船上没有冰箱，父亲每去海南了就多买一些，装进篮子，挂在通风的地方。到家需驶行一周甚至更长时间，他每天仔细地查看、翻动荔枝，捡"流泪"了的吃掉，还新鲜的留着，几斤荔枝到家后往往只剩十来颗。看一双儿女吃得咂嘴舔唇，父亲不住叹气，要是多一些就好了。曾有一次，父亲因为船泊西沙群岛没礼物可带，怕我们失望，上岸后特意拐到岛上的小店买了零嘴儿。这是父亲跟母亲悄悄说话时被我听到的。

而父亲对自己实在吝啬，白色汗衫背心破了好几个洞依然穿着，一件毛衣穿了几十年还舍不得扔。

少时的我时常巴巴地等着父亲完成一个航次回来，倒不是有多想念他，大多半是因为他会带来好吃好玩的，以及那些东西相伴而生的副产品，比如，那种快乐的如过年般的感觉，比如，小伙伴们贴过来的热热的眼神。

父亲走出木帆船的厨房，是三年之后了。其时，木帆船已式微，父亲调到了机帆船，锚泊系岸、海面瞭望、开仓关仓、手动掌舵、柴油机维护等等，他早做得得心应手。曾有人用两种动物来形容海员——老虎和狗，父亲说实在太形象，海员干活时就跟猛虎一样剽悍，咬咬牙一气呵成，累成狗是经常的事。船上经常会为争取时间连夜装货卸货，寒冷的冬夜，父亲和其他船员奋战在摇摆不定的甲板上，分不清劈头盖脸而来的是大雨还是大浪。一夜下来，他们原本古铜色的脸被海水、雨水泡白了，皱皱的，像糊上去了一层纸。脱掉雨衣后，一拳头打在各自身上，衣服上就会滴下水。

成为水手长后，父亲的工作更琐碎也更危险。如桅杆维护这一项，原本水手长的职责只是现场督促和指导，但父亲从来都是亲自做的，他生怕别人要么不细致做不到位，要么缺乏经验容易出事故。十几米高的桅杆，父亲"嗖嗖嗖"一下爬到了顶，驾轻就熟地打油漆、修补。那可是在无有效保护措施下的高空作业，一个万一，后果不堪设想。母亲简直有些愠怒，埋怨父亲憨傻，人家都不愿意做的他倒是抢着做，让她平白地添了担心。父亲一脸无辜，觉得母亲小题大做了。对于工作，尽管辛苦，尽管危险，他从不抱怨，最多就说说船上夏夜难熬，因为他特怕热，而铺位闷热如蒸笼，根本无法入睡。父亲后来想了一个办法：穿好雨衣睡到甲板上去。甲板上海风徐徐，但蚊子猖獗，穿雨衣是为了防止被蚊子咬惨。再下点雨那更好，淋雨睡觉很凉快的。他为自己能想出这个点子颇为得意，好些船员都效仿了呢。

父亲的警觉和反应之快常常让我惊讶，他说都是当海员练出来的。深夜，船体的异常晃动，值班海员的脚步，他人睡梦中的轻微咳嗽，浩渺之处传来的鸥鸟叫，都能使他突然惊醒，且几乎一睁眼就判断出了大概时辰。一经醒转，全身进入一级戒备，观望，静听，再到逐渐放松，这已然成为父亲的习惯。大海诡谲莫测喜怒无常，海浪可以有节奏地轻拍船舷，像在温柔呼吸，也可以汹汹而来掀翻船只，如张着血盆大口的魔鬼。岛上有一句民谚——"三寸板内是娘房，三寸板外见阎王"，足见出洋工作之凶险。

那是父亲海员生涯的第一次生死历险。夜里11点多，父亲刚要起来调班，突然听到一声天震地骇的"砰"，同时，整个船像被点着了的鞭炮似地蹦了起来。父亲的脑袋嗡嗡作响，五脏六腑都像要跳脱他的躯体。触礁了！他在第一时间冲了出去。船体破裂，过不了多久，海水将汹涌而入，等着将他们卷入巨腹。全体船员命悬一线。

船长紧急下令，把船上会浮的东西全部绑一起，必须争分夺秒！父亲跟着大伙疾速绑紧竹片木板之类，制成了临时"竹筏"，紧张忙乱到来不及恐惧。

　　待安全转移到"竹筏"，等待救援的父亲才感到后怕，环顾四周，大海浩渺，漆黑得像涂了重墨，望不到一星半点的灯火。彼时正值正月，寒夜冰冷刺骨，带着腥咸味的海风凌厉地抽打着他们的躯体，父亲的额头却冒汗不止。时间一点点过去，他的绝望越来越深。老船员们给他持续打气，一定要牢牢抓住"竹筏"，掉进海里就算不淹死也会被活活冻死，只要有一丝生的希望就绝不能放弃。幸运的是，天亮时，有一个捕捞队刚好经过这个海域，救起了他们。

　　多年后，父亲早已被各种大大小小的惊险事故磨炼得处惊不乱，而对于留守岛上的人，担惊受怕从未停止，苍茫大海里不明所向的船只一再成为我们惊慌失措的牵挂。每到台风天，母亲都会面色凝重地坐在收音机前听天气预报，播音员的声音缓慢、庄重，每一句均重复两遍，"台风紧急警报，台风紧急警报……"我跟弟弟敛声屏气，每一个字都似渔网上的铁坠子，拖着我们的心往下沉往下沉。那个通讯不发达的年代，无措的母亲跟着别人去村委，去海运公司，那里的单边带成了大家最大的精神支撑。随着单边带的嘶嘶声，话筒不断地捏紧放开，代表船号的数字一个个呼出去，来自泱泱大海的信息一个个反馈回来，我们便在一次次的确认中获得慰藉和力量。

　　我曾经梦到过父亲在海上遭遇不测，梦里大恸，醒来后依然哭得不可抑制，继而埋怨父亲为什么要选择这么危险的职业，害家里人过得如此提心吊胆，还任性地叫父亲不要再当海员了。父亲愣了好一会才回答：我都这把年纪了，不当海员不知道该做什么……母亲叹了口气，拦过话头说父亲的前世可能是一条鱼，离开了海那是要生病的。

母亲是最理解父亲的，她知道父亲此生跟海和船是密不可分了。纵使在修船期，父亲也要每天往船上跑一趟，不然就浑身不自在，总怕有什么工作遗漏了。其实船员们干完了分内事后，完全是可以清闲一段时间的（一部分修理事宜需请专业人员完成），但父亲偏不，他每次从船上回来，要么浑身湿答答，要么石灰、桐油或海泥沾了一身，肤色也往往在那个期间黑到了顶峰，黑得泛油光。母亲边洗父亲换下的脏衣服边嘀咕：这水手长当得可比那些敲锈铁的修船工辛苦多了，又没加你一分钱的工资。父亲不吭声，点起一支烟在边上眯眯笑。如果船上实在没活，他便借了蟹笼等工具在海边捕捞各种小海鲜，就算收获无几，他也开心。

我亲见过父亲在陆上生活的无以聊赖和郁郁寡欢。父亲所在的那艘两千六百吨大货船货舱高达四五米，进出都必须爬梯子。几次爬进爬出后，不知道是不是体力不支，父亲竟一个趔趄滑倒在货舱底部，导致手臂骨折，被送上岸休养。待在家的父亲看起来羸弱而颓丧，埋头从房间走到院子，又从院子回到房间，一天无数次。母亲有些抓狂，说被父亲转晕了，跟晕船似的。看电视时，他对着电视发呆，跟他说话，他答非所问。三番五次打电话给同事问船到哪了，卸货是否顺利，什么时候返航，他像条不小心被冲上岸的鱼，局促、焦躁、神不守舍，等待再次回到海里的过程是那么煎熬。

就休息了一个航次，还未痊愈的父亲便急吼吼赶往了船上，母亲望着他的背影咬牙道：这下做人踏实了。

我时常想起那个画面：水手长父亲右手提起撇缆头来回摆动，顺势带动缆头做45度旋转，旋转2到3圈后，利用转腰、挺胸、抡臂等连贯动作，将撇缆头瞬时撇出，不偏不倚正中岸上的桩墩。船平稳靠岸。父亲身后，大海浩瀚无际，澹然无声。

暂住的妈妈

嘉熙 / 文

嘉熙，本名张嘉熙，出生于1989年，河南省平顶山市人。曾获金融学硕士学位，应用心理学、工商管理学士学位。现居北京，金融从业者，哲学、文学、心理学爱好者。

一

因为我的腿崴了不能下床，妈妈决定从老家来北京照顾我。其实刚开始我的内心是拒绝的，因为我实在无法想象和她单独朝夕相处会是什么样子，内心充满了抵抗和惧怕。我怕她强烈的控制欲，也怕她偏执的思维，更怕她对我的一贯否定会彻底击溃我刚刚建立起来的自信和从容。

妈妈终于来了。我怀着忐忑的心情，极力掩饰着内心的排斥和惧怕迎接了她。果然，她说的每一句话都让我感觉到深深的烦躁和伤害。比如，"你要是有个男朋友，我也不用这么老远来照顾你了，你可不能再挑了，你还能等几年啊？""你这脚也没啥事，我当年崴脚也肿了老高，根本没在意，休息了两天就下地跑了。""你这减肥啊，减下去的肯定稍微一吃就会回去了。""家里的镜子不对，把人照得太瘦了，你本人可比镜子里胖多了（后面这句话是我脑补的）"……每句话都对我造成十万点伤害，仿佛我是她的一件拿不出手的作品，而且是从出生就注定了拿不出手，无论怎样努力都无用。我小心翼翼，安慰自己不要受影响，不去抵抗，不去反驳。

可是后来，我发现其实她也在小心翼翼地对我好。虽然她嘴上总是攻击、贬低我（我几乎觉得这是她一种下意识的做法），但是其实她很怕我会觉得她无用、觉得她不好。她给我倒水，不小心把滚烫的茶水倒在了桌子上，流了一地毯。而我伸手去擦时，她又在慌乱间把水倒在了我的手背上。我尖叫了一声，踮着一只脚跑到水龙头旁冲水。那一声尖叫可能把她吓到了，她沉默了好久，大概过了两个小时，才突然说："你说我过来伺候你，没伺候好，还把你烫伤了……"我听出来了她的潜台词，她在说自己没用。每次朋友来看望我，她寒暄几句之后就说自己要上楼看电视，我总感觉她怕见我的朋友们，由此我猜测她可能是怕朋友们觉得她不好。

我开始怀疑，这么多年，她对我习惯性的贬低和压迫，是不是因为她看不起自己。有了我之后，她便把我当作她的一部分，所以用同样的方式来对待我。其实她最想攻击和贬低的人，是她自己。

回想童年的经历，每当别人当着她的面夸我的时候，她从来没有说谢谢人家，而是当着别人的面对我一顿贬低，仿佛人家的夸奖只是因为还没有看到我的真面目。可其实，她把我当成了她的私有物品，别人夸奖我就等于是在夸奖她，她用贬低我来表达自己的谦虚。而这种谦虚，其实是一种骨子里的"我不配"。这种模式一直到我长大后都还存在，当别人夸我聪明，她就会说我粗心；别人夸我懂事，她就会说我脾气倔；别人夸我瘦了，她甚至会撩起我的衣服给人家看我的肚子，说还是那么大，衣服显得瘦而已。我联想到自己曾经的自卑，里面有没有纠缠着她的自卑呢？

二

妈妈终于在我家待不住了。

我们俩每天干巴巴的，没什么话聊。她每天上午照顾我，下午就出去逛街，终于在把北京几家商场都逛完之后，让我给她订票回去了。在回程的那天中午，我打开了综艺节目《忘不了餐厅》。这个节目中，黄渤当店长，并请了几位患有阿尔兹海默病或认知障碍的老人们当服务员。我知道自己在做什么：相处的时间开始倒计时，我和妈妈什么都没发生，我想和她聊一些深刻的话题，那不如先从对衰老的看法开始。

如我所料，她不喜欢这个节目。她窝在沙发上，玩着"消消乐"，好像并没有在看节目。我却看得津津有味。过了一会儿，游戏声停了，我发现她在哭。

我问她怎么了，她不说话，紧紧抿着嘴，好像受了极大的委屈。我又问怎么了，她还是不理我。我说："妈妈，有什么事情你可以跟我说，你是不喜欢这个节目吗？"

她说："我觉得自己好失败，年纪大了，一事无成。事业没有，婚姻也就那样，自己一点儿本事都没有，现在学也来不及了。"因为退休了没事干，姥姥每天有什么事情都找她（姥姥有4个孩子，除了妈妈，其他人都很忙），她觉得人生对她而言已经完了，再没有什么好期待的，剩下的只有无尽的勉强。

关系终于有了突破口，在临出发前的一个小时。我终于看懂了她。

妈妈以前经常跟我说她不想活了，如果不是为了我，为了姥姥、姥爷，她可能早就跳河了。一个母亲不停地告诉女儿她有多想死，她活着只是为了对女儿负责，这种话让我实在不知道该如何回应，所以从来都把这当作一种招人厌烦又无谓的情感发泄，我讨厌听她说这些，也抗拒去探究在妈妈身上到底发生了什么。

现在我明白了，她深埋在骨子里的自卑，快让她窒息了。

我在她身上看到了太多过去的我的影子。不，应该是说，过去的我身上有太多她的影子。现在的我知道该如何解决她的这些问题，就如同解决我自己的问题一样。临行前的半小时，我们说了很多话。

她走后，我终于鼓起勇气发微信告诉她我有多爱她，并且会一直爱下去。我告诉她其实她有很多优点，是她的自卑让她看不到这些。我告诉她，我多么以有她这样的妈妈为荣。那一刻，我真的是这样认为的。我不再排斥她，也不再怕她。我从心里开始拥抱她，接纳她。

我想起她在我那里的一个晚上，我在楼下看书，她在楼上睡着了。窗外的风很大，吹得窗户"呜呜"响，有点儿恐怖。可是我一想到妈妈就睡在楼上，就觉得很安心。第二天我把这件事情告诉了妈妈,她听到后很开心。

我开始有点儿想她。

有妈妈的孩子总是觉得自己被保护着,这是天性的依赖。妈妈回去后的第一个晚上我做了一个梦。梦里,我们公司一个我一直都非常讨厌的领导让妈妈离开我,她走的时候把我的宠物狗Sunrise带走了。Sunrise孤零零的,她也孤零零的。我知道Sunrise在我梦里出现时往往代表着孤独,所以是我觉得她很孤独。而那个讨厌的领导,也许代表着我对自己和妈妈身上那种自卑、讨好气质的厌恶。现在我已经将这种气质从自己身上剥离出来了,可是妈妈还没有,所以是她的这种气质把她带到了现在这般孤独的境地。

我突然有一种想法:她曾经把我变成了她,也许,我也可以把她变成我。我希望妈妈可以痛快地过完余生。不知道人生会留给我们母女多少时间来改变,但我想,从现在开始,一切都有可能。

就因为这一点，我在无人之地从不孤单。我大叫一声，分明还听到了回声，听到了来自水波、草木、山林、破船以及石堰的遍地应答。

伍

迷途漫漫，
终有一归

遍地应答

韩少功 / 文

韩少功，1953年出生于湖南长沙，著名作家，现为海南省文联名誉主席，主要作品有《韩少功系列作品》（十二卷），含长篇小说《马桥词典》等，另有译作多种。作品有四十多种外文译本在境外出版。

打开院子的后门，从一棵挂满红叶的老树下穿过，就可以下水游泳了。

风平浪静之时，湖面不再是水波的拼凑，而是一块巨大的整体镜面，让人不知如何是好。你在水这边敲一敲，水那边似乎也会震动。你在水这边挠一挠，水那边似乎也会发痒。若是有一条小船压过来，压得水平线撑不住，镜面就可能倾斜甚至翘起——这种担心一度让我紧张。

在这个时候下水难免有些踌躇，有些心怯。扑通一声，令宝贵的镜面破碎，实为一大暴行。好在碎片经过一阵揉挤，一阵折叠，一阵摇荡，只要泳者不动，待倒影从层层褶皱中逐一释放，渐次舒展和平复，湖面又会成为平滑的极目一镜。

在通向山外的公路修通之前，这里有很多机船，每天接送出行的农民，还有挑担的，骑脚踏车的，以及活猪活牛。眼下客船少了，只有几只小渔船偶尔出现。船家大多是傍晚下网，清晨收网，手摇船桨轻点着水面，静悄悄地来，又静悄悄地去，留下冷清和落寞的湖面，一如思绪突然消失的大脑。

水边常有两样"静物"，是垂钓的老人和少年。据说老人身患绝症，活不了多久了。但他一心把最后的时光留在水边，留给自己的倒影。少年呢，中学生模样，总在黄昏时出现。他也许是特别喜欢吃鱼，也许是惦记着母亲特别喜欢吃鱼，也许不过是要用这种方式来积攒自己的学费。谁知道呢？

阵雨扑来时，雨点敲打着水面，打出满湖的水芽，打出升腾的水雾，模糊了水平线。如果雨点敲醒了水面的花粉，水上就冒出一大片水泡，冷不丁看去，像光溜溜的背脊上突然长满疖子。

几只野鸭惶惶地叫着，大概被这事儿吓着了，很快钻入草丛。

不远处，一条横越水峡的电线上，有个黑物突然直端端砸下，激起水花四溅。我以为有什么东西坠落，过了片刻才发现，那不是坠物，而是一只鸟突然垂直俯冲，捕获了什么以后，带水的翅膀扑棱扑棱，又旋回高高的天空，在阳光中播下一串闪闪的水珠。我不知道这种鸟的名字，只记住了它一身蓝绿相杂的迷彩。

还有一只白鹭在水面上低飞，飞累了，先大翅一扬，再稳稳地落在岸石上，让人想起优雅的贵妇，先把大白裙子一提，再得体地款款入座。它一坐好半天，平视远方，纹丝不动，恍若一尊玉雕。但如果发现什么情况，玉雕眨眼间就成了银箭。一声鹭鸣撒出去，树丛里就有数十只白鹭跃出，扑棱棱组成数十道白光，在青山绿水中绽放和飞掠。

它们有时候绕着我巡飞，肯定把我误认为鱼，一条比较奇怪的大鱼，大得让它们不知如何下口；小鱼也经常围着我巡游，肯定把我当成一只落水的大鸟，同样大得让它们不知如何下口。

不知是什么鱼愣头愣脑，胡乱噆咬，在我的腿上和腰上留下痒点，其中一口咬得太狠，咬在一个脚指头上，痛得我从迷糊中惊醒。我这才发现，钓鱼的"静物"已经走了，天地间全无人迹。

其实，这里还有很多人，只是我看不见罢了。想想看，这里无处不隐含着一代代逝者的残质，也无处不隐含着一代代来者的原质——物物相生的造化循环从不中断，人不过是这个过程中的短暂一环。对人来说，大自然是人的来处和去处，是万千隐者在眼下这一刻的隐形伪装之所。有人说，接近自然就是接近上帝。那么，上帝是什么？不就是不在场者的在场吗？不就是太多空无的实在吗？不就是一个独行人无端的惦念、向往以及感动吗？

就因为这一点，我在无人之地从不孤单。我大叫一声，分明还听到了回声，听到了来自水波、草木、山林、破船以及石堰的遍地应答。

寂静中有无边喧哗。

潮汐

周晓枫 / 文

周晓枫，北京老舍文学院专业作家，北京作家协会副主席。出版有散文集《巨鲸歌唱》《有如候鸟》《幻兽之吻》等，获鲁迅文学奖、朱自清散文奖、人民文学奖、十月文学奖、华语文学传媒大奖等奖项。出版有童话《小翅膀》《星鱼》《你的好心看起来像个坏主意》，获全国优秀儿童文学奖、中国好书、桂冠童书、中国童书榜年度最佳童书等奖项。

潮汐，使海拥有自己的心跳，于是海不再是简单的地理概念，而是具有生物学特征的活体：蓝皮肤的海巨人有着古老而饱满的生命，我们能从潮汐里感受到原始情欲般不息的律动。

最初只是缓梯形的波浪，渐渐，海面现出猛虎的条纹……涨潮时的大海暗蓄风雷。近礁的垂钓者会因为一时贪心酿成大错，仅仅是晚于收竿，潮位就已发生变化，海水迅速吞没折返的路；他回不去了，拳击般迎面而来的浪头将把他带到与归途相反的方向。

当波涛如战鼓，当默默积聚的浪就像鲸鱼涌起的背，大海以令人震撼的席卷之力传达着它的愤怒。它似乎渴望着某种破坏和审判。巨浪澎湃，组成巴洛克式的白色塔尖——海洋，这座可以深到黑暗、深到绝望的深蓝教堂里，我猜测其中存在着怎样的宗教。既有云水襟怀，吐纳，承受，创造，海洋养育众生；同时，也根本不屑于为残暴寻找任何借口，血淋淋的即时杀戮进行得如此干净和纯粹，大海坦然执行它的法则——它的世界里，没有形容词的修饰，没有定语的位置。海就像初婴或者成熟到疲倦的神那样，不必支配话语，它不必依靠交流来获取能量和援助，海的世界根本不需要坐标系的校正。这是一种任性的强大，或者强大至此，才能拥有任性所象征的自由。

海之所以令人敬畏，还在于，它的暴力同样可以漠然地作用于自身。风暴来临之前饥饿的海面，天空翻滚末日般的乌云，海水呈现出墓碑般的岩灰色。暴风雨只有开始的几分钟像打击乐，此后很快变成混浊的交响。为了锻炼勇气，我曾经尝试体验风浪，但大海那自毁般的无畏令人落荒而逃。到处是破碎的被强力撕扯的波浪，那时，连大海本身都像是残骸。我想起尤瑟纳尔提到过一句话："尊敬"这种纯金，如果不掺杂一定的恐惧成分，可能会太软。

幸好，海还有它的消沉、它的倦怠，还有它的无能为力，否则，海只是不受道德拘禁的兽王，让人类这种陆地生命难以亲近。醉酒的不断翻腾的胃囊，海呕吐着它尚未消化的东西：贝壳、死鱼、沉船上的遗骸。有时，累极了的海几乎无力掀动波浪，光线阴沉，我们看到的是水银般的、波动得异常缓慢、晦暗而凝滞的大海——那因庞大自重而不能挪移的巨物，慢慢丧失它的挣扎。尤其退潮时分，浪涌越来越弱，泡沫散碎，像垂危者逐渐松开的拳头……这是弥留之际的大海。

日复一日，海，重复这样的节奏，从雷霆万钧到筋疲力尽；它一次次复活，再度浪涌，隆起蝶泳者那有弧度的背肌。海在潮汐中不断复习，仿佛这是循环的历法，仿佛是在重复中巩固自制的律令。每当凝望大海——那喘息的胸膛，我总能感觉某种极端的激情：像追逐真理那样因无望而无限的激情。这种激情，甚至能表现出至为节制的力量。有时候的海水万般柔情，波浪就像动物被抚触的皮毛那样掠过一阵阵既迷醉又紧张的战栗——什么样的手，使大海这样的巨兽也为之颤抖，并在永不止息的剧烈渴望中自我折磨？

　　谜样的月亮，想象力之外的魔法。当首次得知潮汐主要来自月亮的牵引，我惊异不已，相当于听说蝴蝶用翅膀吊起了桶里的井水。月亮如此皎洁、宁静，它只是一小片虚幻的光。即使用调焦后的望远镜窥视，像把花瓣放在显微镜下的载玻片那样，我们看到的，依然是它内部的荒凉：碱性的月壤，注定只能种植一株落尽叶子的树；树下，旋转着清凉寂寞的舞者。气质孤楚，月亮带了一点病态的温柔。缥缈、微凉、静若处子，纸薄的月亮却能搅动遥远之外的海洋暴力。

　　这奇怪的对称，也许反倒是通约的法则：唯轻盈之物才能制衡最大的重器。比如灯塔之光指引万吨巨轮。比如理想，仅凭它动听的发音，可以让几代人甘愿付出喉咙里的血。比如死，为了抵偿它的安静，我们动用了一生的喧器。在更大的意义上，对诸如轻重大小的理解似乎是与日常远远不同的。所以最后的伊甸园未必存在于浩茫天际，也许是藏在小孩子的瞳孔里。所以，当月亮里的占卜者起舞，能够召唤史诗般汹涌的海水，召唤眼线狭长的信天翁展翼迁徙，召唤鲨鱼露出齿锋，召唤锚状海星，渐渐变成寂静的标本……

月亮月亮，无比安宁，这金黄斑驳的鱼鳞是大海所敬拜的图腾。一涨一落，巨大的蓝心脏为它而跳动、激荡。

知章村三叠

苏沧桑　/文

苏沧桑，中国作家协会会员、中国散文学会理事、浙
江省作协散文委员会主任。出版散文集《等一碗乡愁》《纸
上》等，曾获冰心散文奖、丰子恺散文奖、琦君散文奖等。

从思家桥墩往窄窄的桥面上走时，我低头看见一双穿着皂色布靴的脚从唐朝穿越而来，一步步踏上了被步履和岁月磨得发亮的石阶。桥墩边低垂的柳枝，轻拂着一位耄耋老人的白发，石阶缝隙间的青草，隔着布靴轻拂着他的脚踝，桥墩下粼粼的波光轻拂着他的泪眼。

一首千古名篇

"碧玉妆成一树高，万条垂下绿丝绦。不知细叶谁裁出，二月春风似剪刀。"

这是阳春三月，杭州萧山蜀山知章村。假如船桩记得它的前身，定会记得公元744年，同样一个阳光明媚的春日，嫩柳如金，细叶如剪，一叶小舟穿过纵横交错的河港，停在了石桥边，船夫将缆绳穿过石孔洞，拴在了它身上。

船舱里走出一位面容憔悴的耄耋老人。扑面而来的是二月春风，还有他魂牵梦萦了半个世纪的故乡，年少往事如河面的波光一一浮现。他颤巍巍一步步挪上石阶，一步一步挪至窄窄的桥面，将手搭在额上，向他的故乡望去——文笔峰下的贺家园。

村人没有注意到这位神秘老者，不知道他是浙江第一位状元、盛唐的当朝重臣、蜚声长安的"吴中四士"之首、86岁的贺知章。一场大病后，他抛却荣华富贵辞官回乡，唐玄宗亲自赠诗，皇太子率百官饯行。村人更不知他从长安到萧山3000多里的漫漫长路，经历了多少跋涉和艰辛。

水渠哗哗的流水声，如孩童们在吟唱诗歌，麦苗、油菜花、豌豆、莴笋和褐色的正待播种的土地，仿佛也在发出欣喜的、蓬勃的朗读声。千百年之后，在通往知章村贺家园遗址的小路旁，我看到一道道纵横交错的水渠、一座废弃的砖瓦房、一座旧烟囱、一块明代的甲科济美坊。几个孩童从一涧溪流边直起身子，从柳枝后露出黑亮好奇的眼眸，脸上带笑。

"少小离家老大回，乡音无改鬓毛衰。儿童相见不相识，笑问客从何处来。"

后人已无从考证这位"四明狂客"当时的神情，他的眼里是否又一次涌起浊泪，他在后来的隐居地绍兴镜湖写下这首千古绝唱，朴素冷静的文字里，深藏的百感交集和人生况味，一次次穿越时空，让无数游子唏嘘沉吟。

一条蜿蜒诗路

文笔峰下，小臻和小田领着我，高一脚低一脚走在通往贺家园墙基的水渠坎上。小臻说，上次他们来拍纪录片《狂客·贺知章》时，正下大雨，他俩只能双脚跨在水渠两侧一边走一边摔，从遗址出来时，脚上重了好几斤，全是泥。

为制作这部纪录片，小臻一次次来到浙东唐诗之路的源起地知章故里，一次次为村人所感动。她没想到，知章文化在这里如此深入人心。千百年来，人们将石桥改为思家桥，将贺家园前的路改为百步禁界，行人至此须文官下轿、武官下马，还将他故居前的山峰改名文笔峰，这里的老老少少都能吟诵他的诗作。首场拍摄时，30多位村民自愿当群众演员，还自告奋勇冒雨挖出一块湮没在泥土里的旧石碑，请他们辨认、拍摄。1200多年的时光未曾改变这里的青山隐隐绿水悠悠，勤学重孝、情系家乡的理念早已融入当地人的血脉之中。

此刻，我眼前的贺家园遗址，是一块搭着苗木棚架的空地，草木葳蕤。当年风烛残年的贺知章站在久违的故园里，想必是满目破败。当他跟随儿子隐居绍兴镜湖时，会意识到这是他对故园的最后一眼回望吗？生命的最后时光里，他还写下过《回乡偶书·其二》，满纸都是对世事沧桑的感伤，他意识到自己已然是一片失去了故园的无根之萍吗？

公元744年，贺知章回到故乡不到一年便溘然长逝。

那一年，曾在长安紫极宫初遇贺知章，并与他成为忘年交的李白，带着无奈和遗憾离开了长安。

两年后，杜甫初至长安，写下了《饮中八仙歌》："知章骑马似乘船，眼花落井水底眠""李白斗酒诗百篇，长安市上酒家眠。天子呼来不上船，自称臣是酒中仙"。

三年后，李白到越中寻访贺知章才得知他早已作古，怅然写下《对酒忆贺监二首》："昔好杯中物，今为松下尘""人亡余故宅，空有荷花生"。

尔后，温庭筠东游吴越，至萧山拜访贺知章故居，留下了"废砌鼹薛荔，枯湖无菰蒲"的深深叹息。

从杭州西湖、湘湖、知章村至绍兴，自镜湖向南经曹娥江，入剡溪，经沃州、天姥山，最后至天台山石梁飞瀑，一条长200多公里、方圆2万多平方公里的浙东山水之间，渐渐响起一场盛大的行吟。李白、孟浩然、杜甫、白居易、杜牧等400多位唐代诗人荟萃驰骋，击节高歌，留下了1500多首恢宏壮丽的唐诗，也留下了一条逶迤绝美的浙东唐诗之路，浩浩汤汤，蜿蜒至今。

一方诗国乐土

在阵阵梵音里，穿过百步禁界，我走进了百步寺。百步寺是传说中贺知章"庙烛烧读""担母读经"的寺庙之一。贺知章年少丧父，信奉佛教的母亲因劳成疾无法行走，他便自制了一副竹箩，一头装着经书，另一头坐着母亲，挑到寺庙里，借着佛堂前的烛光读书，以斋饭充饥。如今的百步寺住持来自江苏，慕贺知章名而来，一待就是17年。

门廊下一块看起来年份已久的云板在午后的风里微微晃动。每天清晨和午间，香火师傅会敲击云板，叫大家来吃饭。云板声很轻，像怕惊扰了文笔峰下的静谧和神圣。

离百步寺3公里远的贺知章小学，一股清新蓬勃如嫩柳叶般的气流在我身边萦绕。正逢放学时间，几十上百个孩子排着队，溪流般向校门口流动，伴随着欢闹声。

我也从未见过如此诗意盎然的校园。从校门口布满青苔的明代上马石前起身往里走，大厅里外，回廊间，楼梯旁，教室内，墙壁、门框，放眼全是古诗，一间特别僻静的教室里，陈列着春风剪纸社的孩子们用剪纸剪出来的贺知章画像和诗书。一位身着汉服的五年级小姑娘站在贺知章文化陈列室里，认真为我们讲解。她说，学校每年都会举办"走进唐诗"大型活动。

车子缓缓驶离贺知章小学，听到校歌，我听懂并记住了一句词："诗意润泽我们欢乐成长。知书达理，是我翅膀。冲天一起，万里翱翔。"

在天籁般的童声里，我看见万千游子正在奔赴或在梦里奔赴故乡，他们的脉搏和着"知章村"的心跳，齐声吟唱着永远的《回乡偶书》。

寻美的旅程

陆梅 / 文

陆梅，作家，《文学报》主编，以写作青少年文学和散文为主。著有《当着落叶纷飞》《格子的时光书》《无尽夏》《再见，婆婆纳》等小说散文二十余种。曾获全国优秀少儿图书奖、中国出版政府奖提名奖、德国"白乌鸦奖"、首届东吴文学奖、陈伯吹儿童文学奖等。

地理的意义上，新疆之于中国，是西北版图上连接欧亚大陆的一块腹地（通商要道），是地广人稀的大边疆。可是不管你到没到过新疆，有没有深度地漫游过新疆，只要你对新疆投注过热情，心灵的、身体的，你或许更愿意把新疆看作是一份心的神往——听听这些山脉河流的名称吧：

天山、昆仑山、喀喇昆仑山、阿尔泰山；塔里木河（"脱缰的野马"）、伊犁河（"光明显达"）、叶尔羌河（"朋友的村镇""崖上的城市"，汇入塔里木河）、额尔齐斯河（"河流湍急"，中国唯一流入北冰洋的河流）、玛纳斯河（"巡逻者"）、盖孜河（"分水岭"，从帕米尔高原发源）……

引在括号里的汉译源自维吾尔语、突厥语、蒙古语、柯尔克孜语等各民族的语言，我想它是一个提醒，这一条河和那一座山，是有源头的，有自己的来处和恢宏历史，而命运一旦让它和广阔的新疆大地相濡以沫，我们才得以体会如此浩瀚壮阔的大自然。新疆的河流多达570条——这个数字我从网上找来，未必准确，然而河流的出现不就像连绵的雪山冰川一样，这里消失了，那里又奔腾了？我就亲眼看到从昆仑山帕米尔高原上一路涌淌，裹挟着泥沙鲁莽冲撞，浩浩汤汤激流而下的雪水河谷。时间是在七月末的夏季，混沌的泥水滋养出了青绿草滩，草滩上的马牛羊优雅无匹，金色旱獭懒洋洋地在草海里打滚，没错，这是新疆最丰沛热烈的季节。

就是在南疆广袤的荒滩戈壁，你总也能在这个季节遇上一点绿色，红柳、沙棘、芨芨草、骆驼蓬、小白杨……当你的眼睛饱看了广阔视野里褐色和铁色的秃山，无意间一抬头，你就和夏天的绿撞个正着，你就特别受提振，丢开瞌睡，眼目四望，原来南疆夏天的秘密在雪山！遥不可及却又近在咫尺的慕士塔格峰、冰山之父群峰连绵袒露在你面前——这么坦荡敞亮，我还以为是孤绝的山峰一座呢！车子开了很久，我们竟然一直在慕士塔格峰的照耀下，称它冰山的"父亲"真是贴切。有雪水的润泽，荒漠生出奇迹，草原盛放花朵，绿洲深处的家园更是瓜果飘香。所以在七月的南疆，和阳光一样灼烫的，是山间谷底的苍翠奔腾。

不用怀疑，大自然洞悉一切。而我，已经踏在了松软肥美的绿草地上，暖热空气嗡嗡嗡在耳边回响——是空气还是风？还是草原上飞舞的蜂蝶？眼前雪山，绿色草原，金色的夕光，一匹吃着草的骆驼，俯仰之间，我领受了美的真谛。

然而我却生出羞愧心。其实美有自己自在自为的世界，美不需要他人的指点和赞美，而习惯了饕餮的人们总也忍不住忘形于色，手机相机轮番咔嚓……美不动声色，收起深沉的暮霭。我们继续赶路。

从干旱曝晒的喀什出发，一路驱车，总有难忘景致牵住我们的脚步，如此跋涉了八九个小时，夜晚到达塔什库尔干小县城。这里海拔3200米，深夜十一点的天空还是青灰色的，风有点凉。坐了一天的车，人乏肚饿，每个人都风尘仆仆——这个词用在这里方显本色。沿途看到的雪山、峥嵘巨石、绿洲和荒野……无不笼罩在漫天黄沙里。深夜住进酒店，犹豫着要不要洗澡，打开水龙头，出水正常。可怜的羞愧心又一次袭来，感觉不把水龙头关小简直是可耻。这一夜，潦草洗了把脸打发自己睡下。

在干旱风寒的高原，水是珍贵的，阳光是珍贵的，随处可见的石头也被珍重地善待起来——塔什库尔干就是"石头城堡"的意思，这座县城有两个石头城，土黄色遥遥矗立在县城东北角，木栈道相连、围了一个内外圈的是古代石头城，参观要买门票，而我更想看看有塔吉克人生活的当下的石头城。代表过去的石头城被认为是公元初期塔吉克先民建立的揭盘陀国的都城，直到清代，还在发挥丝绸之路葱岭驿站的作用，是东方最西端的商贸驿站。也许，在高原塔吉克人的心里，这座旧石头城一直在时间里，过去的时间、现在的时间和将来的时间，它就是时间本身。时间是历史，也是命运。

这里已经是帕米尔高原了，脑海里闪回着小时候看《冰山上的来客》的经典镜头，披着闪亮纱巾的古兰丹姆在雪域高原的映衬下绚丽得像个谜，优美旋律已经鼓胀在喉咙口了——

　　花儿为什么这样红？

　　为什么这样红？

　　哎红得好像，

　　红得好像燃烧的火

　　……

　　我看到了广场上的雄鹰。它伸展开双翅，被昆仑山柱高高托起，它飞得太高了，时间也为它停下了脚步。它是塔什库尔干的"精神海拔"。在高原，也只有在高原，雄鹰跟太阳一样距离塔吉克人这么亲这么近，它们是这座高寒小城的热力和光芒。

　　因为神秘的古兰丹姆，帕米尔高原在我心里早就神圣化了，我以为那是我此生不可企及的雪域高山，积雪终年不化，平均海拔在4500米以上，"塔吉克是一个不仅忍受着高寒酷晒，也忍受着贫苦的民族。"不仅塔吉克吧，还有柯尔克孜族，我们在行车途中借一家有两个柯尔克孜族男孩的屋子歇脚充饥，男孩和他们的母亲慷慨地请我们进屋，很快又麻利地端来酸奶和大盆西瓜请我们吃，两个男孩进进出出看有什么需要帮助，他们的脸都晒成了高原红，常年的风寒和酷晒，使他们养成了山一样的品格，就那么静默着，热情限制在70度，而这已经是高原的沸点了。这也许是雪山高原人最经典的表情，静穆着一张脸，不说话，只默默注视，随时等待着献出他们最无私的帮助。而当你从高原上下来，你会越来越多地看到一张张嬉笑怒骂的脸，表情夸张，口不择言，口若悬河……

可是同时，我又在塔吉克和柯尔克孜人的民族音乐和舞蹈里感受到一颗火热炽烈的心。在石头城，我看到了塔吉克人最心爱的乐器——鹰笛和手鼓——用鹰的翅骨制成的长笛，和太阳一样圆润光芒的大鼓，只有在最吉祥的时刻、最需要祝福的时刻，绝美的音乐才会响起，热烈的鹰舞才会跳起，这是帕米尔高原的秋天、冬天和春天，他们的新娘要出嫁了，他们的耕种要开始了。他们的音乐和歌舞就是吹散风雪的热力和光芒。

"没有一块石头不拥有自己的家乡，没有一匹骆驼能驮走太阳的新娘，没有一位冰山来客能摘走一朵帕米尔花。"（沈苇的诗）新疆真的是太大了，一朵帕米尔花里住一个精灵，一只神鹰的脊背上驮一个民族，一座石头城藏一卷星辰，一片冰川把你的眼睛擦亮……嗳，如果我不千里迢迢来到南疆喀什，不长途跋涉踏上帕米尔高原，不在海拔5000米的天界哨所听战士讲述守边的故事——那个战士紫黑着一张脸，一直在笑着笑着，讲一句话笑一笑，停下来又笑一笑，眼神里汪着清澈的雪水和瓦蓝苍穹，就这么轻描淡写地讲着哨所苦寒的过去和今天的来之不易，他是红其拉甫的孩子，雪域高原的守护者——嗳，如果我没有这样的一次漫游，身体和心灵在缺氧的高原腾云驾雾，不知疲倦地苏醒着，我那神往的心还会在意念里打转，然而此刻，切切实实的，我从战士的笑颜里获得了审视自己的角度和目光。

去塔什库尔干的漫漫长路上，田野深处不时闪过一排排青黛的白杨树，它们遮天蔽日，遥遥延伸，简直是横无际涯——白杨树的尽头是村庄吗？肯定的，一切的终点也是起点。对白杨树来说，有家园的地方就有它们的生长，家园的方向就是绿洲的方向。而我无限遗憾地一次次和它们失之交臂，一个村子，又一个村子，有时一闪而过绿荫里几个小男孩追逐奔跑的身影，一对年轻夫妇劳作后闲然而坐的松快，包着头巾的维吾尔大妈提着鼓鼓囊囊的手袋晃向白杨深处，艾德莱丝绸绚丽的裙衫迷迷蒙蒙……这样的一幕幕闯入我眼底的时候，竟然听到了心底的一声叹息：终究，我是一个旅人，每一刻都是当下，然后永远消逝。

一阵白杨林的风吹进车窗，暖热混合着清芬凉意的气息拂在脸上。给我们开车的维吾尔族大叔关了空调，他很会照顾自己的车，也知道哪里的风不该轻易辜负。呼吸瞬间通畅了，天地间笼罩一路的沙尘也被白杨林遮挡了。密密匝匝冲天而上的白杨树是新疆的家园树，它们甚至可以指代新疆的绿洲。尽管新疆还有沙枣树，榆树，胡杨树，白桦树，石榴树，无花果树，葡萄树，野苹果树，梨树，杏树，桑树……新疆的绿洲就是树的天堂，没有树的新疆是不可思议的。但是只有白杨树可以撑起一个个村庄，有白杨树的地方就有家园。白杨树就是家园，维吾尔族百姓的家园，哈萨克牧民眺望的高塔，我眼睛所及南疆乡野广阔无边的一排排大地琴键——

在两种流动之间

你是一棵银珠！

——在我和心灵之间

撑着你这理想的躯干！

　　写《小银和我》的希梅内斯这样歌唱白杨，而我以为他更该礼赞家乡的橄榄树，灰色的风，大片广袤干绿的橄榄树，苍茫茫的蓝天，是安达卢西亚平原的典型景致。绿洲深处，我好像听见了刀郎人"用歌声攀越天空"（沈苇语），一阵白杨林的风接过歌声："为什么问我的家世？正如树叶的枯荣，人类的世代也是如此。秋风将树叶吹落到地上，春天来临，林中又会萌发，长出新的绿叶，人类也是一代出生，一代凋零……"

　　在新疆，你一低头随处的游走就可能踩到一样宝贝——石头还是玉石就不说了，单说草本的苦豆子，一丛丛槐叶一样的小灌木，低矮地长在路边沙地里，很不起眼，红柳还开出烟霞一样的红粉粉花团呢，苦豆子草就跟相貌平平的柴门女孩一般，眼里装满了大景致的游客根本看不到它。可是它有大用。我也是漫不经心在胡杨沙枣林里转时听讲解的女孩顺手指了一下，说这是苦豆子草，叶子可以杀菌驱虫保鲜，"盖了苦豆子草的羊肉不会坏"，女孩在我的追问下解释。我在沈苇的《植物传奇》里知道布尔津人以前用苦豆子草驱蚊，"家家户户门口点燃麦草压上苦豆子来驱蚊"，对新疆如此熟稔热爱的沈苇写了一本新疆植物的书，连红柳也专有一节，却没给苦豆子草，可见新疆宝贝多不胜数。

　　单草本里的苜蓿是"天马的食粮"，奥斯曼草是"眉毛的食粮"，鹰嘴豆不仅是解馋的零食，还"专门用来治疗男人各种莫名其妙的疾症，譬如神情倦怠、腰酸背痛、焦炭般的干渴、夜半的噩梦、面部的毒素、止不住的咳嗽、百结的愁肠等"。至于帕米尔高原上生长的雪菊、和田的小玫瑰、库尔勒的香梨……早已被推广到平原内陆大面积地种植了。然而毫无疑问，离开了扎根的乡土，雪菊就是不香，香梨有股酸涩味，玫瑰也不是和田的徘徊花了。"永远没有两块同样的天空"，回到上海，有一天当我从手机相册里翻出在高原拍到的黄金般的雪菊和粉妍如梦幻的帕米尔花，我愣在那里说不出话。

有一种得到，就是永远的失去。美从来不需要证明什么，你却生出羞愧心。

似乎，我写下的，仅仅只是一个漫游者寻美的旅程。所谓漫游就是任性而游，蜜蜂一样只管采撷诗意和美好，而腹地的深处，那些卑微无名的生活，那苍茫贫乏的荒漠，那雪域高山上"风吹石头跑"的严寒，沿路随处可见生死相依的麻扎，还有在古城喀什噶尔迷宫般的深巷里，我能知道多少呢，多少深沉的叹息和深长的祝福对我是永远关闭的？这就是一个漫游者的局限。

然而我仍然欣慰——当你从局限里感知到了美的刹那永恒和转瞬即逝，甚而学会了欣赏人的差异性和文化的差异性，而这差异性恰成全了多元多样的激发与互融，是一个民族生生不息的活力和生机，难道，这不是美给予我们的启示？

柳荫中的朦胧恋

刘诚龙 / 文

刘诚龙，中国作家协会会员，中国文字著作权协会会员，湖南省作协全委会委员。发表各类作品3000余篇，600多万字，有作品入选《大学语文新编教材》，出版散文杂文集《腊月风景》《民国风流》《非常弱音》《谁解茶中味》《历史有戏》《回家地图》《心心点灯》等。

闲读周邦彦《兰陵王》词，一段光阴飘拂而来："柳阴直，烟里丝丝弄碧。隋堤上、曾见几番，拂水飘绵送行色。"我之光阴寄寓处，不是隋堤，而是一个叫梅城的地方。梅城是古名，极惹遐想，这是人之记忆固执，还是人之情意固执？千年前就叫新化了。宋前，这里是独立王国，"素不与中国通"，宋朝开发梅山，这块土地归顺王朝，新近王化之地，故称新化。官称新化，民间依然叫梅城，一个梅字，太惹情思。

我记忆中的梅城，两处最惹相思，城内是一段青石街，城外是一段烟柳岸。青石街是宋时所建，石头光滑如玉，青亮泛光，人足与石摩挲千年，再粗粝的石头也温软了。可是，再温软的石头，依然有着其坚硬。梅城多美女，美女爱穿高跟鞋，高跟鞋下镶了铁掌，得得得得，穿行在青石街上，响声有古筝韵味。青石街是当年步行街，也是城乡接合部，这里既有脚踏高跟鞋的摩登淑女风摆柳走梅城，也有头戴棕丝斗笠的农民大叔穿着草鞋招摇过大街，美少女与老农民，融洽一块而无违和，构成一幅风俗画，怕只能以县城古街做背景的吧。

若是眼渴了，我也常去青石街，看看梅城美女；更多时，是去城外的烟柳岸。周邦彦形容柳荫是"柳阴直"，我对直字有点不太解，是柳树一排排直，还是柳条一条条直？梅城资江岸边，有一段直堤，生长的柳树，并不直排，不曾拉过墨线，梅城岸边，杨柳岸，不是柳阴直，而是柳阴参差。是柳条直吗？青青河边草，习习杨柳风，顶多是日正午，才无风吹；平时节，和风惠畅，柳阴不曾直，都是拂水飘绵送行色，在岸边丝丝弄碧。

也不是拂水飘绵，只是拂风飘绵。杨柳多是北方风景。北方柳树生长得格外茂盛，柳枝修长，柳叶浓密，弯身于水湄，柳条儿极如长辫子美女之秀发，握发于湖水中沐浴，南方的柳难垂水。我想象的，垂柳合当生长在南方，柳树的温婉与妩媚最佳配南方气质。实情却不是，北方垂柳比南方生长得葱茏与韶丽。北方有佳人，临湄而秀立。粗犷的北方因有飘绵的柳荫来中和，隐然带上婉约的气格了。

南方杨柳也是有的，不成阵势，偶尔在河边，能见一棵几棵垂柳，垂柳不是江南主色调，是点缀江南的颜料。我初去梅城，见到一排排细叶春风裁剪的垂柳，在资江边随风飘拂，有点小惊喜。落日余晖，依然有点晒人，钻到柳荫下面，和风吹面不寒，垂柳拂面稍摩，那感觉也是奇妙得紧。柳荫或非男士之喜，而柳丝如纤纤玉手，抚摸少年脸颊，也是极解少年心性的。情窦初开，躺在被柔和杨柳营造出来的温婉意境里，青春肌肤，好像挺饿的，柳条拂面，便是甘泉也似，润身解渴。

今宵酒醒何处？杨柳岸，晓风残月。求学梅城，我们是不曾喝酒的，到得资江边的杨柳岸，几乎不是晓风残月，而是晚风残月。晓风残月的，也有，那是一群特别好学的同窗，他们大清早的，捧着一本唐诗，一本宋词，或者一本六朝赋，清晨的资江河，风是凉凉的吧，对着汤汤资江，读书吟诗，一定是一段入心的好岁月。

而我却没有这些好时光，我的好时光是在傍晚，先绕梅城一圈，得得得得，打青石街走过，收藏美女靓影入梦；再到资江边，闲寻旧踪迹。人约黄昏后，梅城资江，这一段杨柳岸，不是风尘路，不是步行街，不是散步道，甚至，也不是风景区，这一段路，是风情处，是生情地。自然，到得黄昏，也有老人手握钢球或核桃，漫步这里；更多的是青年哥哥与少年妹妹，他们结伴而来，晚风吹拂，杨柳依依，柳与风合拍的月境与青年男女和跳的心境真真特契合。这里，常见到青年男女，或漫步柳阴道，或坐在柳荫下，柳拂合了他们的心境，风吹开了他们的情语。这里，便成了诗经之胜地：柳有丝，思无邪。

梅城这一段烟柳岸，曾是多少爱情的萌发处与绾结地呢？那时间的爱情真淳而纯净，我看到的是，朦朦胧胧的月光之下，也难见其有更多的亲密，多是手牵手，挽成同心结，口对口对口型的，偶尔有，极少。恋爱场景让人妒羡，那时节的爱情，愿意把场景设置在月光之下，柳风之中，那是纯自然的所在，一分钱也不用花的所在。星转时移没几年，恋爱都要去酒吧了，要去音乐城了，资江边的良辰美景，也是空设的了。

我把一段岁月，措置在梅城资江岸，倒不完全是爱情，更多的是少年的心情。那是一段似是而非的青春，情丝挽柳丝，也是情思懵懂而萌动，一个人走在这里，也会念着某个名字。念念而已。一念可以牵动几十年情愫，这么想来，那也是相当美好的情感寄存地了。

一个城市，或有很多功能所，供身体健康之散步路，供心情愉悦之酒吧茶馆，供购衣购食的超市与购物城，而一个好的城市，当有情感寄存处。这个地方当是软的，不是硬的，是温的，是绿意的，不是荒凉的，情景该是柔和的，情绪当是温婉的，情感合是绵长的，若干年后，让人回想起来，情节是温软的。

梅城的那段烟柳岸，便是这样的一处所在。那段路不长，我常漫步的，上接资江桥，下接新化北塔。十里长堤，可供走马；斜坡生柳，是土，非石，土生草，草绵柔，坐在草地上，柔柔的，软软的。

听说，梅城这段路，已建了防洪堤，会是水泥与石头拼合吗？不再那么柔情如梦了吧，听说，垂柳还在，那真真极好，人若去，还可折柔条过千尺。

千年古莲情韵

林江东 / 文

林江东，1968年毕业于北京大学东语系，1981年获硕士学位。曾在国家经委、国家信息中心等单位从事中日经济文化交流工作。现为中国散文学会会员，北京大学日语系友会副会长。主要著作有《东瀛行，邂逅中国文化》《日本人的真面目·之二》（与卞毓方合著），编辑出版《季羡林散文》。

莲花出淤泥而不染、香远益清，是中华民族优秀文化中独特而又最具代表性的一个文化符号，其高雅的风韵渗透到每个中国人的精神世界。不仅中国，深受华夏文明影响的日本也是爱莲之国，中日之间自古以来就有莲花传递的友好情缘。

早在盛唐时期，公元753年，鉴真和尚乘风踏浪东渡日本，在奈良唐招提寺种下了带去的莲子，日本人取名为"大唐招提寺莲"，所开之花被称为"唐花"。几年前我便在京都的唐招提寺欣赏过这延续了千年的"唐花"，对它无限旺盛的生命力感叹不已。

革命先行者孙中山先生也钟爱莲花。20世纪初，他在日本从事民主革命活动时，曾住在下关"大吉楼"，受到房东田中隆的照顾和资助。据下关市长府博物馆所藏资料记载，"大吉楼"位于赤间神宫前，孙中山曾化名"中山樵"，悄悄入住"大吉楼"。1918年，为感谢田中隆的资助，孙中山亲笔题写"至诚感神"的书帖，并将四颗古莲子赠送给他。下关市日中友好协会会长金田满男道："在中国，莲花象征着君子之交，而莲花的种子则代表着志士之盟。"

普兰店位于辽东半岛大连附近，二十世纪初，在此地发现了古莲子，孙中山赠田中隆的古莲子就是在此地发现的。

1935年，田中隆去世，这四颗古莲子成为田中家的传家宝。一天，田中家的六子隆敏看到报纸上一则关于"东京大学大贺一郎博士成功使日本古代的莲子发芽开花"的报道，决心要让孙中山赠予的莲子也发芽绽放。

于是，1960年，他带着四颗莲子去见大贺一郎博士。田中隆敏将古莲子托付给大贺，希望能培育开花。对这四颗古莲子，大贺作出鉴定，即孙中山所赠莲子是两千年前的古莲子，虽表面已经碳化，但尚有生命迹象。经大贺一郎苦心培育，其中一颗莲子萌芽开花。大贺将这颗莲子和鉴真和尚带去的"大唐招提寺莲"杂交，1962年培育出的莲品种，被命名为"孙文莲"。五十几年间，"孙文莲"历经风霜雨雪的磨炼，在日本和中国之间，绽放出传递友谊之花。

我亦是一个爱莲之人，每年夏秋之际都要去圆明园、莲花池等地赏荷，画过上百张荷花图，对中日之间的莲花情缘格外珍重。为了追寻"孙文莲"的踪影，特意从山口市乘车来到位于日本本州岛最西端的下关。这个海滨城市被碧蓝的海水三面环绕，风景秀丽，水产丰富，自古以来就以海、陆交通的要塞而闻名。

　　沿着别有情趣的石子小路，绕过古老的土墙，来到长府庭院。这座庭院是以长府毛利藩的家臣——西运长的住宅为基础而修建的回游式庭院。它以水池为中心，分布着书院、茶室、瀑布等景观，其幽雅之美令人陶醉。

　　在一座楼阁前的池塘里，我们终于找到了孙文莲。池边一块木牌介绍了孙文莲的历史："大正七年（1918年）中国政治家孙文来日，受到长府的田中隆氏的援助，故赠予田中几棵古莲子，后被大贺一郎培育发芽，七月中旬至八月开出淡粉色的花。"

　　惋惜的是，五月中旬的池水中，只有一片片碧绿的荷叶相拥，莲花尚无踪影，只有几朵娇艳的紫色睡莲浮于水面。正当我们观赏时，走来一位推着婴儿车的年轻女子。坐在小车里的孩子胖乎乎的，十分讨人喜爱。我一时无法判断她是哪国人，就用日文夸奖："小宝贝太可爱了！是男孩还是女孩？"她微笑着用日文回答："是女孩，你们从哪里来？"我回答："来自北京，专门来寻孙文莲的。"

　　她忽然改用中文亲切地说："原来是一家人！我是青岛人，来日本五年了。你们来得有些早，这莲花要到七月中旬才能开呢。盛开时，花瓣有二十一枚左右，莲花淡红如醉酒贵妃的面颊，所以在日本，人们还称它为'醉妃莲'。这花很特别，每天拂晓，随着日出渐渐舒展开花瓣，又在日落时缓缓收拢。四天后花瓣逐渐凋落，只剩下黄色的花心。花开期间，庭院将每天的开门时间从上午九点提早到五点。"

"啊！此花如此神奇，如此美丽。不愧是千年古莲子培育出来的中日友谊之莲！"我感慨万分地说。

年轻女子接着介绍，关于孙文莲扎根下关，有这样一段历史：1975年5月初，以中日友好协会会长廖承志为团长的"中日友好之船"大型访日团，由青岛港启航赴日本访问。"友好之船"第一站便停靠在下关港。1979年10月，青岛市和下关市还缔结为友好城市。

1994年，大贺先生培植的"孙文莲"终于回到娘家，被移植到下关长府庭院内，并成为本庭院最具代表性的花卉之一。花开期间，庭院将每天的开门时间从上午九点提早到五点。那时，前来长府庭院的观者如潮，拍摄莲花的取景点成了手持长枪短炮的摄影爱好者们争抢的目标。莲花盛开时，长府庭院都会对外特别开放六天，让游客和摄影师尽情捕捉莲花的清雅姿态。

我说："谢谢你的翔实介绍！我好像亲眼看到了孙文莲盛开的情景。你在哪里工作？"

女子回答："大学毕业后，在下关观光厅工作。老前辈们为日中友好奠定了基础，我们年轻一代要为促进中日友好交流继续加倍努力。下关已把孙文莲的种子送给了青岛市，你不妨去青岛看看。"

"谢谢，争取再来下关！"我说完后告别。看到年轻一代正接过日中友好的接力棒，一种欣慰之感不禁涌上了心头。

回国后的七月，为了能看到孙文莲花开，我们专程乘高铁奔赴青岛，来到中山公园。园内林木繁茂，老树参天，主道两旁有上万株樱花树，五月上旬淡粉或浅红的樱花绽放，形成了一条绚丽的樱花长廊。可惜我们去时，连残花的踪影都不见了，只剩下遒劲的枝干和满树绿叶。

沿着会前村遗址的小路往西前行，不远处就看到一个荷花盛开的池塘，池边立着一块牌子"孙文莲池"。据介绍，1995年5月3日，在青岛市和下关市结为友好城市十五周年之际，下关市日中友协会长金田满男特意将"孙文莲"回赠青岛，并亲自栽种在中山公园里。

在池边的草坪上，立着一座白色大理石雕成的孙中山半身像，他双目凝视前方，似对中国的未来充满无限希望。池中，翠绿的荷叶铺满池塘，一枝枝荷花亭亭玉立，绯红一片。经过二十几年的繁衍，"孙文莲"已是根深叶茂了。

满池荷花张开淡粉的花瓣，露出娇黄的花蕊。三三两两的观荷者纷纷把镜头对准荷花拍照。我坐在池旁的长椅上，欣赏着娇艳的孙文莲，闻着它清冽的香气，浮想联翩……

古莲子蛰伏地下千年，只不过是一梦休眠。任大地沉沦，任湖水翻转；不管风吹浪打，不惧天塌地陷；耐得住空冷寂寞，经得起千年磨炼。此乃莲的品性！

千年古莲子开花，无疑是中日两国贤者携手创造的一个奇迹。在千年古莲重生而开的花蕊里，浸润着鉴真、孙文、廖承志、田中隆、大贺一郎等人的魂魄，可谓是花开千年，流芳万世……

种兰于渚

杨清汀 / 文

杨清汀，笔名佛石，1964年生，甘肃天水人。中国书法家协会会员，中国作家协会会员，中国文艺评论家协会会员，甘肃省书法家协会副主席兼学术委员会主任，天水市文联党组书记、主席。出版《金石为开——金岳霖的人生艺术和欧阳中石的艺术人生》《清汀书论》《清汀散文》《行书楷书千字文》等。

兰渚山轻轻一抖，历史歇了个脚，生出兰亭。

可不是？越王勾践种兰，汉人置亭，七八百年才修来的姻缘哩！兰亭，兰亭，就这么静静地等着，终于等来了王羲之，倘若没有他的柔毫轻轻一点，谁还记得？后人偏爱魏晋风流，只知道王羲之和他的那篇《兰亭集序》，于是镶入这块地方，成了徽记。历史忽略了宁有种乎的王侯将相，却青睐《世说新语》中潇洒出尘的一拨子人物。

我们这次到兰亭，是名副其实的暮春，比王羲之时的兰亭晚二十来天。天阴，有下雨的意思，但终于收住了。没错，是那个样子，崇山峻岭，茂林修竹，南人北相，有魏晋风度。噢！还有那绿，层层叠叠，远远近近，重得湿漉漉，轻得隐约约。我们掉进兰亭的绿色中。我猜想，这大概是自王羲之以来唯一不变的。

果然，没有不变的道理。且不说康熙的御笔"兰亭"碑，仍然是康熙，和他孙子乾隆的"祖孙亭"，单说那曲水流觞处，虽有清流而无急湍，要说映带左右，实在是勉强得很——这处现代人的仿品，虽说有些玩耍的味道，却也让游人浅味什么是曲水流觞的意思。即便立在"鹅池碑"前，池中曲项朝天的呆头鹅，忠厚地看着我们，我仍然认为"鹅"既非羲之所书，"池"亦非献之所续。所谓父子碑者，纯为想当然耳，添点谈资罢了！因此要找王谢时代的兰亭，倒不如读读羲之的那篇文章，或练练他的字。其实连字也没有了右军的真迹，只有文章凿然可信，可见文章的确能传千古，难怪古人对它颇具敬畏心。整体的感觉，我好像是从清代的兰亭，走到现代的兰亭，就这么简单。

游山玩水，想象是必不可少的。得承认，越王勾践是个英雄，可是，他于此间的渚田种兰，是在国破家亡，卧薪尝胆之前呢，还是在十年生聚，十年教训，灭吴复国之后？我懒得去考。想必，后来的可能性大。忽地，跳出了李太白，他衣袂飘飘，仪态飞扬地吟道："越王勾践破吴归，义士还家尽锦衣。宫女如花春满殿，只今惟有鹧鸪飞。"（《越中览古》）原来，英雄功业不过如此，何况渚中的花花草草呢！

王侯将相赢得了生前身后名，却不及一个文人手中柔柔的寸毫。至柔至刚的历史，充满哲学味儿。

唐太宗出现了，他是个人中豪杰，然而他让御史萧翼，从辩才老和尚那里赚得兰亭墨宝，实在用的是下三烂的手段，极不光彩。

更不够意思的是，居然让那兰亭茧纸，入昭陵陪他长眠。这是在病榻前，给太子李治，也就是后来的唐高宗把手安顿的。对王右军的惦念，肯定在许多军国大事之上。唐高宗一辈子究竟听了多少老子的话，不知道。他把老子宫里的武媚娘变成自己的第一夫人，绝对没有听老子的话，而这桩事，他又颇有孝心地执行了——也恐怕是唯一听话的一次。也好，免得千古以后生出许多事端，就像外国的海伦，中国的西施这样的美人，总让每一个男人垂涎三尺，想入非非。《兰亭集序》成了谜，也享了亘古未有的大名。人类制造的谜，连上帝都猜不透。

晋人的一次春游雅集活动，让大唐帝国掀起了高潮。

宫门重重，城阙烟锁的帝都北京，帝王们也表示出了厌烦，于是要下江南，看看人间的天堂胜景。康熙的字写得很好，就像他的人一样风流，《兰亭序》临得颇具形骸，要不，他不会班门弄斧，镌之于煌煌大碑，在兰亭圣地供人瞻仰。康熙走了，乾隆来了，他的字足以踵武爷爷，没办法，尽管是当今圣上，差了辈分，只好把诗刻在爷爷的碑后。

这就是王羲之的不同寻常处。他的《兰亭集序》，不独文好，字好，还有许多好的东西，它就让你想，想到骨髓里，成为一种文化隐喻，某种象征。

我忽然想到了鲁迅，比王羲之还地道的绍兴人。上午，我们徜徉于鲁迅故居，也就是周家的老宅里，我好像穿行于尘封多年一段历史，在那孕育了民族文化脊梁的深深庭院里，似乎有永远走不出的感觉。然而，当把鲁迅和王羲之放在一块的时候，我终于深深呼吸，透了一口气，也找到了其间的脉承。"五四"新文化运动之前，鲁迅在故都北京为稻粱谋的同时，寓居于和老宅一样沉闷的绍兴会馆，以抄古碑和钩沉乡邦文献来排遣寂寞。这就对了，他和1600年前在故乡活动过的先贤是有过精神沟通的，所以理解他们，也理解魏晋那个大时代。难怪，《魏晋风度及文章与药及酒之关系》我们读起来那么出彩。鲁迅身上是有名士风度的，脾气很大，有时古怪得不近俗情，可不可以这样说，王羲之是兰亭兴会上的鲁迅，鲁迅是新文化运动中纵笔挥洒的王羲之。会稽的山水和人，就这么怪怪的。

兰亭是什么，不是那里的山，也不是那里的水，更不是那里的一个亭子，是王羲之，是《兰亭集序》，是历史上发生过的一些人和事。越王勾践只是个零头，他没有资格。确切地说，是因为有了王羲之，1700多年以来的事儿，才在这里愈演愈有景致。

别人来兰亭，我不知道是为什么，反正，对搞书法的我来说，是冲王羲之来的。

那天，我一个人登上兰亭江堤岸，望着郁郁葱葱，断天屹立的兰渚山，心里豁然开朗，王羲之和他的《兰亭集序》，才是这儿真正种下的一株幽兰呢！

时光码头

刘云霞 / 文

刘云霞，军转干部，自由撰稿人。中国散文家协会理事，山西省作家协会会员，山西省女作家协会理事，侯马市作家协会名誉主席，侯马文学院院长。

一条原本没有的河，因为人的异想天开，波澜壮阔地流过千秋岁月万里江山。

以地理的形式书写活态的历史。五河四湖千溪百泉在它的调度下共赴一个主题，南方北方因它的绾接开始互汇对流。运河，放飞着人之于自然的无数想象。

乍一看，运河就是过往王朝起伏盛衰的脉络图。几个面容清晰又朦胧的帝王，站在某个历史节点，挥手下，一番左抡右开，南劈北凿，东半个中国乃至整个中国及世界历史，从此波推浪涌有了更多的流向。

吴越隋唐元明清，王朝都城灯笼般挂在运河边，一切都照着一个"运"字来。运气，运力，漕运，国运；运势所往，国运所在。这一点，看一看《清明上河图》就能明白。张择端以运河汴河段为轴，为北宋国都汴京留下了一个全景定格，摁下回放键，一个大场景的王朝画面，便和那汴河水一样绵延不绝地动起来。

场景是繁复的。郊区、城区、漕运码头。铺展开来，有深街浅巷，人家商铺，寺庙丛林，田野庄稼，车马船只，载货的驴队赴喜从丧的人队；还有那船上的桥下的，过桥的行路的，抬轿的拉纤的，看相的卖药的等等稠密的人物。画外看人，他们都是水滴般声名寂寂，但每一个都曾有着喜怒哀乐活生生的独我人生。

运河的故事犹如折子戏，一折折翻来，题头都是某朝某代，但你把它慢镜头推放，内里装的都是芸芸众生。

我常常想象，运河在成为一条河之前，是坡高沟低的山岭，还是单调寂寥的荒原？是落寞的村庄，还是荒僻的小镇？运河流过来，汩汩淙淙沃灌着两岸。码头城市古镇老街一座座桥，一枝一叶，坐地连片长起来。每座城都是各具特色的汴京，盛开着不同版本的清明上河图。那南方的丝绸、茶叶、陶瓷，北方的松木、皮货、煤炭，杏花春雨与铁马秋风，南腔与北调，随着运河水，波鄰鄰交融汇聚，又哗啦啦泊在岸上，长成不走的风景。物质的，精神的，人文的，地理的，从哪一路开读，运河都是一部巨著。

运河其实更富哲学具象。

一段河道一段沧桑岁月，一波水流一幕情节繁稠的情景剧。赫拉克利特说，人不可能两次踏进同一条河流，这恰与运河最对应。不是吗，即使没有异河互夺，河流改道，运河老老实实走在固定的地理河床上，朝更代迭中，有哪一瞬哪一滴的河水是相同的呢？

为着这份不一样的存在，我邂逅了洛社。

洛社不大，一个小镇而已。但它位居运河缘起的吴越之地和江南文化的腹心地带，运河、江南，只这两样，洛社就应是不凡的。

运河是什么？是千年万里奔来后，"溇港圩田"把荒芜江南变为天下粮仓的财富之水；而江南是什么？"二十四桥明月夜""春水碧于天，画船听雨眠""稻花香里说丰年"，江南是吴侬软语、小桥流水里丰稔的诗。

洛社有幸，落在了诗水互润、万物欣欣的春源上。

视野里，洛社正很立体地铺开三维时空画面。三个时段的洛社大桥在封面上：石拱桥，平面桥，钢架飞虹桥。老资格的石拱桥明末一个叫王永积的进士见过，并留诗一首：

竹柏景参差，正市长桥下。
何处无月明，谁似予闲者。

王永积的身世少有人关注，但他以诗的形式为洛社留下了八景图：池边涤砚、亭上观鹅、长桥月白、古寺钟和、马盘牧唱、花渡渔歌、萍舟帆影、柳岸烟莎，这八景，今人虽多不能见，但过桥转水时视域里自然多了一层景深。一桥跨南北，北上塘南下塘，都是由桥堍到里弄的走向。弄里穿行着乾隆下江南时的传说，由六弄六龙六蛇到洛社，洛社在传说里深沉起来，与弄里斑驳的老墙沉寂的老物件形成一种时空呼应。

有怀旧的老者远行归来，在时间角落里翻拣记忆。在他眼里，弄里曾经店铺林立，河里曾经白帆点点，肉铺米坊布店，大街里、老戏馆、杨阿三的面筋店，每一个都是有名有号的，但数十年过去，吃食还在口舌流香，戏腔仍在耳畔萦绕，但绵密的时间倏然蒸腾如真空，一切都不复返了。

运河一直在潺湲不绝地带走，让人直呼"逝者如斯夫"；也在源源不断地输送，让人忙不迭地感恩感动。

从老街旧弄走出，一个水绿的时光流轴推着人走向洛社新城。这里，路宽了，运河水也淘洗过了，宽阔的视野内，水绕着绿，绿围着一丛丛楼。这里是园区，是港，工业园区，物流园区，智能公路港，居民安置区；白天蓝天绿地，夜晚流光溢彩，随手一拍都是大片的感觉。六次产业园在一个叫万马的小村里。名曰尚田，不知是否为崇尚田园，致敬土地之意；但土地在这儿确是开出了花儿，美成了画儿。一批批外来客，络绎不绝地走在新型的农家田园里，游园，泛舟，品特色美食，住黛瓦粉墙的民宿，俨然江南人的感觉。人们关心的三农问题，田园养老问题，这里都在种植答案。

要看洛社的文化气质，王羲之应是最适合的聚焦点。

西晋之末的晋室南渡，背景原本很狼狈，但它催生了江南文化；而且，由于王羲之们的存在，让其最终有了高雅的着陆。王羲之的书法，亦使他本人成为一种文化芯片；和他书法相关的景、物甚至名词都成了艺术寓体。鹅、兰亭、洗砚池、曲水流觞，或画或书，随便一个挂起来，立即会墨香满室兰雅四溢。

我不确定王羲之是哪一天哪种时刻登临洛社的，亦不知他在此有过哪些惊天地印史册的帖子，但他留下了涤砚池、观鹅亭，二者都在王永积以诗留照的洛社八景之例，后人丰之于亭、碑、人物雕像，组成一幅完整的书法艺术意象。

王羲之之后，南朝漫过来。"南朝四百八十寺"之一的开利寺坐落于其上。以后多少年，这里盛衰起伏一直说的是佛事，直到当今成为学校。但"昔年右军住宅"的标识与王羲之的涤砚池一直环在其中，成为文脉相惜、相袭的标识。

大运河畔，一个以历史为动力开动未来的时光码头，有多少东西要由此远行或者靠岸呢？

有条叫童年的小河流过

郑世忠 / 文

郑世忠，1962年考取北京大学技术物理系放射化学专业，1970年3月毕业，先后在河北邢台和石家庄多个中学任教。热爱文学，精于漫画和书法。

　　我的童年是在北京郊区昌平北部的一个极普通的小村庄度过的。村子东边有一条极普通的小河，小河的水大概是由北边的山泉汇集而成，一路上曲折迂回，跳跃激荡，向南汇入另一条河里。河并不宽，窄处仅三四米，宽处的浅滩也不过七八米，深处水齐脖，浅处没脚面。河水清澈见底，两岸水草丰茂，一片生机。岸边有很多柳树，都是自生的，没有人修理，随它由着性子疯长。顺着蜿蜒的小河向上游望去，突兀挺拔的军都山群峰历历在目，幽静的小村宛若在画中。常见村里人去河边砍些柳树枝当柴烧，但将树锯倒归为己有的事是绝没有的。小河给村里人带来很多方便，也带来欢笑，它使小村变得生动、活泼，是孩子们最迷恋的地方，更是我童年的乐园。

　　"游人不解春何在，只拣儿童多处行"，农村的孩子对春天是很敏感的。一开春，河水刚刚解冻，孩子们就开始到河边寻欢作乐。到了农历三月，就有"蹚河"的了。倘若是中午，孩子们便光着膀子蹚水玩儿。穷孩子冬天是没有衬衣的，往往脱了棉袄就赤膊。再暖和些，壮实的孩子就要争夺第一个下水"洗澡"的荣誉了。我们村的人把在河里蹚水、戏耍、捞水草、逮鱼捉虾等活动统称"蹚河"，把游泳叫"洗澡"，如果有哪个孩子说"我去游泳"，就会遭到嘲笑："嗬，小子行啊，念两天书说话都变了！"水暖了，洗衣服的妇女也开始多起来，这使得小河又平添了几分喧闹。她们嬉笑怒骂，无所顾忌，让人感到妇女们只有在河边似乎才得到彻底解放。每当我和小伙伴们在一旁好奇地偷听时，总要遭到嗔骂："小猴儿崽子，下边玩儿去！"下边，就是下游。

夏天是小河最兴旺的季节。麦收时天气燥热，这时下河洗澡的就不光是孩子们了，连大人也跳下水把积攒了一冬天的厚厚的老皴皮洗掉，让身子轻松一下，边搓泥边打趣："怨不得一冬天不觉得虱子咬，有挡头儿。"伏天的晚上，天黑以后，该妇女们洗澡了，她们总是成帮结伙地下水，在水里大声说笑，似乎一个个都成了"河东狮吼"，这一方面是舒服高兴，更主要的是在警示男人们：这是我们的地盘儿。

到了最热的三伏天，河水是温的，连上了岁数的老年人也经常去河边擦洗擦洗，图个凉快，我和小伙伴们简直就是天天泡在水里了。我们最爱在村南的一座铁路桥下洗澡，铁路是由昌平火车站通向河东的一座仓库的，过车的时候很少。桥下水深至胸，只要有人从桥上过，大家就一齐捏着鼻子从桥墩的水泥台上往下跳，"人来疯"似的。倘有人夸两句，心理上便得到了最大的满足。

摸鱼是农村孩子最着迷的活动。清澈的河水里到处都是鱼，或一拨儿一拨儿箭一般地顺流而下，或一群一群悠哉悠哉地逆流而上，光在岸上看看也够兴奋的了。很大的鱼是没有的，一般半尺来长，大多是白条儿、鲫瓜儿、麦穗儿、鲤鱼拐子、黑鱼棒子之类。泥多的地方有的是鲇鱼和泥鳅。摸鱼的方法是沿河岸顺流而下，脚在水中要高抬轻落，在苲草多的岸边用两手包抄合围，将鱼收拢在苲草中，再把苲草向岸上一翻，就可以捉鱼了。抓泥鳅是最简单的，只需用脚在黑泥上小心地踩踏，当脚底有动感时，用手去抓就行了。抓泥鳅时手指要用力掐鳃，否则就会滑掉。有时掐得泥鳅嘎嘎地叫，泥鳅竟然也会"叫"，让孩子们觉得兴奋和好奇。

小河同样也是大人休息玩耍的地方。大人不摸鱼，他们往往是抽鱼或抄鱼。抽鱼要用鱼鞭，鱼鞭是将两条钢丝固定在一根短木棒儿上制成的。抽鱼的人手握木棒，沿河逆流而上，对着顺流而下的鱼群左抡右抽，动作协调而舒展，远远看去，像是在跳舞似的，抽中的鱼当然都成了死鱼。抄鱼要用抄网，将一根长木棒的一端固定一个铁圈，铁圈上绑一网兜，这就是抄网。抄鱼同样要逆流而上，迎着鱼群，用抄网左拦右截，把鱼抄在网里。赶巧了，一网能抄五六条，干上俩钟头，就能抄上三四斤，而且都是活鱼。抽鱼或抄鱼，一要有技术，二要有力气，我们小孩子干不了，只能在一旁呐喊助威。我们这里的村民过去是不吃鱼的，捉鱼只是为了玩儿，捉来的鱼都是喂猫。如果谁家焖一锅小鱼吃，反倒会招来闲话："这家人真损！"

除了各种各样的鱼之外，小河里也有黄鳝、螃蟹和鳖等。我最怕蛇，所幸的是，河里极少有蛇。偶尔出现的蛇，也是一种体型较小的草蛇，它通身绿色，没有那种由冷暖色调的强烈反差而造成的不协调感，因此看上去不大刺眼。这种蛇胆子小，人还没走到跟前就迅速地逃到水中，头仰露在水面上，身子一摆一摆的、悠闲而优雅地游走了。

不知什么缘故，河里的鳖极多。鳖是文词儿，村里人称鳖为王八。王八很喜欢晒太阳，在阳光下的沙滩上经常会看到王八一动不动地趴着。有一年一棵倒伏的柳树横躺在河面上，粗黑的树干一半浸在水里，一半露出水面，每天中午竟然有十几只大小不等的王八趴在树干上晒盖子。在我们村，如果见到站在太阳底下的人，千万不能说"您怎么在这儿晒着？"这是在骂人。别看王八外表凶悍，实际上很胆小，每当我和小伙伴们蹑手蹑脚地向树干靠近时，往往在距离树干四五米处就被它们发现，于是前翻后仰地潜入水中逃之夭夭了。我们小孩子是不敢捉王八的，如果让王八咬住手指头，据说要等听到驴叫它才撒嘴，王八居然和驴能对话！

村里没人吃王八，解放初期的农村很穷，村民普遍营养不良，尽管人人面带菜色，但也没见过哪一家煮一锅王八汤来补补身子，更没人想到几十年后用一只王八煮一大锅汤能赚大钱。有人很会捉王八，王八一般都是在沙子下面潜伏，捉王八的人要会观察，能看出哪儿有哪儿没有。只见他手持钢叉，用脚在沙子上踩，踩到就叉。捉王八主要是为了治病，治脱肛，那时村里不少人都得过脱肛的病，我的一个小伙伴就有这病，大便时很难受。据村里人说，王八脖子的血能治这个病。王八脖子很灵活，伸缩自如，其脖血自然就具有伸缩的功能。将脖血抹在脱出的肛上，这段肉就缩回去了。我那时还不能判断这个说法是不是科学，但心里总有点儿纳闷儿，既然王八脖子的血是掌管伸缩的，抹上血万一肉没缩回去，反而伸长了，怎么办？或者这段肉像王八脖子一样又伸又缩，那将会成什么样子？

　　遇到雨水充足的年份，小河两岸的草地里布满了水洼，蛤蟆便多了起来，村里人把青蛙和蟾蜍统称蛤蟆，一向宁静的小村每天都沉浸在整齐嘹亮的蛤蟆大合唱中。这季节，孩子们的兴趣是钓田鸡，田鸡就是青蛙。钓田鸡很容易，用秫秸秆拴上一根细线，线端缠紧一段拇指大小的草梗，伸出秫秸秆，将草梗在田鸡眼前快速抖动（上了中学我才知道，青蛙的视觉对运动物体非常敏感），田鸡便敏捷迅速地将草梗一口吞下，大嘴一合，心满意足。这时，立刻将线提起，待田鸡发觉上当而张开嘴时，它已经掉到小篓中了。钓田鸡是为了玩儿，玩儿腻了就放，玩儿死了一扔，没人吃它。村里只有一个叫二和尚的人吃田鸡。有一次他捉了半篓田鸡，一个个扒皮、斩首、下锅煮，真够狠的。

　　二和尚家在河边。我们村叫"和尚"的人有好几个，不知父母为什么要给孩子起这样的乳名。大凡依河而居的人家都很穷，家境稍殷实点的，宅基地都离河远一些。二和尚的父母本是外来户，已故的父母留给他的唯一财产就是三间土房。二和尚家徒四壁，其貌不扬，连打短工都没人雇，原因是：饭量邪大，吃相儿又不好，没规矩，而干起活来却稀松二五眼。

　　二和尚三十大几的人了，仍孑然一身。他不爱说话，是个"肉性儿"，村里人讲话：一脚踹不出个响屁来。没见他发过脾气。连家门也总是对外开放的，除了小偷儿不进，谁都可以进。我和小伙伴们玩儿捉迷藏时，经常藏在他家的里屋门后。在他家跑进跑出，他连看都不看，你们玩儿你们的，我忙我的，倒也和谐。

二和尚的家是近水楼台，粮食不够吃，弄些鱼虾吃是常事儿。雨季是他丰收的季节，他有抄网，抄鱼的技术还行。二和尚做鱼很省事儿，只是把鱼肚子用两个手指挤一下，涮吧涮吧就扔锅里了，用小火焖一阵儿，就开吃。我和小伙伴们都尝过他做的鱼，连刺儿都能嚼，就是有些儿腥臭，不好吃，而二和尚却吃得舔唇咂嘴的，倍儿香。

二和尚捉虾不用笊篱捞，而是把筛子支在岸边或铁桥下的水中，以逸待劳。他炒虾得需要我们帮忙，虾一下到热锅里，能蹦得很高，二和尚用铲子翻，我们则用手将蹦在灶台上的虾往锅里划拉。一阵手忙脚乱之后，待虾个个勾头哈腰，全身发红时，就成了二和尚的碗中餐了。

如果连下两天暴雨，上游的山洪就会顺着河道一泻而下，一向温顺的小河一下子就变成了十几米宽的浑黄浊流。每逢发水时二和尚便大显身手，只见他不断地光着屁股跳入河中，去打捞漂浮着的茄子、黄瓜、老倭瓜以及洋柿子等等，倘若捞到西瓜，他便用手掌拍开，让岸上看发水的人吃。遇到冲下来的树干、椽子、檩条儿、木料等大家伙，就把它们渐渐推到岸边，然后再拉回家去。特别是在铁桥下，光打捞上来的树枝就够他烧一阵子的。二和尚是村里最苦的人，没人跟他争这些。1960年，二和尚"圆寂"。

我小时候家境贫寒，而家乡的小河却使我的童年充满了欢乐。一年四季，小河都是我最迷恋的地方，冬天虽然很冷，但玩儿起溜冰来，每每都是一身汗。小河让我着迷到了忘我的程度，每到吃饭时母亲喊不着我，只要到河边，一抓一个准儿。为此我没少挨打，但总是记玩儿不记打。上小学后，往往玩儿得忘了上课，经常被老师拧着耳朵揪到讲台前罚站，老师刚一走，就向同学们做鬼脸，俨然一个敢于抗上的英雄，实属屡教不改之流。

　　1958年，北边修了十三陵水库，周边大大小小的水库也相继建成，小河彻底干涸了。接着，河两岸的二三十棵大柳树全部被砍掉，运到公社去"炼钢"，剩下的树枝树根给生产队的食堂当柴烧了。后来，一些地段成了采沙场，留下了一个个大小不同的坑。再后来，由于多年的取土、采沙石、倒灰渣，整个河床已是满目疮痍了。如今，只有村南的铁桥尚能证实这里曾经有过一条河，他像一个老态龙钟的老人，见证着小河的沧桑变化，倾诉着昔日小河上发生的故事。

　　自从我进城上中学、大学直至工作以后的几十年中，每当我回家走到铁桥边时，总有一种怅然若失之感。儿时跳水的桥墩水泥台还在，而桥下则是荒草弥漫。灌木丛中、小树梢上飘舞着塑料袋，远处突兀挺拔的军都山群峰也不如以前清晰了，往日的美景已不复存在。现在，村民都已用上了自来水，有了洗衣机，洗澡也用上了太阳能热水器。办喜事的筵席也摆上了黄花鱼、对虾，甚至甲鱼汤。老百姓的生活早已与河无关了，而我对家乡的感情却仍旧停留在五十年代的这条无名小河上。